アラサー聖女様は溜息を吐く

登場人物紹介
ユロ
神職の青年で、彩香の教育係。外見はもさっとしているが気遣いのできる大人。
各務《かがみ》彩香《あやか》
異世界に聖女として召喚された三十歳の隠れオタク。はっきりきっぱりした性格で三次元にはあまり興味がない。
シロ
子猫の姿をしている精霊。彩香の力を利用する気満々でそばにいる。

ダビレ
高位貴族の子弟で、
彩香の婿候補。
感じの悪い美青年。
ヤジーク
高位貴族の子弟で、
彩香の婿候補。
脳筋な美青年。
ヘザーネイン
高位貴族の子弟で、
彩香の婿候補。
ナチュラルに高慢な美青年。
シード
高位貴族の子弟で、
彩香の婿候補。
無口で気の利かない美青年。
コーネ
彩香の侍女。
できる女性で、彩香の敵には
容赦がない。

第一章　聖女召喚

私、各務彩香《かがみあやか》はオタクである。思い返せば初恋の相手は母の本棚にあった古い少女漫画のヒーローだったから、そりゃもう筋金入りだ。

その後もマンガに小説にアニメにとはまり続け、夏と冬に行われる某巨大イベントに足繁《あししげ》く通っては薄い本を買いあさった結果、実家の私室の床が抜けかける事態になった事もある。

就職してからも、その勢いは止《とど》まるところを知らず、それどころか重症化しつつあるのだから、これは一生続くのだろう。別にいいけど。

そんな私には、もう十年以上はまり続けている作品がある。中でも脇キャラの一人の大ファンなのだ。いわゆる「推しキャラ」というやつ。

この作品は原作小説を中心に、マンガ、アニメ、アニメ劇場版、フルＣＧ劇場版、実写劇場版、コンシューマーゲームと展開して、一昨年《おととし》からアプリゲームも始まった。

アプリゲーム……それは課金地獄への入り口。だがしかし！　推し作品がゲームになったのなら、プレイし続けなければ！

そして本日は、さらに大きなニュースが飛び込んできた。三年半ぶりに、原作の新刊が発売される！　前巻で終わりかと内心諦めていたけれど、そこはオタク、しぶとく待った甲斐《かい》があった。発売は三ヶ月後。今から楽しみだ。

そんな事を考えながら自宅に戻った私に、まさかあんな落とし穴が待っているとは。

「ただーいまあああああああ!?」

一歩踏み出した先、床がなくなっていたせいで落ちていく。そりゃ恥も外聞もなく叫ぶよ。可愛らしく「きゃああ」なんて声にならないのは、私だからだ。

真っ暗闇の中を延々と落下する感覚の後、ふわっと浮いたと思ったら急に明るくなった。眩しくて手をかざすと、周囲から「おお！」とかいう声が聞こえる。何？

目が慣れて、やっと周りが見えるようになった私の目に真っ先に飛び込んできたのは、自分がへたり込んでいる床に描かれた奇妙な紋様。次いで、私を取り囲んでいる白いずるずるした衣装を着た西洋人風の老人達。

あれ程眩しいと感じたのに、この場所は実際には薄暗かった。見上げた天井は高すぎて見えないし、横幅も大分広い。

えーと、あれだ。テレビで見た事がある、どっかの大聖堂って感じ。見たところ窓がないので、明るくはないんだけど……って、ちょっと待て。

私は自宅の玄関で、あるはずのない穴へ落ちたのだ。という事は、ここはうちのアパートの地下か？　いやいや、さすがにそんな事はあり得ない。大体、玄関に穴が開いていて落ちたなら、下の階に落ちるはずだもの。

それに、怪我の一つもないのはおかしい。まさか玄関に着いた途端に倒れて、今は夢を見ている最中とか？　夢を見るんなら、こんなけったいな夢ではなく推しの夢が見たい！　ってか、見せて!!

混乱する私の前に、じいさん連中の一人が進み出た。

「ようこそいらしてくださいました、聖女様。私はこの国の教会を預かる大司教で、ニーバルと申します」

そう言うと、そのニーバル大司教とやらは片膝をつく。彼の背後のじいさん連中も、同様に片膝をついた。こんな光景を、外国の映画か何かで見た事がある。映画では騎士がやっていたような……。じいさん達が着ている服、白なのに汚れとか大丈夫？

いや、その前にこの人達、何て言った？　せいじょさま？　それ何？　あれ？　そもそも今の、日本語じゃね？

驚きで目を丸くする私を余所《よそ》に、ニーバル大司教が話し始めた。

「この大陸は現在、瘴気《しょうき》によって存亡の危機に立っております。それ故《ゆえ》、神に祈りを捧げて聖女様を召喚いたしました。どうか、我らをお救いくださいませ」

大司教以下じいさん連中が全員頭を下げる。私はそっと自分の手の甲をつねってみた。痛い。という事は、夢じゃないの？　これは、もしやあのネット界隈《かいわい》で一時期流行《はや》った異世界の聖女召喚というものか？

何作か読んだ事があるけど、ああいうので召喚されるのって、もっと若い子……はっきり言っちゃうと高校生とかが対象なんじゃないの？　私はついこの間の誕生日で、ぴったり三十歳ですよ？　アラサーど真ん中ですが!?

いや、落ち着け私。それよりも大事な話がある。ここはひとつ現実的な事を考えよう。

「それで？　私はいつ帰してもらえるんですか？」

「は？」

いや、「は？」じゃないって。何、その想定外の質問をされてしまったよ、みたいな顔は。勝手に喚《よ》び出しておいて、帰還すらさせないつもりか!!

でも、じいさん達は顔を見合わせて何やら困っている。……まさか帰れないとか言わないよね？

じわじわと焦りがせり上がってくる私に、ニーバル大司教が口を開いた。

「聖女様が元の世界にお帰りになる事はございません」

「は？」

今度はこっちが声を詰まらせる番だ。……って事は何か？　私は一生ここで暮らさないといけないの？

聖女とやらを喚《よ》び出さなきゃいけないような切羽詰《せっぱつ》まった国で、この先もずっと？　多分テレビどころか、ラノベもマンガも雑誌もパソコンもゲーム機もスマホも、もちろんネットもないだろうこの国で？

何より、私の推しがいないこの世界で!?

「ふっざけんな！　帰せ戻せ今すぐに!!」

私は手近にいたじいさんの胸ぐらを掴んで揺すった。冗談じゃない！　推しのいない世界で生きていける訳ないでしょ⁉

「何の為に先月の残業地獄を乗り切ったと思ってんのよ‼　アプデ後の推しとの時間を確保する為なんだからね！　しかも買うの躊躇《ためら》っていたグッズも、残業代でやっと買えるんだから！　さすがに十五万は私でも大きいんだ！　それに来月には舞台とミュージカルがあるし、三ヶ月後には待望の新刊が三年半ぶりに出るのよ⁉　特典の為に、書店巡りをしないといけないのに！」

それらを全部捨てろと？　マジ、ふざけんな。私から推しを取り上げる権利など、誰にもない‼

なんか、じいさん達が遠くから「落ち着いて！」だの「何も心配いりません」だの言っているけど、そんな言葉聞くか。

もう一度言おう。マ　ジ　ふ　ざ　け　ん　な。

「私は、家に帰りたいんだああああああああああ‼」

そう叫んだ途端、私の意識はブラックアウトした。

目を覚ますと、目に入ったのは知らない天井だった……

「じゃないし！」

思わず怒鳴りながら起きたよ。いや、目を覚ました瞬間、あの薄暗い場所でのあれこれを一挙に思い出して、つい……

って、私、いつの間に寝たんだろう？　昨日は確か、自宅に帰ってすぐ、足下に開いた落とし穴に落ちて、落ちたと思ったら薄暗い場所に座っていたんだった。

それで、聖女召喚だとか言われて、で……

「ああああああああああ!!」

思い出した！　私、帰れないって言われたんだ！　ヤバい、推しに会えなくなるという現実に、目眩《めまい》がしてきた。私は起きたばかりのベッドにダイブする。

ひとしきりうだうだとしてから起き上がって辺りを見回すと、サイドテーブルに私のバッグが置いてあった。良かった、これをなくしてたら立ち直れない。これ、知人にオーダーメイドで作ってもらった推し仕様のバッグなのだ。

スマホを取り出し確認すると、やっぱり圏外。じわじわと、この状況は現実なんだって実感する。本当に、見知らぬ異世界とやらに来てしまったんだ。

こんな時には推しを見るに限る！　バッグの中から秘蔵のスチルコレクションを取り出して眺めた。よし、少し落ち着いてきたぞ。

二次元相手に馬鹿らしいと言うなかれ。二次元だって立派に私の生きる糧《かて》になってるんだから。

とにかく、早いとこ帰らなきゃならない。問題は、本当に帰れるのかどうかってところだ。あの場で、じじい共の言っていた言葉を思い出す。

あれは、「帰れるけど帰った者はいない」という意味なのか、「帰る手段がないから帰った者はいない」という意味なのか。前者と後者では天と地の差だ。まずは、そこから調べないと。

くそう、あの場にいたじじい共を本気で呪いそう。聖女の呪いって、効くのかな？

「とりあえず、当面の目標を明確にしておこう」

独り言を呟くと、私は鞄から愛用の手帳とペンを取り出した。スマホ全盛の今でも、スケジューリングに便利だから私は手帳を持ち歩いている。仕事用だけど、まーいっか。

昨日の日付に、でっかいバッテンをつけておいた。多分、次のページにも影響が出てるなってくらいに筆圧強くつけた×は、私の怒りの表れだ。

今日の日付の項目には、「とにかく日本に帰る」とだけ記入する。どこに行ってどうやって帰るのかさっぱりわからないけど、大きな目標という事で書いておいた。

帰るんだ、絶対。せめて舞台とミュージカルが始まる前に!! チケットを無駄にはしたくない。それに舞台に間に合えば、新刊発売にも間に合う! 書店巡りして、特典を揃えなきゃ。これで特典を逃《のが》したなんて事になったら、マジであの場にいた全員を呪いそう。

でも今は動けないので、おとなしくスチルを眺めて気を静めておく。だって、この部屋がどこなのかもわかんないんだから。我ながら、図太い。

スチルを眺めつつ、行儀悪く寝心地最高のベッドでぐずぐずしていると、扉の向こうから声がかかった。

「失礼します。聖女様、お目覚めでしょうか?」

「あ、はい!」

自分が聖女だという自覚は全くないけど、こういう時は反射で返してしまう。返事の後、扉がすっと開けられた。

そこにいたのは、二十代くらいの女性だ。暗い色のシンプルなマキシ丈のワンピースを着て、白い上着……じゃなくてエプロンなのかな？　をつけている。絵画で見たような、白い帽子というか頭巾に似たものを被っていた。

彼女は大きめのトレーを持って部屋に入ってくると、部屋中央のテーブルにトレーを置いてからベッドの側まで来て、昨日のじいさん連中みたいに片膝をつく。

「本日より聖女様付き侍女となりました、コーネと申します。よろしくお願いいたします」

「あ、ご丁寧に、どうも……」

これまた反射で頭を下げてしまった。いや、その前に。何、その聖女付き侍女って。コーネさんとやらは、もう立ち上がってこちらをじっと見ている。何だか、貼り付けたような笑顔の女性だな……

と、そんな事を考えてる場合じゃない。

「えっと、聖女付き侍女……って？」

「そのままの意味です。これより、私が聖女様のお世話をさせていただきます」

「え？　いやいや、私もういい大人だし、誰かにお世話してもらわなきゃ生活出来ないなんて事ないから」

「国王陛下のご命令です」

「う……」

コーネさんの一言に、うめき声が出た。これって会社なんかで言えば、係長や課長をすっ飛ばして社長からいきなり業務命令を受けたようなものだ。そんなトップからの命令には逆らう訳にはいかないか……

それに、ここは日本でもなければ地球でもないみたいだし。という事は、基本的人権もない可能性が高い。下手すると、命令に背《そむ》いたからって、いきなりばっさり切り捨てられるなんて事もあり得るんだ。それも物理的に。

今の私に出来る事は、彼女のお世話を受け入れつつ、なるべく煩《わずら》わせないようにするくらいか。

「……わかりました。えっと、私は各務彩香と言います。出来れば、聖女ではなく名前で呼んでください。これから、よろしくお願いします」

そう言って、ベッドの上で頭を下げた私に、コーネさんが静かに言った。

「お顔をお上げください、聖女様。申し訳ございませんが、御名《みな》でお呼びする事は控えさせていただきます。どこで誰が何を聞いているかわかりません。それに、聖女様が侍女に頭をお下げになるなど、なさってはいけません」

「いや、それがそちらの常識だったとしても、私がこれまで生きてきた場所の常識では、こういう時には相手に礼を尽くすものなのよ」

まあ、生まれついてのお嬢様とかは、どうか知らないけど。こちとらバリバリの庶民生まれ庶民育ちですよ。いきなり聖女様でございい、なんて態度は取れませんて。

それにしてもコーネさんてば、さらっと怖い事を言ってなかったか？　壁に耳あり障子に目ありかい。もしかして、言動には気を付けろって事？　そして同じく、さらっと名前呼びは拒否されてしまったし。

私の言葉にしばし考え込んでいたコーネさんは、渋々といった感じで礼云々《うんぬん》は受け入れてくれたみたい。何だか、かえってすまんね。

彼女に促《うなが》されて、私はベッドから下りた。そういえば、いつの間にか寝間着っぽい服に着替えているんだけど。私の服はどこ行った？　それに、いつ私はこの部屋で寝たんだろう。記憶にないぞ？

気になったら、すぐ聞いてみる！

「コーネさん、私、どうやってこの部屋に来たんでしょうか？」

「聖女様は酷く興奮されていたそうで、召喚の場にてニーバル大司教猊下《げいか》の術により、眠りにつかれました」

何⁉　あのじじい、そんな事を私にしたのか！

「召喚の場よりこの部屋までは、国王陛下の近衛《このえ》騎士がお運びいたしました」

は⁉　……まさか、この年でお姫様だっ……いや、考えるのやめよう。

「衣装のお召し替えをしたのは私です」

よ、良かった……いや、あり得ないけど、男に着替えさせられていたら、マジでこの世界を呪いそうだわ。

コーネさん曰《いわ》く、昨日着ていたスーツは洗濯に出しているそうな。ああ、あれ、水洗い出来る素材だからね。自宅でも何も考えずに洗濯機でじゃぶじゃぶ洗ってた……いや、そういう売りのスーツだし。通勤だけでも、結構汗をかくものだ。

コーネさんが持ってきたトレーには、朝食が載っていた。朝食……だよな、これ。薄いクレープ状のものとジャムらしきものとクリームっぽいもの。いや、異世界だし、地球の食べ物とは違うんだろうなあと思って、「っぽいもの」って言ってみる。

それにしても、朝からこんな甘そうなものばっかりとは。飲み物は、グレープフルーツっぽい香りがするジュース。一口飲んだところ、酸味が強めのオレンジジュースの味がした。

とりあえず、行儀が悪いと自覚しつつ寝間着のままで椅子に座って食べる。クレープは想像していたよりもちもちして甘さはあまりない。その代わり、ジャムが甘かった。クリームはホイップクリームではなくクロテッドクリームって感じ。凄く濃い。

考えてみたら、夕飯も食いっぱぐれてるから、お腹が空《す》いている。おかげでぱくぱく食べてしまった。全体的にちょっと甘みが強いけど、十分おいしゅうございます。

「ごちそうさまでした」

手をパンと合わせてごちそうさま。子供の頃からの癖なので、ついやってしまう。でも、やっぱりこっちにはそういう習慣はないようで、コーネさんが不思議そうな顔でこちらを見ている。自分の国では、食べ物に感謝する意味で、「いただきます」と「ごちそうさま」を言うと説明したら、ますます妙な顔になった。

この世界って神様や聖女を信じてるのに、食事前の感謝の祈りくらいしないのかね？　そう聞いたら、特にしないいんだそうだ。神様への感謝は、教会の祈りで捧げるものなんだって。

それから、寝間着のままでスチル集を眺めながらだらだら過ごし、朝と同じテーブルで昼食を食べる。お昼はフォカッチャみたいなパンにあれこれ具が挟んであるサンドイッチでした。うまし。

その後、国王への謁見《えっけん》があるという事なので、入浴して仕度開始だ。二つ並んだ扉の左側の奥にあったのは、一人で使うには広すぎる浴場だった。

白くて滑《なめ》らかな石材で作られた床と浴槽《よくそう》、円形の浴槽《よくそう》の真ん中には彫刻がどーんとそびえていて、そこから水が溢れ出ている。違った、お湯だこれ。もう浴室というより大浴場って言ってもいいんじゃないか？

「お手伝いいたします」

そう申し出たコーネさんを押しとどめるのに、凄く凄く苦労した。入浴を手伝うって何⁉ そんな質問をしたら普通に答えられそうだったから、怖くて聞けなかったけど。何とか一人での入浴を勝ち取り、気分良くお湯に浸《つ》かる。この国にも入浴の文化があって良かった。

さっぱりして風呂から上がると、今度は着替えだそうです。ところでコーネさん、その手に持っているごつい代物《しろもの》は何ですか？ 下着ですかそうですか。まさかそれを私に着けさせるんじゃないですよね？ とってもいい笑顔で肯定されました。これ、下着じゃなくて鎧《よろい》では⁉

そんな鎧《よろい》を身に着けて、その上から着せられたのは白地に金糸で細かい刺繍《ししゅう》が施《ほどこ》された服。あ、鎧《よろい》は締め付ける為のものではなかったよ。体のラインを整えるものだけど、締め付けず緩やかに整えるものだそうです。良かった、あれで締め付けられたら、軽く死ねる。

服はマキシ丈のワンピースタイプで、袖がゆったりとしていた。襟はスタンドカラーで詰め襟っぽい。肌触りいいなあ。この上から今度は袖無しの上着を着る。上着にはさらに細かい刺繍《ししゅう》がこれでもかと施《ほどこ》されていた。

……ミシンとかないだろうし、全部手仕事なんだろうな。これ、一体いくらするんだろう？　絶対に汚せない。

最後に幅が十センチくらいの帯を締めて終了。靴は柔らかい布製で室内履《ば》きっぽい。これも服と同じ生地のようだから、汚せない！

そんな緊張感溢れる着替えが終わったら、いよいよ国王との謁見《えっけん》だ。部屋から出ると、武装した兵士が四人立っている。コーネさんによると、護衛の兵士らしい。彼女が先導する後ろを、前後左右兵士に囲まれた私が歩く感じ。何か息苦しい。

というか、ここってこんなに護衛が必要な程、危険な場所なんだろうか。そういや、この世界は余所《よそ》から聖女を攫《さら》ってこなきゃならんところだっけ……

「こちらです」

ぼんやり考えながらコーネさんの後ろを歩いていたら、大きな扉の前に到着した。ここが謁見《えっけん》の間とかいうやつか？

扉が開かれると、広い部屋には人がたくさんいた。扉から奥まで敷かれた赤い絨毯《じゅうたん》の両脇に、ずらりと並んでいる感じ。レッドカーペットって、本当にあるんだ……

その上を進んで、いつの間にか私の後ろについたコーネさんの指示通り止まる。視線の先には、一段高い場所にある玉座。そこに座っているのは、あの暗い場所にいたおっさんの一人だ。あれが国王か。

おっさん国王が、口を開いた。

「よくぞ参った、聖女よ」

いらっとする。参った、じゃない、拉致《らち》られたんだよ。そう声高に言いたかったけど、さすがにそれはまずいとわかっているので黙っておく。

おっさん国王も私からの反応は期待していなかったらしく、言葉を続けた。

「皆も知っての通り、昨日聖女召喚の秘儀を行い、無事成功した」

周囲から「おお！」と声が上がる。何だろう、この茶番。私、ここにいる必要、ある？

そんな私の内心を知らずに、おっさん国王は続ける。

「これにより、我が国の問題は粗方《あらかた》解決したと見ていい。いや、我が国だけではない、この大陸全土が救われるのだ」

さらに周囲から歓声が上がった。訳がわからないので、黙ってこの茶番を見ているしかない。その後もこっちは丸無視状態で、最後におっさん国王がこれから国一丸となって突き進んでいくみたいな事を言って、終わった。

やっと部屋に帰れるのかと思ったその時、おっさん国王の視線を感じる。

「さて、聖女にはこれよりこの世界について学んでもらう必要がある。その為の教師役を用意した。また、聖女は得がたい存在。故《ゆえ》にその身を守る者達も選んである」

そう言うと、玉座と私の間に五人の男性が歩み出た。四人はおっさん国王程じゃないものの、き

んきらな衣装を身に着けている。しかもいずれ劣らぬイケメンだ。私の好みではないけど。いや、こちとらバリバリ二次元スキーだから、三次元にはあまり興味がない。

一人は緩く流れる金髪を、肩を少し過ぎるくらいまで伸ばしている。リアル童話の王子様？　身長は目算で百七十五センチから百七十八センチってところかな。

服装が、ちょっと王子様とは違うかなあ。シャツが、なんだっけ？　ネットで見た覚えがあるんだけど……ああ、そうだ、ルバシカだ。あれに似てる。

その上から襟なしの上着を着て、腰の辺りは私と同じように帯を締めていた。シャツにも上着にも細かい刺繍《ししゅう》が入っていて、シャツが白地に赤や紫、上着が黒地に金糸と銀糸で模様が刺してある。

隣にいるのは金髪の彼より十センチは背が高い赤毛の男性だ。肩幅も金髪の人に比べると随分とがっしりしている。鍛えてますーって感じ。顔立ちも、ワイルドって言葉が似合う。髪も無造作にまとめているし。獰猛《どうもう》そうな笑みを浮かべる様《さま》はまさに野獣！

彼も金髪の人と同様にシャツの上から襟なしの上着を着ていて、色味が全体的に赤っぽい。髪の色に合わせてるのかな。あ、彼だけは腰に剣を佩《は》いている。

さて、その赤毛の人の隣は……この人、男性？　凄く線の細い美人が立ってる。身長は金髪の人とどっこいどっこいなんだけど、ほっそりしているせいか小さく見えた。銀髪で、瞳の色も薄いみたい。着ている服も白が基調だからか、全体的に色味が薄い。

顔はそこらの女性が裸足《はだし》で逃げそうな整いっぷり。格好いいよりも綺麗って言葉が似合いそうだわ。そんな銀髪の人は薄い笑みを浮かべている。

四人目は……何だろう、こっちを睨んでいた。何が気に入らないのか知らないけどさ、君がそこにいる責任はおっさん国王にあるのであって、私にはないぞ。

そんな彼は茶髪で、顔立ちは綺麗とか格好いいというより可愛い系。でも、表情がその可愛らしさを台無しにしている。小柄で薄めの体格だからか、四人の中にいると埋もれそう。身長は多分私より少し高いくらいじゃないかなあ。百七十はないとみた。

彼のシャツと上着は髪の色より濃い茶が基調だ。そこに刺繍《ししゅう》や模様で赤や黒が入っている感じ。こっちを睨んでこなければ、弟キャラポジでおいしいのに。

最後の一人なんだけど……違う意味で凄かった。髪はぼさぼさ、無精《ぶしょう》ひげを生やしているし、とどめが瓶底眼鏡だ。この世界にもあるのか!? 瓶底眼鏡。イケメンほったらかしで、つい瓶底眼鏡を見てしまった。

一体どこから連れてきたんだと聞きたくなる。今時、こんな存在がいるとは……って、ここ、異世界だっけ。だったらいても不思議はない……のか？

髪の色は銀色、というよりは灰色で背は高い。金髪の人より上かな。他四人とは違う裾の長い詰め襟を着ていて、神父のような格好だ。詰め襟の色は黒で、国王の傍にいるじいさん連中が着ているやつの色違いっぽい。じいさん達は白い詰め襟だから。

すらっとしたスタイルだけど、肩幅はそれなりにあるので貧弱には見えない。これ、脱いだら凄いタイプじゃないか。そんなところは推しに似ている。そう思って見ると、髪の色も少し似て見えてきた。あれでロン毛だったらなー。惜しい。

推しは長身で着痩せする、脱いだら凄い系のアスリートタイプ。理由あって灰銀色の髪を伸ばしていて、普段は首の辺りで一つに結わえているんだ。それもまた萌えポイントの一つ！　眼鏡君も、似たタイプじゃないかな。脱がせてみたい。

そんな事を考えていると、目の前に並んだ男性達がそれぞれ自己紹介した。

「序列一位ドウソーン家シードだ」

「同じく序列一位ヌデア家ヤジークだよ」

「同じく序列一位ホエーワ家ヘザーネインです」

「同じく序列一位テガスト家ダビレ」

はて？　彼等の言う「序列一位」とは何ぞや？　後でコーネさんに聞いてみようか。そう思ってぼんやりしていたら、次に聞こえてきた声で驚いた。

「……聖女様の教育係を仰《おお》せつかりました、司祭のユロです」

ちょっと待ちたまえ、そこの眼鏡君！　君の声、もう一度聞かせてくれないかな⁉　聞き間違いでなければ、彼の声は私の推しを担当している声優さんの声に激似だ。スタイルといい髪の色といい、何故ここに来て推しに似た三次元を見つけてしまうのか。

あの眼鏡君の名前はユロというんだな。ちゃんと覚えておこう。

「さて、これにて聖女の披露目は終わった。皆の者、大儀であった」

どうやら、おっさん国王のこの言葉で茶番は終わったらしい。おっさん国王が退出し、次は私だそうな。またコーネさんに先導されて、お部屋まで戻ります。それはいいんだが……

何で後ろにさっきの連中が着いてくるんだろう？

部屋に着くと、後ろについてきた連中も当然のように入ってくる。思わずコーネさんに小声で聞いてしまった。

「ねえ、何であいつらもこの部屋に入ってくるの？」

「先程陛下からお話がありました通り、皆様聖女様付きとなられましたので」

マジで？　いくら広いとはいえ、ここは一応寝室でもあるのに。見知らぬ男に見られるのはやだ。

そういえば、よく見たら出た時とは部屋の様子が少し違う。ベッドはきちんとメイクされているし、椅子にかけっぱなしだった上着も消えている。多分、あの短い間に清掃が入ったんだ。ここの清掃員さん、マジ優秀。いや、それは置いておいて。

きっと、私はとっても嫌そうな表情をしていたんだと思う。コーネさんが一つ小さく咳払いをして、私に囁《ささや》いた。

「ご案じなさらなくとも、皆様聖女様に害をなすような方々ではございません。特に序列一位の家の方々は、貴公子として王宮でも人気の高い方々でございます」

もしかして、王宮のアイドルを私に付けたとか？　それ、私の死亡フラグが立ったんじゃないのかね？　嫉妬《しっと》を受けるという意味で。テンプレだと、私の何とか様に近づくなんて〜、ってどこぞのお嬢様に恨まれて嫌がらせされるやつだな。

もたらされた追加情報にあれこれ考えていると、コーネさんはさっさと五人をソファセットへ誘導した。

「皆様、聖女様はまだこちらに喚《よ》び出されて間もない為、お心が乱れていらっしゃいます。本日は手短なご挨拶《あいさつ》だけに留め、ご教育等は明日以降からでもよろしいでしょうか？」

「構わん」

「俺も別にそれでいいよ」

「平穏な心は大事ですね」

「いいんじゃない？」

「承知しました」

腰を下ろしたイケメン組＋眼鏡君がそれぞれ答える。うん、やっぱり眼鏡君の声は推しの声に似ているな。中身は推しとは大分違うみたいだけど。でも、声の印象は大事。

耳を澄まして眼鏡君の声を聞こうとしていた私に、本人が笑いかけてきた。

「聖女様が回復なさったら、報《しら》せてもらえますか？　それまでに教材を用意しておきます」

眼鏡君は、話し方も柔らかいね。見た目の不潔さが気になるが、その辺りはいくらでも改善出来る部分だ。もう少し親しくなったら、指摘してもいいかもしれない。

というか、仮にも聖女の前に出るんだから、身だしなみくらい整えなよ。聖女でなくとも、女性の前に出る時の最低限のエチケットじゃね？　そんな私の内心を知らないコーネさんは、眼鏡君の言葉に頷いている。どうやら、教育は私の意思で始められるらしい。

これで仕事は終わったとばかりに、五人が出ていった後、私は大きな溜息を吐いた。

「お疲れ様です、聖女様」

結局、彼女は私を名前で呼んでくれない。もう一回だけ名前で呼んでほしいとお願いしたんだけど、やっぱり困ったような笑顔で断られてしまった。

それはともかく、勉強するなら環境を整える必要がある。ここはあまりにもプライベート過ぎるでしょ。寝起きする部屋に他人を入れて勉強は、私としてはあり得ない。それを説明し、コーネさんに別の部屋を用意してもらう訳にはいかないか尋ねたところ、彼女は「少しお待ちください」と言って部屋を出た。

さて、どんな部屋を貸し出してもらえるのか、それとも「我《わ》が儘《まま》言うな」とこの部屋でやる事になるのか。はたまた「そんなにこの部屋が嫌なら、いっそ牢という名の地下室にでも行くか？」と言われたりして。それはないか。

しばらくそのまま待つと、コーネさんが帰ってきた。

「聖女様、急な話ではございますが、お部屋を変わる事になりました」

「はい？」

なんと、彼女が持って帰ってきたのは引っ越し話でしたよ。この結果はさすがに読めなかったわ……

引っ越し先は、王宮——先程までいたのがそうだったみたい——と同じ敷地内にある離宮だった。同じ敷地内と言っても、敷地自体がもの凄く広いんだけど。さすが王宮、半端《はんぱ》ないです。何せ、敷地内を移動するのに馬車を使うんだから。どんだけだよ本当に。

そして引っ越しは今日でしたよ！　何という急展開。まあ、荷物が少ないうちに移ってしまえ、という事なのだろうね。私の荷物、今着ている白い服と日本から持ち込んだバッグだけだよ。あ、あと、ここに連れてこられた時に着ていたスーツか。

これまでいた王宮から、馬車に乗って森を抜け、湖を眺め運河を越えて到着したのは、小ぶりな建物だった。これが、離宮？　説明によると、ここは先々代の王妃が住んだ宮殿だそうな。

王妃様って、普通王宮にいるものじゃないの？　そんな私の疑問に、コーネさんは目を逸らすばかりだった。そうか……王族でも別居ってあるんだ。

古い建物だけど中はきちんと掃除されていて、とても綺麗だ。外観は正方形っぽい形で二階建て、外壁の彫刻は控え目で、落ち着いた感じ。この館は二階に寝室、居間、衣装部屋、書斎があり、一階に音楽室と応接室、遊戯室、食堂があるそうな。さすが離宮、充実ぶりが凄い。

でも、一部屋一部屋が広すぎないのがいい。日本風に表現すると、一番広い部屋でも十二畳くらいだ。寝室なんかは八畳程。小ぶりなベッドだけで一杯になってるのがまたいい。

これだよ、この狭さだよ、私が求めていたのは。海外の人からは「兎小屋《うさぎごや》」って言われちゃう日本の家屋で育ったから、ちょっと広い部屋になると空間をもてあましてダメなんだよ。

今後はこの離宮が私の暮らす場所だそうです。その館に、何やら木箱がいくつか運び込まれた。

これ、何？

コーネさんに確認したところ、いい笑顔が返ってきた。

「聖女様のお着替えなどです。こちらの箱に入っているのが以前お召しになっていたものです。洗濯し終わりましたので、持ってきました。処分しても構いませんか？」

「いや、なんで処分が前提なんですか？　まだ着られるんですけど」

「ですが……このような短い丈の服を聖女様がお召しになるのは……」

最後は濁したけど、外聞が悪いとかかな。そういえば、コーネさんもマキシ丈の服だわ。古い映画に出てきそうな装《よそお》いで、メイドカチューシャじゃないのが残念。でも、このタイプの服にはこっちの方が似合ってる。

そんな服飾事情だからか、コーネさんは私も丈の長いドレスを着るべきだと主張する訳だ。

「いや、それだけ裾が長いと、踏んづけて転ぶ可能性が高いです。なので、出来れば膝丈でお願いします」

私の主張とコーネさんの主張が真っ向から対立し、しばし静かな争いが起こった。でも、さっきも言ったけど、あんな裾の長い服を着たら絶対転《こ》けるって！

私の必死の主張に、コーネさんは深い溜息を吐いた。

「ですが、こちらでご用意したお着替えは、全て丈の長いものなんです。聖女様、ご自身で裾上げをなさいますか？」

「う!!」

コーネさん、私の裁縫の腕が壊滅的なのを知っていてそれを言っているのかな？　結局、白旗を掲げた私に、彼女が譲歩をしてくれた。

スカートの丈はくるぶしが出る程度でいいそうな。こちらの女性も、外出時には普段より丈の短いスカートをはくんだって。それを先に言ってよね。

木箱の中に入っていた服は全て新品だ。何でも、召喚する前に注文したもので、聖女がどんな体形なのかわからなかった為、かなり大きめに作られているそうな。大きければ、後で詰められるから。

そうか……こっちには服の既製品という概念がないんだね。

「詰めるだけなら、私でも出来ますから」

そう言ったコーネさんは、木箱を運んできた男性に指示を出し、上の部屋へ箱を持っていかせた。

木箱が運び込まれた部屋に彼女と入ると、十二畳くらいの広さの室内に、木製の観音開き《かんのんびら》きの棚が壁に沿っていくつも置いてある。

「ここは？」

「聖女様の衣装部屋となります」

「私一人の衣装部屋？　え？　寝室にクローゼットを置くだけでよくない？」

「とんでもない。今はこの程度ですが、これからきちんと採寸してもっとお衣装を仕立てなくては。聖女様にみすぼらしい格好をさせる訳には参りません」

マジですか……。しかも、よく聞いたらこの館全てが私の部屋に当たるらしい。驚く私に、コーネさんは木箱を開けて中身を出し、私に当ててきた。

「色味が聖女様に合いませんね。早急に仕立屋を呼ばなくては」

「え？　いやいやいや、それ全部新品でしょ？　色くらいどうって事ないですよ。もったいない」

私の言葉を聞いたコーネさんが、真剣な表情でこちらに向き直る。

「いいえ、先程も申しましたが、聖女様におかしな格好をさせる訳には参りません。あなた様は、唯一無二の存在なのですよ」

そう言われましても……

箱の中には、シンプルなタイプのブラウスやスカートなんかが六着ずつ入っていた。その全てが、私にはかなり大きかったので、コーネさんが詰めてくれるという。一緒に、スカートもくるぶし丈に詰めてくれるって。

本当、コーネさんって何でも出来るよね。どうせ裾を上げるのなら、膝丈にしてくれてもいいのになあ……ダメですか、そうですか。

「今からやってしまいます」

「いや、明日でもいいんじゃないかな？　ほら、もう日も落ちるし」

部屋には大きな窓と、その外にテラスがあって、そこから見える太陽は暮れかかっていた。こんな時間から針仕事なんて。明日の午前中に一着仕上げてもらえれば問題ないと私が言うと、コーネさんは渋々針仕事を諦めてくれた。

その後は、夕食をいただいてお風呂に入り、ベッドの中でスマホの推し画像を眺めてから就寝。普段は部屋にあるグッズ類を眺めてから寝るので、スマホの画像だけなのは厳しい。まるで泊まりの出張に行った時みたいだわ……

ええ、出張先でもちゃんと推しは拝みますが、何か？

私がこの離宮に越してきて、既に一週間が経とうとしている。なんと、暦《こよみ》は元の世界の太陽暦と一緒だった。これに関しては、大陸を統一していた古代王国の頃から使っているものらしいけど、そこにもいたんじゃないだろうか？　異世界人。というか、地球人。

そうそう、コーネさんは引っ越しの翌日から、もの凄いスピードで六着全部のサイズ直しをしてくれた。おかげで着替えには困りません。

「今日のワンピースも、凄く着心地がいいですよ。本当にありがとう、コーネさん」

ここが日本なら、お礼にちょっとした焼き菓子でも買ってくるレベルですよ、本当。ワンピースのサイズ直しなんて、下手したら一回全部糸を解《ほど》かないとならないのに。

「聖女様……そのようなお言葉は不要ですと申しましたのに」

「いやいや、やっぱりお礼は大事。言葉でしか伝えられないのが残念だけど。改めて、ありがとうございます」

そう言ったら、コーネさんが少しはにかんで嬉しそうな表情をした。最初はお礼を言う度《たび》に軽い説教を食らったものだけど。

何でも、聖女たるもの、簡単に「ありがとう」と言ってはいけないそうだ。身分が高い人って、そういうものらしい。でも、おかしくないか？　納得いかん。

という訳で、私は私のやりたいようにさせてもらう事にした。ほら、聖女って何やら偉いそうだから、そんなら好き勝手にやってしまえという。本当はよくないんだろうけど。

そうして回数をこなしたら、とうとうコーネさんの方が音《ね》を上げた。何をどう言っても、私の態度は改まらないと悟ったのだろう。最近じゃ、さっきのように少し嬉しそうにしてみせるし。

ふふふ、コーネさんをもっとデレさせてやるぜ！　……いかん、何か変なスイッチが入りそう。あれだよ、メイドさんには夢と希望が詰まってるんだよ。

そんなコーネさんとの、のんびりまったりな生活も、そろそろ終わりに近づいていたようだ。

今日も今日とておいしい朝食を堪能《たんのう》していると、彼女から申し出があった。

「聖女様、そろそろ離宮での生活に慣れられたかと思います。お勉強を始められてはいかがでしょうか？」

「そうですねー。勉強用の部屋も用意してもらったし、始めましょうか」

「では、司祭様にその旨《むね》、伝えて参ります」

そう言って一礼すると、コーネさんは食堂を後にした。やっぱり、彼女には面倒かけっぱなしだなあ。この離宮での生活を取り付けてくれたのもコーネさんだし、その後のこちらの要望をあちらに伝えるのも彼女。今も授業開始の報《しら》せを持っていってくれてるし。

でも、私が自分で動くのはダメらしいんだ。この離宮から出るにも、上の許可がいるとか。しかも一人で出てはいけないんだって。

何でだよ、と思うけど、コーネさんに言われると文句を言えない。だって一番迷惑かけている相手だから。世話にもなってるし。

そのコーネさんは、私が食堂で食後の飲み物を楽しんでいる時に戻ってきた。

「聖女様、今日これから、最初のお勉強を行うそうです」

「え？　今日これから？」

「はい、聖女様の準備が整ったのなら、早い方がいいだろうと司祭様が」

司祭というと、あの私の推しに声がそっくりの眼鏡君か!!　そうだ、彼は私の教育係だっけ。ということは、しばらくはあの声を堪能《たんのう》出来るんだ……ぐふふ。いやあ、今から楽しみだ。出来たら作品の台詞《せりふ》を教えるから、推しの声で言ってほしい。

そんな妄想をしていた私の耳に、コーネさんの冷静な声が届いた。

「では、お部屋に戻ってお仕度を」

「へ？　仕度って、何の？」

「お召し替えをなさいませんと。今お召しになっているのは部屋着ですから、人前に出る格好ではございません」

なんと、このワンピースで人前に出てはいけないのか……。日本なら、普通に街中に出られるどころか、ちょっとしたドレスコードのある店にも行けそうな格好なのに。

結局コーネさんに押し切られて、私室に戻ってお着替えです。ブラウスとスカート、そしてベストのようなボレロのような上着を着て終了。

着替えを手伝ってくれたコーネさんが、背後から聞いてくる。

「聖女様、本当にお勉強は書斎でなさらなくてよろしいんですか？」

「ええ。せっかくあれこれ部屋があるんだから、有意義に使おうと思って」

「わかりました」

嘘です。口からでまかせです。書斎が立派すぎて逆に落ち着かないなあ、という思いから一階の部屋を希望しただけなんだよね。書斎は壁三方に本棚が作られていて、びっしり本が並んでいる部屋だ。先々代の王妃様が使っていたって事だから、その人の蔵書だろう。

ちらりと覗いたら、どの本も装丁がしっかりしていた。今度時間を作って読んでみよう。結構な量があるから、楽しめそうだわ。

言葉もそうだけど、こっちの文字もちゃんと読み書き出来るのは助かる。しかも日本語と書き分けが出来るのだ。だから、人に見られて困るものを書く時は日本語で書こうと決めてる。最高の暗号だ。

コーネさんが用意してくれたのは、一階にある日当たりのいい遊戯室だった。遊戯室で勉強とはこれ如何《いか》に。部屋に入ると、中央にテーブルと椅子のセットがあり、それ以外にも椅子だのソファだのが置かれていて、五人のうち眼鏡君以外の四人はそれぞれ好みの場所に陣取っていた。

そのくつろぎ方に余裕を感じるよ。あ、でも眼鏡君はテーブルセットの椅子で何だか所在なげだ。わかる。わかるよ、眼鏡君。私も同じ気持ちだから。

私が入ってきたのをちらりと見た四人は、しらーっとした雰囲気で好き勝手に過ごし始める。眼鏡君だけは、教材らしき本をテーブルに広げてこちらを見ていた。

ところで、勉強ってこの面子《メンツ》でするの？　眼鏡君と二人だけじゃないんだ。別にそれを望んでる訳ではないけれど、あの四人は何の為にいるんだ？

こっそりコーネさんに確認したところ、どうやら勉強中の「護衛」だそうです。……必要なの？　それ。

「陛下のご命令ですので」

無表情気味に、コーネさんがそう小声で言った。つまり、あの四人も上からの命令に逆らえずにここにいる、と。そりゃそうか。本当なら王宮のアイドルらしく、お嬢様に囲まれてきゃっきゃうふふしていたいよなあ。

彼等の態度が横柄なのは、気に入らない仕事を振られたせいかな。見るからにまだ若いし、こんな王宮の端で燻《くすぶ》るのは本意じゃないってところか。

いかんな君達。仕事として割り振られたなら、いくら嫌でも態度に出しちゃダメよ。と、ちょっとお節介なおばちゃん風に思ってみる。口には出さないけど。

君達もいい大人なんだからさあ……まさか、まだ未成年がいるとか、言わないよね？　こういう時はコーネさんだ！　尋ねてみたら、やっぱり全員成人済みとの回答。それでこの態度なのか、と内心唸《うな》っていると、眼鏡君が声をかけてきた。

「あの、聖女様。入り口にずっと立っていないで、こちらにおかけになりませんか？」

そういや、私とコーネさん、入り口で立ちっぱなしだったわ……

ルスアント大陸には、現在七つの国があり、内一つは宗教国家である。私達がいるここマイエンドス王国は、この大陸の一番東側に位置する大国だそうだ。大陸で二番目に古い国で、伝統と文化を重んじる国でもあるとか。

大陸では数百年前まで争いが絶えなかったが、大陸全土で信仰される教会組織の頂点である教皇の呼びかけにより、大陸会議が発足《ほっそく》。以降、戦争ではなく話し合いで問題を解決するようになったので、平和な時代がやってきたらしい。

大陸が広いと言われても、正確な縮尺の地図がある訳じゃないので、今ひとつ理解出来ん。最初はユーラシアくらいの大きさかと思ったが、だったら国が七つだけって事はあるまい。いいとこオーストラリア大陸くらいかね。

そんな事を考えていたら、眼鏡君が声の調子を落とした。

「そして現在この大陸に、瘴気《しょうき》問題が持ち上がっています。この瘴気《しょうき》とは有害な代物《しろもの》で、人が触れると大変危険です。また、動植物にも悪影響を及ぼします。瘴気《しょうき》に侵食された植物は変質して毒素をまき散らし、動物は凶暴になり人を襲うようになるのです。人々の精神にも悪影響を及ぼし、大陸で戦争が起こる時は、この瘴気《しょうき》が原因なのだとも言われています」

だから瘴気《しょうき》は浄化しないといけないんだって。私はその為に呼ばれたという訳か。にしても、触れるだけでもヤバいとは。しかも動物や植物まで変質させるのか。下手すると、穀物や野菜なんかも変質するんじゃね？

おっと、それよりも、今の私には聞かなきゃいけない事がある。つい癖で、手を挙げてから教育係の眼鏡君に聞いてみた。

「はい、質問です」

「どうぞ」

「聖女はどうやって瘴気《しょうき》を浄化するんですか？」

私の質問に、部屋のどこかで噴き出す声が聞こえた。……あの四人の誰かだな。目の前の眼鏡君は笑ったりせず、ちょっと柔らかい表情で答えてくれる。

「いい質問ですね。実は、聖女様はその場にいるだけで瘴気《しょうき》を浄化すると言われています」

「え？　いるだけでいいの？」

それ何て空気清浄機？　しかも自動とか。思わず自分の体を見ちゃったわ。でも、何か特別なものが出ているとか、そういう事はなかった。

私の仕草で何を気にしているのか悟ったのか、眼鏡君は穏やかな声で教えてくれる。

「聖女様の存在は特別で貴《たっと》いものです。実際、あなた様が王都にいらしてから、王都の瘴気《しょうき》がすっかり浄化されています。王宮内でも、もめ事が頻発《ひんぱつ》していたと聞いていますが、それらも聖女様がいらしてからすぐになくなったそうですよ。皆さん、以前と比べていらいらが消えて気持ちがすっきりしているそうです」

いらいらしていたって、それストレスが原因じゃないの？　私はストレス解消マシーンか？　どっちにしても、道具扱いされてるようで何だかなあ。とはいえ、ここでは散歩と読書くらいしかやる事ないんだから、少しは役に立ててるならいっか。国王とじいさん連中はともかく、コーネさんにはお世話になっているし。

ちなみに本は、王宮の図書館からコーネさんが持ってきてくれる。彼女のセレクトは、私のツボをついていていい。前回持ってきてくれた騎士の冒険譚《ぼうけんたん》も、続きが気になる。

本当は自分で探したいんだけど、勝手にふらついちゃダメって言われてるので無理そうだ。離宮から一歩でも外に出るには、一々上にお伺いを立てて許可をもらって、コーネさんに加え兵士を何人も引き連れて……ってなるそうな。そんな状況じゃあ、さすがに自分で選びたいとは言えない。

現在、私が出歩ける範囲は離宮の内部と生け垣で囲われた庭園のみ。とはいえ、そこは離宮、庭園も広い広い。ちょっとした自然公園並だ。広いし綺麗だから、毎日散歩している。おかげで日本にいた頃よりも運動量が増えて、そのせいか食事がおいしいことおいしいこと。今一番の心配事は、体重の増加だ……

「聖女様、聞いてますか？」

おっと、余計な事を考えていたら、眼鏡君に注意されてしまいました。失敗失敗。でも、注意する声もいい！　やっぱり推し（を担当した声優さん）の声に激似だわー。そのおかげで、大分焦った気分が解消される。そう、私は焦っているのだ。だって、もう一月《ひとつき》も経てば、舞台の初日だよ？

それを考えると、夜も眠れない。本当に、初日までに帰れるのかな……

眼鏡君の講義を聞いていたら、あっという間にお昼の時間になっていた。いや、眼鏡君てば講義うますぎ。思わず聞き入って時間が経つのを感じなかったよ。ぼさぼさ髪と無精《ぶしょう》ひげはいただけないけど、眼鏡キャラなだけはある。うん。

まあ、あの声に聞き惚れていたって部分も大きいと思う。そんな私の内心を知らない眼鏡君は、手にした教材の本を閉じるとにこやかに言った。

「では、本日のお勉強はここまでです。お疲れ様でした」

「ありがとうございました」

なんと、授業は午前中だけで終わりだそうだ。何だかのんびりしてるなあと思わないでもないが、詰め込めばいいって訳でもないしね。それはともかく、ご飯だご飯。食べるって生存に直結しているし、おいしい食事はストレス発散にもなる。

ここのご飯はおいしいから、大好き。食材は地球のものと似通っているものが殆《ほとん》どなんだけど、たまによくわからないものが出てくる。でもおいしい。

そんな楽しみな食事時間なのだけど……何故彼等もいるのかな？

「親睦《しんぼく》を深める為、食事を共にせよとの陛下からのご命令です」

またあのおっさんのご命令だそうですよ。彼等も大変だなあ。いい家に生まれついたばかりに、上からの命令で見ず知らずどころか、どこの馬の骨ともわからん女と一緒にいなきゃいけないなんて。そう考えると、ちょっと可哀想に感じる。

全員で移動した離宮の食堂は、六人どころか十人以上いても問題ない広さなんだけど、ここで一つ問題が発生した。食堂に入って、いつも座っている一番奥の席に座ろうとした私を「待て」と言って止める人間がいたのだ。

彼はこちらを睨み、不機嫌そうな声で言ってきた。

「我々を下賤《げせん》な席に座らせるつもりか？」

金髪王道君です。名前なんだっけ？　コーネさんにこっそり確認したら、シードという名前でした。にしても、下賤《げせん》な席って。上座下座《かみざしもざ》って意味かね。

今までずっとこの席に座ってたから、何となく愛着のようなものがあるのに。大体、彼等は私の護衛って話だったよね？　護衛が上座《かみざ》に座るのって、有りなのか？

まあ、そうは言ってもこんなくだらん話で波風立てるのもどうかと思う日本人気質で、私はおとなしく入り口近くの席に座る事にした。奥が上座《かみざ》なら、手前が下座《しもざ》でしょうよ。

私が何も言わず席を譲った為か、他の三人からは何も言われなかった。あ、ちなみに眼鏡君は私の目の前ですよ。彼等と眼鏡君を交互に見ていたら、私の考えを汲《く》み取ったらしく、柔和な表情でこそっと教えてくれた。

「私は司祭ですが、出身は平民です。本来なら、こうして聖女様の前に座る事も許されない身の上ですよ」

ちょっとおどけた様子でそう言う彼に、私は小さく笑ってしまう。やっぱり、眼鏡君は一緒にいても気が楽だなあ。

いつも通り料理を前に、手を合わせていただきますしてから食べる。何か、上座《かみざ》の方から視線を感じるけど、お腹が空《す》いてるし無視でいいや。

ふと気付くと、眼鏡君からも視線を感じた。

「何か？」

「いえ、先程のは、何かと思いまして……」

「ああ、『いただきます』？　こっちにはないんですってね。私の故郷では、食事前に『いただきます』、食事後には『ごちそうさまでした』って言うのが一般的なんです」

コーネさんに教えたのと同じ説明をしたら、眼鏡君の眼鏡がきらーんと輝く。

「ほう。何故か伺ってもよろしいですか？」

「私の国の古くからの考えで、命あるものを食べるのだから、その全てに感謝するってのがあるんです。それで食べる前に命をいただきます、食べた後に命を馳走《ちそう》してもらいありがとうございました、と言うんですよ」

大分怪しいけど、大体はこんな意味だった……はず。遙《はる》か昔、幼稚園時代に先生から教わった内容だからね。

眼鏡君はといえば、しきりに「なるほど」と言っている。そういえば彼、司祭だっけ。全ての食事に感謝する、なんていかにも神職者が好みそうな内容だ。眼鏡君の場合、外見が神職者らしくないし、どう見ても研究一筋で他がおろそかになりがちな研究馬鹿って感じだからか、つい職業を忘れる。

まあ彼はいい。しかし上座《かみざ》の方からまた噴き出す声が聞こえてきたのが、かんに障《さわ》る。誰だよ、気分悪いなあ。ちらりと上座《かみざ》を見ると、笑っているのは茶髪だった。あいつか……よし、覚えた。

私の中で、茶髪の株が暴落した瞬間である。

◆◆◆◆

離宮を後にしたシードは、馬車の中で軽い溜息を吐いた。聖女として召喚された女性は、司祭とばかり話をしていてこちらには見向きもしなかった。父や国王陛下には「聖女を妻に迎えるよう努力しろ」と言われているけれど、どう努力しろというのか。

彼の溜息を聞きつけたのか、赤髪のヤジークが軽口を叩いた。

「お、シードともあろう者が溜息か？」

「やめろ」

「いいじゃないか。この馬車の中は、俺達以外いないのだから」

彼は相変わらず、身分にそぐわない下々《しもじも》の言葉を好んで使う。とはいえ、その通りだ。今車内にいる者達とは家格が釣り合う為、幼い頃から見知っている。付き合いが長い分、お互いに気心が知れていた。とはいえ、なれ合う仲ではない。それぞれの実家を巻き込んで、この年になるまで競争の連続だった。

目下《もっか》彼等が競い合うのは、「誰が聖女を手に入れるか」だ。自分に話が来ているのだから、彼等も父親から似たような事は言われているだろう。それには、理由があった。

ルスアント大陸には、聖女を手に入れた者が大陸を統《す》べるという言い伝えがある。真偽の程は定かではないが、全くのでまかせとも言えないものだ。

少なくとも、これまでに聖女を得た国が長く繁栄したのは間違いない。前回の聖女を王妃に迎えたのは西のアウェガ王国だが、あの国はそれから百年近く、大陸の諸国が天災に悩まされたにも拘《かか》わらず、豊作続きで国力を増していったという。

結果、わずか数年でマイエンドスと肩を並べる程の国にのし上がったのも、聖女の恩恵と言われればそうかと頷くしかない。だからこそ、国王陛下もドウソーン家の当主である父も、シードに聖女を手に入れろと言ったのだ。国王は国の為に、父は家の為に。

シードが己の考えに耽《ふけ》っていると、向かい側に座るヤジークが真面目な声で言った。

「それにしても、あの聖女とやらはあれだな……あまりやる気を出させてくれないな」

これに反論する者はいない。という事は、この場にいる者達は皆彼と同じ考えなのだ。

ここにとは全く違う場所から来たという聖女。見た目はこれといった特徴はなく、髪も目も庶民にはよくある色だ。

顔立ちも整ってはおらず、どちらかといえば自分達の周囲にいる女性の中では劣った容姿である。あのコーネという侍女の方が優れていると言っていい。

そんな聖女を、妻に迎えねばならないとは。シードの口から重い溜息がこぼれた。

「そんな顔していると、宮中の女達が『黄金の君が憂《うれ》えている』と黄色い悲鳴を上げるぞ」

「うるさい」

「ヘザーネインとダビレも、親父殿からあの聖女を落とせと言われているんだろう？」

「よさないか」

「何だよ、この顔ぶれで綺麗事を言う必要などあるまい？」

ヤジークの言《げん》に、シードは一瞬言葉に詰まる。本音を言える相手が、競い合う彼等しかいないというのも、また皮肉な話だ。

そんな彼等であればこの車内での会話を余所《よそ》に漏《も》らす事はないだろうが、世の中には絶対の保証などない。にやりと笑うヤジークに、シードは顔をしかめた。

「言葉を慎《つつし》めと言っている」

「言い方を変えたところで、結果は変わるまい。で、どうなんだ？」

ヤジークの視線は、残る二人、ヘザーネインとダビレに向いている。銀髪のヘザーネインは相変わらず感情の読めない微笑を浮かべ、茶髪のダビレもいつも通り拗《す》ねた様子だ。それだけで、彼等も父親に言い含められているのだと知れた。

「私はまだ、妻など早いと父に申したのですが……」

「ふん！　あんなちんちくりん、僕はごめんだね」

どちらも言葉は違うが、あの聖女は願い下げだと言っている。その意見にはシードも賛成なので、特に口は差し挟まなかった。

だが、ヤジークは違うらしい。

「まあまあ、二人とも。聖女はあれだ、お飾りの正妻にしておけばいいんだよ」

「お飾り？」

ヤジークの言葉に、シード達の声が重なる。それに気をよくしたのか、ヤジークはにやりと笑った。

「考えてもみろ。我々序列一位の家は血筋を重んじる。そんな家に、異世界から来た聖女というだけで、素性もわからん女の血を入れる事を、親父殿達が本気で願うと思うか?」

言われてみれば、一理ある。序列一位の家は、どこも建国以来続いている名家だ。その家に、聖女といえど出自のわからない女の血を入れる事を、どの当主も望みはしない。

では、どうするのか。その答えをヤジークは口にした。

「聖女は正妻として置いておきさえすればいいんだよ。子供は出自のいい娘に産ませる。これなら聖女を妻に迎え、かつ家に正しくない血を入れる事もない訳だ」

その提案に、シード達は感心の声を上げる。貴族が正妻以外に子を産ませるなどよくある話だ。正妻に子がなく父親である当主が認めれば、庶子でも家督を継ぐ権利を持つ。ヤジークは、その仕組みを利用しろと言う。

「今日の昼の件を見てもわかるだろう? あの聖女ならば、こちらの思い通りに出来るというものだ」

確かに、あの場であのような形で席を譲るなど、本来ならあり得ない。きちんと躾《しつけ》を受けた令嬢なら、最初から上座《かみざ》を彼等に譲っただろう。その上で、あんな下座《しもざ》に腰を下ろす事はなかったはずだ。家に合わせた席を選ぶのも、淑女のたしなみである。

聖女は、シードに言われたから文句も言わず席を譲るといった様子だった。従順な性格ならば、ヤジークの言う通り、こちらの思うままだろう。

それなら、あの聖女を妻に迎える事に何ら問題はないではないか。容姿の件や血筋の件も、お飾りなのだから気にする必要もない。重要なのは、「聖女」としての立場と力だ。

「話は決まったな。では、俺達四人で、誰が聖女を落とせるか賭けといこうじゃないか」

「賭け？」

ヤジーク以外の声が揃った。その事に満足した様子で、彼は話を続ける。

「何かやる気を出す趣向を凝《こ》らさないとならないだろう？　だから、聖女を落とした者には、他の三人から何か賞品を受け取れるようにしようじゃないか」

ヤジークの言葉に、三人が頷く。この苦境を乗り越えるいい提案だった。それをヤジークがしてきたという事には驚きを感じるが。

だからか、シードはつい口を滑らせた。

「正直、お前がこんなに頭が回るとは思ってもみなかった」

「おい」

ヤジークが凄むものの、すぐにヘザーネインがシードに追随する。

「そうですね。常に剣を振り回しているだけかと」

「こら」

「くっくっく。ヤジークに対する印象って、そんなもんだよねえ？」

「何だと!?」

止《とど》めのダビレの一言に、ヤジークはさすがに怒り出した。だが、ダビレの言葉は正しい。おそらくこの場にいる三人だけでなく、王宮中の人間が同じ意見を持っているのではなかろうか。ヤジーク本人だけが、その事に気付いていない。

ふてくされつつも、ヤジークは他三人を見回して口を開く。

「ここから先は、この面々で競い合う事になる。遠慮はなし、ただし正々堂々と、だ。ちなみに、俺が出す品は領地で今年生まれた中で一番の仔馬だ。王家に献上した仔馬の兄弟馬だから、血筋は確かだぞ」

ヤジークの言葉に、シード達の目の色が変わった。ヤジークの家ヌデア家の領地といえば、名馬を多く産出する土地として知られている。しかも、王家に献上した仔馬の兄弟馬とは。

ヤジークが領地の名馬を出してくるのならば、シード達も自分の家の領地に関わるものを出すのが筋だろう。

「では、私は先日作らせたばかりの剣を出そう」

シードの実家ドウソーン家の領地では、良質の鉄を多く産出する。鉱山に恵まれ、鍛冶技術も他に抜きん出ていた。そんな理由から、ドウソーン領の武器防具は高品質だと評価されている。

「では、私はレースと香水を。女性に贈ると喜ばれますよ」

ヘザーネインのホエーワ家では、生糸と花の生産を奨励《しょうれい》していて、それらを使った布やレース、香水や化粧品などが名産品だ。宮中の女性達にとっては、垂涎《すいぜん》の的《まと》になっている。

「じゃあ、うちからは馬車かな？」

ダビレのテガスト家の領地には深い森があり、良質の木材を産出していた。それらを使った家具も有名だが、実は一番有名なのは馬車である。ちなみに、今四人が乗っている馬車もテガスト製だった。外観や内装だけでなく、乗り心地も最高級と言って過言ではない。

全員、賭けの品を出したところで、ヤジークが再び三人を見回した。

「では、これで賭けは成立だ。皆、この事は誰にも言ってはならないぞ。これから親父殿を通して、聖女との時間を取れるよう陛下に願い出る。一人ずつ公平に。いいな？」

そう言ったヤジークに、シード達は全員頷く。気の重い話だが、家の為にもいずれは妻を迎えなくてはならない。ならば、聖女を妻にするのもいいではないか。しかも、嬉しいおまけまで付いてくるのだ。これでやる気を出さない者など、いないだろう。

シードは小さな窓から見える景色を眺めつつ、明日からの聖女との接し方を考えていた。

◆◆◆◆

翌日、朝食の時間にコーネさんからお知らせがあった。

「本日より、昼食後に護衛の方々と親睦《しんぼく》を深める時間を取るように、との陛下からのご命令です」

「コーネさん、それ、どうしてもしなきゃダメ？」

「……陛下のご命令ですので」

コーネさんも、若干言いづらそうにしている。そらそうだ、「お前等仲良くしなよ？」なんて事、普通は「命令」するもんじゃないよなあ。

とはいえ、ここで駄々をこねるとコーネさんに迷惑がかかる。昨日の授業中の彼等の態度を考えると、時間を取ったところで親睦《しんぼく》を深められるとは到底思えないけど、仕方ない。

「わかりました。昼食後だね」

「はい。本日はシード様とお過ごしいただきます」

「え？」

「はい？」

コーネさんの言葉に思わず声を出したら、彼女が首を傾げた。可愛いけど、そうじゃなくて。もしかしなくても、二人きりですか？

何だろう……嫌な予感しかしない。あ、でもそれなら、交換条件でこちらの言い分も呑んでもらおうじゃないか。

「コーネさん、午後から個別に対面するなら、授業時間まで彼等と一緒にいなくてもいいよね？めが……司祭様以外の人がいると気が散ります」

正直言うと、昨日一日で懲《こ》りた。いやー、いるだけで邪魔になる人、本当にいるんだね。この先もずっと昨日みたいに居座られるのかと思うと、やる気が削《そ》がれる。

私の心からの訴えに、コーネさんはしばらく考え込んでいたけれど、結局こちらの意見を聞き入れてくれた。

「わかりました。では、本日よりお勉強の時間は書斎で過ごすようにいたしましょう。その間、護衛の方々には遊戯室で過ごしていただきます。ですが、司祭様とお二人きりという訳には参りません。私も同席いたしますが、よろしいですね？」

コーネさんなら別に問題はないや。あの「ぷっ」って噴き出す声が聞こえなければいい。あれを聞くだけで、かなり集中力が削《そ》がれるんだ。

犯人はわかってるけど、一人だけ締め出す訳にもいかないし。そういえば、そのうちあいつとも二人きりで会わなきゃいけないのか……憂鬱《ゆううつ》だ。

という訳で、本日から勉強時間は書斎で過ごす事になりました。先に入って待っていると、コーネさんに案内された眼鏡君がやってくる。

今日も昨日同様、ぼさぼさの髪に無精《ぶしょう》ひげ、瓶底眼鏡だ。

「侍女の方から、本日よりこちらで授業を行うと聞いたのですが……」

「ええ、あまり人がいると、集中出来なくて」

「ああ、なるほど」

眼鏡君も納得したらしい。そりゃ私に聞こえるくらいだから、彼にもあの「ぷっ」は聞こえていただろうよ。聞こえない振りをしていたけどね。

そして、眼鏡君だけの授業は凄く捗《はかど》った。彼も驚いたくらいに。

「……思っていた以上に、効果がありましたね。昨日とは段違いですよ」

「そうですね」

眼鏡君の言葉に、私はにっこり笑って返した。やっぱり邪魔がいないと、集中出来る。

昨日に比べて随分とすっきりした授業の終わりに、眼鏡君は締め括《くく》りの言葉を言った。

「さて、ここまでで、何かご質問はありますか？」

質問……質問かあ……。ひげは剃《そ》らないんですか？　って聞いたら怒られるかな？　さすがに眼鏡を外せとは言えないし。コンタクトとかないだろうしね。

と思っていたら、眼鏡君がぽかんとこっちを見ている。

「どうしたんですか？」

私が聞いたら、眼鏡君はコーネさんと顔を見合わせてしまった。何？　何なのよ。一人ハブにされたみたいで、気分悪い。

私が不機嫌になったのを悟ったのか、コーネさんがこそっと言ってきた。

「その、聖女様が司祭様におひげを剃《そ》らないのか、とか眼鏡がどうとか小声で仰《おっしゃ》っていたもので……」

彼女の言葉に、眼鏡君もこくこくと頷いている。……もしかして、考えていた事が口から出ていた？

「えーと……」

さて、何とフォローしたものか。困っていると、コーネさんが助け船を出してくれた。

「司祭様、この際ですから申し上げます。おひげだけではなく、髪もきちんと整えてきてください。あなたは神の御前《おんまえ》でもそのようなだらしない姿でいるのですか？」

「だらしな……いえ、礼拝の際にはそれなりの格好を――」

「では、明日より聖女様の前に出る時には『それなりの格好』をなさってください。大体、聖女様に指摘される前に気付くべきです。この方は、神に次ぐ尊い方なのですよ」

おおう……助け船というより、殲滅《せんめつ》しにかかっているようだ。というか、最後の一言はいらないです。尊いのは私の推しだけで十分。

コーネさんに詰め寄られて、眼鏡君もたじたじだ。有能な人に怒られるのって、怖いものね。眼鏡君、明日からの君に期待しているよ。


昼食時は、特に問題はなかった。昨日の今日だから、最初から上座《かみざ》は譲ったし。別に気にしていないのでいいんだー。これが会社関連だったら気を遣わなきゃならないけど。取引相手を下座《しもざ》に座らせたりしたら、大問題だ。

私としては、推しの声に激似の眼鏡君と差し向かいで食事出来る事の方が大切。まるで推しと食事しているかのような錯覚に陥《おちい》る。推しと食事……いい。あ、やべ。顔がにやけそう。

四人組は、昨日同様お通夜《つや》の席みたいに静かに食事している。ちょっと気になって、眼鏡君に小声で聞いてみた。

「もしかして、食事時って喋《しゃべ》っちゃダメだった？」

「そんな事はありませんよ？　まあ、私語厳禁の食事の場もあるにはありますが、ここでは特に作法に反するという事はないかと」

そんな食事の場があるのか……。でも、それならここで喋《しゃべ》っても問題はないのね。良かった。安心した私は、昨日よりもあれこれ眼鏡君に話しかけながら昼食をいただきました。本当、ここの食事はおいしいわあ。

ちなみに、本日の昼食はパンに鶏肉っぽい肉の煮込み、温野菜、スープ、果物。昼から豪華だなあと思っていたけど、コーネさんに言わせると「貧相で申し訳ありません……」との事だった。これで貧相なんだ……

王宮だと、テーブル一杯に料理が並ぶそうな。そんなに食べきれないから、今のままでいいです。そう伝えたら、コーネさんだけでなく厨房《ちゅうぼう》の人達も大変喜んだらしい。王宮勤めも、苦労が多いのだろう。

そんなおいしい昼食の後は、大変気乗りのしない親睦《しんぼく》のお時間です。本日のお相手、金髪君と応接室で対面に座る。いやあ、上からの命令って辺りがこちらのやる気を削《そ》ぐ削《そ》ぐ。

しかも、その命令をしているのがあのおっさん国王だからね！　人を拉致《らち》った上にこんな面倒な事を押し付けてくるとは……少しはコーネさんを見習って、聖女様崇拝でもしやがれ。……いや、実際にやられたら嫌だけど。ちょっとはこっちに気を遣いなさい。

二人ボッチ親睦《しんぼく》会の会場である応接室は、この離宮で使用されない率ナンバーワンの部屋だ。そこに用意されたのは、コーネさんの淹《い》れてくれたお茶と茶菓子。

これがあるからか、本日の昼食の量は少なめでした。さすがコーネさん！　私のお腹の容量まで把握して、食事量を減らしてくれたんだね！　気配りの塊《かたまり》です！

しかも、用意された茶菓子は軽い感触の焼き菓子だ。胃に重くないチョイスがまた素晴らしい。侍女の鑑《かがみ》です。お茶の仕度を新入りの侍女達に任せない辺りも、彼女の気遣いかなー。新入りの子達、金髪君達のファンらしいんだよね。

さて、とうとう始まった二人ボッチ親睦《しんぼく》会ですが、何を話せばいいのやら。

とりあえず、金髪君が話し始めるのを待つ。

「……」

「……」

「……」

沈黙。彼は組んだ足の上に乗せた自分の手をじっと見下ろしている。話す気、あんのか？

ちょっと動いたと思ったら、カップとソーサーを持ち上げて優雅に茶を一口。茶菓子もそんな感じでいただく。それが十分間隔くらいであるだけ。

結局、そのまま彼は何も話さず、終了時間になった。時間を知らせてくれたコーネさんを一瞥《いちべつ》もせずに「帰る」と言って立ち上がった金髪君に、「何しに来たの？」と聞きたくなったけど、やめておいた。何となく、聞くと面倒な事になりそうでさ……

部屋を片付けたコーネさんからは、今日の感想は聞かれていない。彼女も部屋の隅に待機していたので、どんな状況だったかは知ってるもんね。思わず、ベッドに入ってから深い溜息を吐いてしまった。これ、明日も似たような展開になるのかなあ。

次の日の授業の時間は、変化があった。なんと、眼鏡君がきちんと髪に櫛《くし》を入れ、無精《ぶしょう》ひげを剃《そ》ってきたのだ！　不思議なもので、たったそれだけなのにかなり男前度がアップしている。まあ、瓶底眼鏡は変わらないとはいえ、昨日までよりはかなりいい。

なので、思わず素直に口にした。

「やっぱり、その方が素敵ですよ」

普通に褒めたつもりだったんだけど、眼鏡君は一瞬固まったかと思ったら、指先で眼鏡を押さえて軽く俯《うつむ》いてしまう。授業時間中も、教材のページ数を間違えたり、ペン先を筆圧で潰したり、淹《い》れてもらったお茶をこぼしたりとヘマばっかりだ。

結局、眼鏡君のおかしな様子は昼時まで続いた。今日も昼食の席が向かい合わせなので、思い切って聞いてみる。

「大丈夫ですか？　私、何か変な事を言ったでしょうか？」

「いえ、その……普段、言われ慣れていない事を言われたもので……」

言われ慣れていないって、素敵って言葉か？　それだけでここまで平常心をなくすなんて。ちょっと面白くなって、つい笑ってしまったら、上座《かみざ》の四人組から、何やら微妙な視線を感じた。

そして昼食後は赤毛君との二人ボッチ親睦《しんぼく》会だ。赤毛君も無言なのかなー？　と思ったら、彼は金髪君とは違った。しかも悪い意味で。

まー、よく喋《しゃべ》るよく喋《しゃべ》る。もっとも、相手の事を考えていないって点では、金髪君と同じだな。

彼の口から出てくるのは、彼が戦闘で負傷した時の自慢話ばかり。普通、戦いの場でつけられた傷なんて、不名誉なものなんじゃないの？

でも、赤毛君は名誉の負傷と言わんばかりに喋《しゃべ》る喋《しゃべ》る。私としては、君の傷の由来を聞かされても「はあ」としか答えられないっての。

「で、この傷が五年前に西の国境沿いであった小競り合いの際についたもので、こっちのが三年前の領地境での盗賊討伐の際についた傷だ」

豪快に笑いながら傷の説明を続けているよ。いや、そんなに傷痕が残るのはいかがなものか。どうも、彼はいい家のお坊ちゃんの割に前線に出たがるタイプらしい。脳筋？

こんな調子で、十年前の初陣《ういじん》の時からの、大小様々な傷の由来を聞かされました。一兵卒じゃあるまいし、怪我ばっかしていていいのかね？　これで、明日は銀髪君かー。既に飽きてきたんだけど。

赤毛君の時間が終わった後、コーネさんに言ってみた。

「コーネさん、この親睦《しんぼく》会、もう終わりにしたいです」

「始まったばかりですよ？　明日はヘザーネイン様との初の親睦《しんぼく》会です。少なくとも、一回は参加なさってください」

ダメですか、そうですか。やっぱり逃げられないらしい。命令出したあのおっさんがハゲるように呪おう。聖女の呪いはさぞや効くだろうて。

翌日の天気は曇天《どんてん》。私の心を表すような空模様だ。天気同様どんよりとした気分の中、眼鏡君との授業は一服の清涼剤だ。本日の授業は教会組織について。大まかな話を最初にして、後から細かい部分を詰めていくってのが、眼鏡君のスタイルらしい。

なので、今はあれこれざっくりと教わっている。

「以前もお話しした通り、大陸の宗教は統一されています。その総本山はユベール聖皇国にある教皇庁です。ちなみに、ユベール聖皇国は宗教国家としても知られています。教皇庁はユベール国内にある聖地に存在し、大陸全土から毎年巡礼者が訪れる事でも有名です」

ほほう、巡礼とな。それに、聖地という言葉にも私は反応するよ。何せオタクだからな。もっとも、オタクにとっての「聖地巡礼」は、眼鏡君の言うそれとは大分違うが。

この大陸での聖地は、その昔、神様から賜《たまわ》った神宝を収めた祠《ほこら》があった場所で、教皇庁の聖堂はその祠《ほこら》の上に建てられているそうな。今は聖堂内部に神宝を移しているけど、祠《ほこら》は今でも聖堂の地下で保護されているらしい。で、祠《ほこら》も巡礼の対象なんだとか。

他にも、教会での位階の在り方なんかも教わった。下から助祭、助祭長、司祭、主席司祭、司教、主席司教、大司教、枢機卿《すうききょう》、総大司教、教皇となるそうだ。眼鏡君、結構下の方の位階なんだね……

とはいえ、司祭に上がれる人は結構少ないんだとか。大概が助祭長にすらなれずに終わるそうだから、眼鏡君も一応エリートと呼んで差し支えない。上には上がいるから言わないけど。

そんな眼鏡君との楽しい授業と、四人組も交えた微妙な昼食の後は、銀髪君との初の二人ボッチ親睦《しんぼく》会だ。あ、今日のお昼もおいしゅうございました。今日のメインは魚で、揚げ焼きにした後、香辛料の効いたソースで野菜と絡めたものだ。

ちょっと行儀悪いけど、パンに挟んで食べたら激うま！　私のやり方を見ていた眼鏡君も同じようにして食べて、やっぱりいつもよりおいしいって言っていたな。ふふふ、サンドは正義ですよ。

この場合、正義と書いて美味《うま》いと読む。

そのお昼の余韻《よいん》も吹っ飛ぶ二人ボッチ親睦《しんぼく》会かー。部屋に行く前からテンションだだ下がりだわ。

銀髪君が悪い訳ではないけど、金髪君、赤毛君と連続でげんなりする時間を過ごす羽目になったせいで、正直期待出来ない。でも、気合で愛想笑いを貼り付けて臨《のぞ》んだ。銀髪君は常に微笑みを絶やさない人だからね。

そうして席についてお茶が運ばれてくると、銀髪君がにこやかに話しかけてくる。

「聖女様におかれましては、こちらの生活には慣れたでしょうか？」

「ええ、おかげさまで」

お？　前二人とは全く違う感触。彼となら、普通の会話が出来るかも？

そんな事を思っていたら、予想外の言葉がきた。

「聖女様はこちらにいらっしゃるまで、庶民の生活をなさっていたとか」

「え？　ええ、そうですね」

「さぞお辛かった事でしょう……でも、これからはもう安心です。我が国の国王陛下が後見についてくださいますからね」

「はあ……」

私の心中をおわかりいただけるだろうか。「何言ってんだ？　こいつ」である。

そりゃ、こっちの庶民は生活が大変なのかもしれないし、ある意味、日本でも生活は大変だったけど、ちゃんと自分の稼いだ金で自立した生活が出来ていた。それを、他人にあれこれ言われる筋合いはない。何より、推しのいる生活は何にも代えがたいというのに！

その推しを奪われた私に、安心だとはこれ如何《いか》に。しかも、銀髪君は私にとっての地雷ワードを言い放った。

「我が国に聖女として召喚された事、あなたにとっては何よりの幸福でしょう」

ふ　ざ　け　ん　な。

この一言で、私は銀髪君を敵と認定しました。そこからもああだこうだとほざいていたけど、全て聞き流した。もう銀髪君だけでも二人きりの時間はなしにしてもらえないだろうか。

沈黙を貫《つらぬ》く金髪君や、中身のない自慢話の赤毛君はまだマシだった。まさか銀髪君がこんな地雷野郎だとは思わなかったよ。彼には一言、私の推しを返せ、と言いたい。お前等が聖女召喚なんて拉致《らち》誘拐をしたから、私は推しから引き離されたんだぞ。

この苦しみ、理解出来るか？　出来ないだろうな。こんな世界に、日本のような優良コンテンツがあるとは思えない。せいぜい宗教画や肖像画がある程度だろう。

高尚な銀髪君にはわかるまい。二次元の良さ、尊さが。ああ、ダメだ。怒りが振り切れて、逆に頭が冷えている。次に銀髪君に会う時は、金髪君を真似て無言になりそうだ。

それでもいいか。なんたって、私は聖女様なんだから。こういう時は、あいつらが押し付けてきた立場を利用しないと。じゃあ、明日の茶髪との時間はブッチしてもいいな。

翌日、そんな冷たくも煮えた頭でコーネさんに茶髪との親睦《しんぼく》の時間は嫌だと主張したら、困った顔で「一回だけでも」と言われてしまった……

ちっ、しょうがない、一回だけは参加してやらあ。大体、あいつは最初から態度悪かったんだ。あの「ぷっ」ってやつ、やってるのあいつだよ。

しかも初日だけでなく、今日に至るまで何かにつけて軽く噴き出している。凄く気に障《さわ》るし、小馬鹿にされているようで不快なんだよなあ。一回噴き出した直後の彼を見たんだけど、にやにやするだけで何も言わなかった。

今日もあのにやにや笑いで来たらぶっ飛ばしてやる！

「コーネさん、今日の相手、気分を害したらぶっ飛ばしていいですか？」

「それはちょっと……聖女様のお手が痛みます。殴るのでしたら、合図をくだされぱこちらをご用意いたしますが」

そう言ってコーネさんが出してきたのは、明らかにヤバそうな打撃武器だ。いやいやいや、さすがに相手を殺すつもりはありませんよ⁉

慌ててしまってもらったけど、あんな武器どこから出したんだろう？

とりあえず、そんなこんなで応接室に行ってみたら、誰もいなかった。

「……いませんね。少しお待ちください」

ちょっと低い声で呟いたコーネさんは、足早に応接室を出る。ややあって戻ってきた彼女によると、茶髪は金髪君達より少し遅れて帰っていったんだって。肩すかしをくらった気分だけど、不快になるとわかっている時間だったので、かえって助かった。

なのに、コーネさんが怖い。

「聖女様にお時間を割いていただいた挙句、この仕打ち……罪は深いと教えて差し上げましょう」

そう言いつつ、先程のヤバい打撃武器を構えるのはやめてえええええええ！　さすがに流血沙汰《ざた》は見たくありません！　全力で押しとどめましたとも。

それにしても、これであの四人と交流を深めろとか……無理ゲーにも程があるぞおっさんめ。ハゲとセットで膝が痛くなるよう呪おうか。

さて、眼鏡君による授業が始まって既に一週間が経っている。勉強自体は遊戯室でやっていた時よりも進んでいると思う。邪魔な存在がいないので集中出来るっていうのと、眼鏡君の講義がうまいおかげだね。それに声もいいから。

いやあ、何度目を閉じて声に集中したくなった事か。ちなみに一回実行しようとしたら眼鏡君に、「聖女様、寝ないでくださいね？」って言われてしまった……。それ以来、どれだけ声に集中したくなったとしても、目は閉じないようにしている。

ちなみに、今日の授業内容はこの国の身分制度。そういえば、聞こうと思ってすっかり忘れてた。序列うんたらってやつ。この国には爵位というものはなく、全て「序列」で表現されるそうだ。この序列というのは、正しくはマイエンドス王宮序列という。

「王宮」とつくだけあって、庶民には適用されない。そして、あの四人の家の序列一位っていうのは、国王と王妃、その子である王子王女を除くと王宮内で一番偉い家って意味。

国王の兄弟とか親族はどうなるのかといえば、兄弟の場合は国王が即位し、次代を継ぐ王子が生まれた時点で、王族籍から出て序列一位の家を新たに興《おこ》すそうな。もしくは、跡継ぎのいない貴族の家へ婿《むこ》に入る。王女の場合は他国の王族に嫁《とつ》げればいい方で、多くが他国か自国の貴族に降嫁するらしい。

そんな事をしていると、序列一位の家ばかりになるんじゃないかと思うけど、意外とそうはならないのだとか。

「序列は新年に更新され、昨年の働きによって変動します。なので、序列一位に居続けるのも大変なんだそうですよ」

俗世も大変ですねえ、とのんびり言う眼鏡君に、そういえばこの人、神職だから俗世間とは関係ないんだなと思い知る。いや、その割には結構俗っぽい事も口にしてるけど。

とはいえ、どれだけ国に貢献したかで地位が決まるというのは、割と健全に見える。そう言ったら、眼鏡君が声を潜《ひそ》めて教えてくれた。

「あまり大きな声では言えませんが、下の序列の家の手柄を己のものとして、一位を確保する家もあります。当然、手柄を取り上げた家には相応の見返りを用意しますけど」

貴族、汚い。まあ、それが出来るのも一位の家だからこそなのだそうだ。でも汚い。

あの金髪君達四人は、爵位的に言えば公爵か侯爵の家柄になる。道理で下座《しもざ》に座るのを拒否した訳だ。生まれてこの方、下座《しもざ》に座らされた経験なんかなく、彼等にしてみれば当たり前の要求をしたに過ぎないんだろう。むしろ、最初からそうしておけくらいの考えだったのかな。

一人遠い目をする私に、眼鏡君は別の話題を振ってくる。

「それと、あまりいい話ではありませんが、お伝えしておく事があります」

「司祭様」

眼鏡君の言葉を遮《さえぎ》ったのは、部屋の隅に控えていたコーネさんだ。彼女は眼鏡君と私が二人きりにならないように、常に部屋にいてくれる。その彼女の表情は、これまでにない程険しい。そんなコーネさんに、眼鏡君も真面目な様子で答えた。

「いつまでも隠しておくのは、聖女様の為になりません。知らずに危険に晒《さら》されてもいいと言うんですか？」

コーネさんからの返答はない。それはつまり、眼鏡君の考えを受け入れたという事か。少なくとも眼鏡君はそう判断したらしく、話を続けた。

「この国には……いえ、この大陸には、聖女様を害そうとする者達がいるんです」

「え？」

言われた内容が一瞬理解出来なくて、ぽかんと眼鏡君を見る。彼は痛ましいものを見るような顔で、そっと付け加えた。

「大変残念な話ですが、事実です」

静かな眼鏡君の口調に、本当なんだって実感する。何だか、背筋がぞわぞわしてきた。害するって、ソフトな言い方をしてるけど、それって私を殺……消そうとしている連中がいるって意味だよね？　自分の事だから、どうにも直接的に言う気になれないや。

でも、聖女はこの大陸に必要な存在のはず。私は眼鏡君にダイレクトに聞いてみた。

「あの、どうして私が狙われるんですか？　聖女って、大事なんですよね？」

大陸の浄化の為に召喚した聖女を排除するって事は、瘴気《しょうき》を放っておくって事に繋《つな》がる。動植物のみならず、人体にも影響が出ているって話だったのに。

私の質問に、眼鏡君は苦い顔のまま教えてくれた。

「実は、聖女様を狙っているのは過激な信仰を持つ者達なんです。彼等は浄化否定派、もしくは終末派などと呼ばれ、この大陸の瘴気《しょうき》を神の鉄槌《てっつい》だと信じているのですよ。自分達こそが神の御心《みこころ》に沿う者達だと言って憚《はばか》らないのです。そして神が下した鉄槌《てっつい》である瘴気《しょうき》を浄化する聖女は、存在そのものが神への冒涜《ぼうとく》だとも主張しています」

聖女の存在意義を知らない連中かと思ったら、ヤバい信者だったー!! 作り物めいた世界にいるのに、どうしてそういう部分は現実臭いんだよ……

カルト相手じゃ説得は無理だ。幸い、私はこの離宮からほぼ出ない生活をしている。彼等が王宮の敷地内、それもこの離宮の中にまで侵入しない限り、私の安全は保障されていた。

ってか、離宮の敷地内から出るなって、こういう事情だったんだ……そりゃ王宮の図書館へ行くってだけで、護衛の兵士がつく訳だわ。納得。

私がそんな呑気《のんき》な事を考えていると、眼鏡君が力なく言った。

「こんな話、本当は聖女様には聞かせたくなかったのですが、知らずに危険に陥《おちい》るような事があってはならないと思ったんです」

吐き出された溜息はとても重い。そっとコーネさんの方を窺《うかが》うと、彼女は顔を逸らして悔しそうにしてた。多分、私の耳にこの話を入れざるを得ない状況になった事が、彼女にとっては悔しいのだろう。

何だか、嫌だな。これまでコーネさんには世話になりっぱなしだから、彼女にこんな顔はしてほしくない。眼鏡君だってそうだ。彼も眉間に皺《しわ》を寄せて苦しげにしている。

そんな彼等に、私が言えるのはこれだけだった。

「……わかりました。狙われているという自覚を持って、決して一人で行動したりしないようにします」

この一言で、二人ともほっとした様子を見せる。そこまで心配かけていたんだ。言ってくれれば……とも思うけど、「お前は狙われていて、殺される危険性が高い」なんて説明されたら、大抵の人間は怯《おび》えるな。二人とも、私を怯《おび》えさせたくなかったんだろう。

理由がわかったので、これまで同様、おとなしくここで過ごそうと思う。元々インドア派だから、引きこもり生活を苦に感じないし。ただ、聖女としてはそれってどうなんだろう？　ここに引きこもっていて、大陸の浄化が出来るんだろうか。

という訳で、疑問はとっとと解決すべし。私は再び手を挙げた。

「質問です」

「何ですか？」

「聖女は大陸の瘴気《しょうき》を浄化する為に召喚されて、その場にいるだけで浄化出来るって話ですよね？」

「その通りです」

先程までの重い空気はどこへやら、私が教えられた内容をきちんと理解している事に満足そうな笑顔を見せる眼鏡君に、本題をぶつける。

「では、聖女である私が離宮に引きこもったままなのは、大丈夫なんですか？　瘴気《しょうき》の浄化という意味で」

この質問は意外だったのか、眼鏡君がちょっと驚いた顔をした。といっても、目元が瓶底眼鏡で隠れているせいでわかりにくいんだけど。いっそ、その眼鏡、外さないかな？　眼鏡キャラにとって眼鏡は本体だしダメか。

眼鏡君は溜息を吐いてから、口を開いた。

「聖女様にそのようなご心配をおかけしてしまうとは、我々の力不足ですね」

「え？　いやいや、そういう事では――」

「この世界、この大陸に聖女様がいらっしゃる意味はとても大きいんです。大陸のどこにいても、浄化は可能ですから。少し、時間がかかるというだけです。もちろん、瘴気《しょうき》の濃い場所に直接出向いていただいた方が早く浄化出来ます。ですが、今の状況では各国も聖女様が動かれない事を了承せざるを得ないでしょう。終末派をのさばらせているのは、各国の責任でもあるのですから」

いきなり謝られてどうしようかと思ったけど、そうか……時間はかかるけど、引きこもりでもOKなんだ。ちょっと安心。にしても「のさばらせている」なんて、何だか眼鏡君らしくない言い方だね。それだけ、その「終末派」だかに腹を立てているって事か。

神職だからこそ、神の名を騙《かた》る連中は許せないってところかな。

私の離宮での日課に、庭園の散歩がある。そう言うと優雅に聞こえるけど、何の事はない、体力低下を避ける為だ。

元々インドア派とはいえ、毎日の通勤でそれなりに動いてはいたからね。しかも、最近は例の四人と午後から二人きりになる時間がストレスでな……ちったあ動いて発散しないと、そのうち爆発しそうで怖い。

それに加え、タイムリミット——推し作品の舞台初日が刻一刻と迫っているのがね……。離宮を出られないという事は、日本へ帰る為の情報を得られない事だってのに、気付くのが遅かったわ。

ここに閉じこもっている間、何も調べられない。さすがに王宮の図書室にも、離宮の書斎にも、「日本への帰り方」なんて本はないし。そもそも、どうやって調べればいいのかすらわからないというね。最初の一歩から躓《つまず》いてる状態ですよ。

そういったストレスやらイライラやらを解消する為にも、歩き回る事は有効なんだ！ と思いたい。

散歩の時間に充《あ》てているのは、朝食から授業までの合間と二人ボッチ親睦《しんぼく》会の後だ。きちんと手入れされた庭園には、色とりどりの花が咲き乱れていて凄く綺麗。綺麗なものを見るのもストレス対策になるはず。

私には植物を育てる才能はないけど、花を眺めるのは好き。とはいえ自宅には花の一輪すら飾るスペースがない。隙間なく推しのグッズを飾るのが私です。

そんな私が、いつも通り庭園の花を愛《め》でつつ散歩していると、どこからか呼ばれたような気がした。コーネさんかな？ 振り返るけど、誰もいない。気のせい？

……いや、確かに呼ばれてる。というか、引っ張られてる!? よく見ると、右袖を見えない何かにくいくいと引かれてた。何これ。城とかに幽霊はつきものだっていうけど、庭園もか？

でも、不思議と怖いとは感じなかった。それどころか、引っ張られる先へ行かなきゃって思いの方が強い。私は袖を引かれるまま、庭園の端に向かった。

ここは生け垣でいくつかのエリアに区分けされている。私が向かったのは離宮を背にして右斜め奥のエリアだ。奥へ行けば行くほど引っ張られる感覚が強まる。一体何があるのかと考えながら進むと、少し先の生け垣の根元に黒くて丸い小さなものがあった。

小走りから歩きに切り替えてそうっと近づいたところ、黒い丸が動く。生き物!? さらにおそるおそる近づいたら、黒い丸が鳴いた。

「ミー」

……猫？ しかも、見た感じまだ子猫だ。親猫とはぐれたのかな？ でも、それなら不用意に近づいちゃダメなんじゃ……人間の臭いがつくと、育児放棄をしたり、酷い場合は子猫をかみ殺したりするって聞いた事があるよ？ どうしようかと悩む私の足下に、よろよろと子猫がやってきた。よく見るとこの子、前足から血が出てる。怪我しているらしい。

これはダメだ、放っておけない。両手で掬《すく》い上げた子猫は、何だかべとべとした汚れが全体についている。うへえ……何だこれ？

本来、子猫を洗うのはよくないって聞くものの、このままだと怪我の治療も出来ないから、まずは洗わなきゃ。そういえば、庭園には中央に噴水があった。水だけど、この気温ならそこまで冷たくないはず。

私は子猫を拾った場所から噴水がある庭園中央へと駆け出す。怪我をしているから、手当ても必要だ。急がなきゃ。

もう少しで噴水に到着するという辺りで、私の視界に極彩色の集団が映った。色とりどりのドレスを身に着けて、髪もこれでもかと飾り立てている若い女子達だ。

現在、離宮には許可した人しか出入り出来ない。当然この庭園もだ。私の安全の為にそうしていると、コーネさんから説明を受けている。でも、どう見ても、目の前の女子達は許可を受けているようには見えないよね。つか、誰？

こっちが尋ねる前に、ドレス女子達が顔を歪《ゆが》めて聞いてきた。

「お前が聖女なの？」

初対面の相手に、大変失礼な物言いですね、本当に。かちんと来たので答えなかったら、彼女達は好き勝手に喋《しゃべ》り出した。やれ貧相だの、やれあの方々を独占するなど思い上がりも甚《はなは》だしいだの、こちらをけなす内容だ。

むっとしていると、一歩前に出たお嬢さんがこちらを睨み付けてきた。

「私達、お前の事を認めませんから！」

彼女の背後から、もう一人のお嬢さんが嫌な笑い方で告げる。

「あの方達はねえ、誰がお前を妻に迎えるか、賭けていらっしゃるんですって。ほほほ。それなのに呑気《のんき》に過ごしているとは、惨《みじ》めねえ」

「はあ?」

思わずそんな声が出ちゃったけど、彼女達は聞く耳持たずといった様子で、背を向けて庭園を出ていってしまった。何だったんだ、一体。いや、そんな事よりこの子を洗わなきゃ。

私は噴水の縁《ふち》に座って、片手で猫を持ち、もう片手で水を掬《すく》ってかけた。まさかこのまま噴水にドブンと入れる訳にはいかなかったから。そうしたら、猫の体から黒い煙が上がった。何これ!?

異世界では、子猫を洗うと煙が上がるのがデフォなの!?

驚いていると、さらに驚く事が起こった。

「も……もっと……」

「はい?」

「もっと……せいすいを……」

異世界の猫って、喋《しゃべ》るのか。こりゃまたびっくり。てか、そろそろキャパオーバーしそうです。

異世界、恐ろしや。


「コーネさん! コーネさん!!」

私は喋《しゃべ》る猫を抱えて、離宮へダッシュした。こういう時はきっとコーネさんに聞くのがいい。私の呼び声に、奥からコーネさんが出てきた。その後ろには眼鏡君がいる。

「この子、庭園で拾ったんだけど……なんか、その、喋《しゃべ》るんです」

「は?」

慌てているせいか、説明がうまくいかない。コーネさんだけでなく眼鏡君も、「何言ってるんだ？」って顔をしてる。

「いや、本当なんだって！　散歩している途中で何かに引っ張られて、その方向へ行ったらこの子がうずくまってたのよ。で、噴水の水で洗ったら黒い煙が上がって、しかもこの子喋《しゃべ》る！」

ダメだ、ますます訳がわからなくなってきた。コーネさんは可哀想なものを見る目を向けてくるし、眼鏡君は呆然としている。

うまく伝わらない事に焦《じ》れていると、腕の中の子猫が訴えてきた。

「うう……せ、せいすいを……」

子猫の声を聞いた二人は、眼球が落ちるんじゃないかってくらいに目を見開く。だから言ったじゃない！　この子喋《しゃべ》るって！　嘘じゃなかったでしょ!?

やっと言いたい事が伝わった安心感と、やっぱりこの世界でも喋《しゃべ》る猫は珍しいのかという発見が半々だった。

しばらく三人で私が抱えている子猫を見下ろしていたら、また子猫が喋《しゃべ》った。

「せ……せい……すいを……」

あああ、しまった！　さっきよりも弱ってきてる!!　やっぱり洗っちゃダメだったのかな？

でも子猫自身は水を望んでるみたいだ。

ところで、「せいすい」って噴水の水の事なのかね？

「コーネさん、ここの噴水って、特別な水を使ってる？」

「いいえ、王都の近くを流れる川から引き入れているだけの、ただの水です」

「え……じゃあ、『せいすい』って」

何を指してるのよ。混乱する私に、眼鏡君が尋ねてきた。

「聖女様、その猫に何かしませんでしたか？　水を飲ませたとか」

「噴水の水を掬《すく》ってかけたんです。汚れているし、前足を怪我しているから」

私の言葉を聞いた眼鏡君はしばし考えた後、私達を連れて離宮の洗濯室へ向かった。ここは給排水の設備が整っている。

「聖女様、噴水でやったように猫に水をかけてみてください」

「う、うん……」

私は言われた通り、排水溝《はいすいこう》近くで、桶から手で水を掬《すく》って子猫にかけた。あ、やっぱり煙が出るよ。

「聖女様、そのまま続けてください」

「はい」

コーネさんが、ひしゃくで汲《く》んだ水を私の両手に注ぐ。それを猫にかけると、どんどん黒い煙が立ち上り、子猫の体が黒から灰色になっていった。

何度も繰り返したところ、猫の体毛は真っ白になる。お前、黒猫じゃなくて白猫だったの？　しかもいつの間にか前足の傷も消えてるし。

濡《ぬ》れた体を乾いた布で拭いていたら、布の奥から猫が顔を出した。

「助かったのにゃ。さすがは聖女なのにゃ。あのままでは、へばりついた瘴気《しょうき》にやられて命が危うかったのにゃ」

そう言って笑う猫を、私達は三人で囲んで見つめる。あの黒いのは、瘴気《しょうき》だったのか……。そっとコーネさんや眼鏡君を窺《うかが》うと、やっぱり驚いている様子だ。

うん、これはもう、この猫は普通じゃないって事で確定だな。私は布に包まれてぬくぬくしている子猫に尋ねた。

「……ところで、君は一体何者？」

「我が輩は精霊なのにゃ！」

とうとう、私の目が点になったよ……

子猫が言うには、精霊とはこの世界の神が古《いにしえ》の時代に創り上げた存在で、かつては人と共生していたそうだ。

「でも、いつの頃からか人は争う事を覚えてしまったにゃ。そうなると、精霊達とも争うようになり、一時は人と精霊の間で戦争が起こったにゃ」

精霊は人にはない力があるが、それは戦いには向いていない。中には戦える力を持った精霊もいるが、数えるほどしかいないので、数が多い人間相手では分が悪かったという。

「にゃので、神様にお願いして別次元に精霊界を創ってもらったにゃ。普段はそこで暮らしている我が輩達にゃが、大陸の瘴気《しょうき》が精霊界にまで侵食してきてしまったにゃ。だから、我が輩が代表として大陸の様子を見てくる事になったのにゃ。にゃのに……」

大陸の瘴気《しょうき》が想像以上で、精霊である子猫は瘴気《しょうき》の影響をもろに受けてしまい、動くに動けなくなっていたらしい。そんな中、神の気配に近いものを感じ、縋《すが》る思いでこの離宮まで来たのだそうだ。

「いやあ、聖女というのは凄いのにゃ」

「はあ……」

一通り話し終えた子猫、もとい精霊は、出されたホットミルクをおいしそうに飲んでいる。しかも、小さいカップを子供のように両手で抱えて器用に飲むのだ。最初皿で出したら、「馬鹿にするにゃ！」って怒ってたよ。そんな姿も可愛かったけど。

それにしても、ああ！　ここでスマホが使えれば!!　子猫の萌え写真をいくらでも撮影するのに！　カップを抱えて飲んでる姿なんて鼻血ものだ。バッテリーの残量が憎い。

ちなみに、ストレージに関してはSDカードを増設しているので問題なし。この間、古いカードの倍量のカードに替えたばかりだし！

そんな事を考えている私の耳に、眼鏡君の呟きが入った。

「精霊……本当に存在していたとは……」

「何か、知ってるんですか？」

私の言葉に、眼鏡君は呆然としながらも頷く。

「……実は、古い書物にマレーラ文書というのがあります。そこにだけ、精霊の存在が記《しる》されているんですよ。ですが、その文書は教会によって聖典から外されている、いわば偽典《ぎてん》なんです」

それって、教会的には精霊の存在を認めていないって事なんじゃないの？　心配になっている私には気付かず、眼鏡君が続けた。

「マレーラ文書によれば、本来精霊とは、神と人とを繋《つな》ぐ存在だったとされています。ですが、それこそが偽典《ぎてん》と呼ばれる所以《ゆえん》でもあるんです」

つまり、神と人との間に余計な存在はいらん、という意味かな？　誰が決めたのさ、そんな事。眼鏡君にそう聞いてみたら、教皇庁での会議で決まったらしいです。今から千三百年近く前の出来事だそうだよ。

私達の会話を聞いていた精霊は、頷きつつ腕を組んだ。

「なるほど。確かに精霊と人との間に戦争が起こったのは、そのくらいの時期なのにゃ」

精霊との間で戦争が起こったから、人と神との間に精霊なんぞを挟み込む訳にはいかん、となったのか。で、その戦争がきっかけで精霊は別次元の精霊界に移り住み、この世界には人間だけになった、と。

……この世界の人間、ろくでもないな。私を召喚したのだって、大陸の瘴気《しょうき》を浄化してほしいという身勝手な理由だし。あんたらの世界の事は、あんたらでどうにかしてくださいって言いたい。

ちょっと遠い目になりかけた私に、コーネさんが事務的に聞いてきた。

「聖女様、それでこの猫をどうなさるのですか？」

「猫じゃないにゃ！　精霊にゃ！」

いや、どこからどう見ても子猫です。喋《しゃべ》る辺りがおかしいけど。子猫は、こほんと咳払いを一つすると、胸を張って言った。

「聖女は我が輩と一緒に精霊界へ行くのにゃ」

それに慌てたのは眼鏡君だ。

「ちょっと待ってください。いくら精霊だからといって、そんな勝手な事を――」

「聖女様を連れ去ろうというのですか？　ならば私の敵ですね」

眼鏡君の言葉を遮《さえぎ》って、冷たいコーネさんの声が部屋に響く。というかコーネさん、何か黒いものが噴き出していますよ!?　お、落ち着いて！

そんなコーネさんを前にしても、子猫は負けていない。

「お前達人間が瘴気《しょうき》を振りまいたせいで、精霊界は大変な事になってるのにゃ！　責任を取って、聖女をこちらに引き渡すのにゃ!!」

「へ？」

人間が瘴気《しょうき》を振りまいた？　子猫の言葉に、私だけでなくコーネさんや眼鏡君も固まっている。

その様子をどう解釈したのか、子猫はさらに胸を張って続けた。

「人間が戦争ばっかりやっている上、戦争をやめてもギスギスし続けているから、大陸が瘴気《しょうき》まみれになったのにゃ！　それが精霊界にまでしみ出してきて、我が輩達は困っているのにゃ！　だから――」

「随分勝手な事を言いますね。精霊界とやらは神が創造なさったのでしょう？　ならば神に祈って瘴気《しょうき》に侵食されないよう願えばいいではありませんか」

コーネさんの言に、子猫は言い淀《よど》む。

「そ……それはもう、やったのにゃ……」

やったのか。そして、今子猫がここにいるという事は、願いは聞き届けられなかったんだね？

もちろん、コーネさんがそれに気付かないはずがない。

「ならば、あなた方の祈りが足りなかったのでは？　それを我々人間のせいにするとは、精霊というのは随分と図々《ずうずう》しい存在なのですね」

「ず、図々《ずうずう》しいとは！　人間の方がずっと図々《ずうずう》しいのにゃ！　この世界は人間だけのものではないのにゃ！」

「あら、あなた方は精霊界という別の世界を神に創造していただいたではありませんか。ならば、こちらの世界は人間の世界、人間界と言っても過言ではありません」

「あ、あれ？　そう……なの……かにゃ？」

おおう、精霊すらコーネさんには敵《かな》わないとは。すっかり言い負かされてるよ。これは子猫がダメなのか、コーネさんが凄いのか。どっちだろう。

それにしても、神様が創ったのなら、瘴気《しょうき》をシャットアウトする機能くらいつけておけばいいのに。手を抜いたのか？

私が考え込んでいると、眼鏡君が子猫にきっぱり言い切った。

「とにかく、聖女様を精霊界に連れていかれるのは困ります。それに、こちらの瘴気《しょうき》が聖女様にようって浄化されれば、じきに精霊界の瘴気《しょうき》も浄化されるでしょう。こちらとそちらは繋《つな》がっているようですし」

「うにゅにゅ……」

コーネさんに続き、眼鏡君にまで言い負かされています。という事は、この子猫がダメダメな可能性大だな。でも、このまま精霊界を放っておくって訳にもいかないんだろう。まあ、眼鏡君が言ったみたいに、大陸の瘴気《しょうき》を浄化したついでに精霊界の瘴気《しょうき》も浄化出来るはずだから、心配はいらないか。

……えーと、それは私に浄化頑張れ、という事ですね、わかります。でも、いるだけで浄化出来るって話だったのに、これ以上どうしろと。

内心首を傾げる私の耳に、機嫌良さげな眼鏡君の声が入った。

「おわかりいただけたという事で、この話はここまでとしましょう。私としては、精霊殿にはぜひ聞きたい事があるのですよ」

「な、何なのにゃ？」

コーネさんと眼鏡君、二人にやり込められたからか、子猫が警戒しているよ。それには構わず、眼鏡君はにこやかに話を進める。

「過去の話も色々興味が尽きないですが、まずはここに来た時に言っていた『せいすい』について伺いたい。あれは聖なる水、聖水という事でいいんですよね？」

「そうにゃ。聖女の神気《しんき》を移された水は全て聖水になるのにゃ」

マジで⁉　ってか、神気《しんき》ってどうやって移すのよ⁉　混乱する私に、眼鏡君が聞いてきた。

「聖女様、水に神気《しんき》を移すとは、どうやったのですか？」

「え？　私もわかんない……」

「は？」

いや、そんな驚かれても、それ以外に答えようがない。

「だって、水を掬《すく》ってかけただけだから。さっきだって、この子にかけたのは普通の水だったでしょ？」

私の言葉を聞いた眼鏡君が黙っちゃったよ……。ややあって、眼鏡君が子猫に確認した。

「聖女様が触れた水は、全て聖水という事でしょうか？」

ええ⁉　さすがにそれは違うんじゃ……

「少し違うにゃ。聖女の意思が必要にゃ」

そうなの⁉　……あの時って、子猫の傷を手当てする為に、綺麗にしなきゃって思ってたんだけど、それで瘴気《しょうき》が浄化されたって事？　そんな簡単に払えていいのか、瘴気《しょうき》。いや、浄化されてくれないとこっちが困るけど。唸《うな》る私を余所《よそ》に、眼鏡君は話を進めた。

「それで、聖水は瘴気《しょうき》を浄化する力を持つ、という考えで間違いありませんね？」

「そうにゃ。ついでに瘴気《しょうき》によって負った傷や病《やまい》も治すのにゃ。我が輩の傷も、すっかり治ったのにゃ」

なんと！　万能だな聖水。感心する私を横目に、眼鏡君は何やら考え込んでいる。しばらくして、やっと口を開いた。

「では、聖女様が聖水を作り、それを精霊界に持ち込めば、そちらの瘴気《しょうき》の問題は解決するのではありませんか？」

「あ!!」

子猫、驚いております。お前……散々聖水で浄化されておいて、気が付かなかったのかい……まあ、そう言う私も気付いていなかったけど。でもそうか、聖水に浄化能力があるのなら、そういう事も出来るはずなんだ。本当、色々あり得ないな聖女の謎パワー。

結局、一度試してみようって事で聖水を作る運びとなった。聖水を作るとか、どうすればいいのやら。悩む私に、眼鏡君が助言をくれる。

「聖女様、精霊界を綺麗にする、と思いながら水に触れてみてはどうでしょう？」

「なるほど！」

私は、コーネさんが新しく汲《く》んだ水が入った樽《たる》に手を浸《ひた》し、精霊界の瘴気《しょうき》が綺麗になるように念じた。イメージとしては、水をかけられて溶ける黒いヘドロ辺りを思い浮かべている。子猫にへばりついていた瘴気《しょうき》が、そんな感じだったし。

でもこれ、聖水になるタイミングとかはどうやってわかるの？　そう思っていたら、樽《たる》を覗き込んでいた子猫が声を上げた。

「おお！　素晴らしい聖水が出来上がったのにゃ！」

本当に？　そうか、こんなんでいいのか。ちょっと複雑な思いでいると、眼鏡君が出来上がったばかりの聖水を子猫に指し示した。

「では、こちらをお持ちください。……持っていけますか？」

「馬鹿にするにゃ！　この程度、我が輩にかかれば……」

そう言うと、子猫は両手を樽《たる》に向かって差し出す。どうでもいいけど、この子猫、二足歩行しているよ。あ、子猫じゃなくて精霊か。

子猫の手の先で、樽《たる》が一瞬光ったと思ったら、跡形もなく姿を消した。え？　今までここにあったのに、どこに行ったの？

きょろきょろ辺りを見回す私に、子猫はどや顔で言った。

「先程の聖水は精霊界に送ったのにゃ。向こうで仲間がうまく使うはずなのにゃ」

「……君は精霊界とやらに帰らなくていいの？」

「我が輩はここに残るのにゃ！」

「ええ!?」

私だけでなく、眼鏡君も驚いている。よく見たら、コーネさんも目を見開いていた。子猫は私達の反応に構わず続ける。

「精霊界を救ってくれる聖女を見つけたから、側を離れる訳にはいかにゃいのにゃ。これからは、聖女の側にいて精霊界に聖水を送り続けるのにゃ」

「聖女様、この図々《ずうずう》しい猫は捨てましょう。その辺りの木に吊るせばあっという間です」

「にゃにゃ!!」

コーネさん、その笑顔は怖いのでやめてください。それに、木から吊るしたらヤバいです。動物愛護団体から文句が来ます。この世界にそんなものがあるのかは知らないけど。

何とかコーネさんを宥《なだ》めた結果、この離宮に精霊を名乗る子猫が一匹棲《す》み着く事になりました。めでたしめでたし。

「という訳で、このままだと呼び名に困るので、名前を教えて？」

「名前？　我が輩は我が輩なのにゃ」

子猫の言葉に、私達は目を丸くした。子猫が言うには、精霊には固有名詞というものが存在しないらしい。となると、種族名で呼び合うとか？

「言葉を使うのは人間に向けてだけなのにゃ。精霊同士ならば言葉を使う必要がないにゃ」

子猫達のコミュニケーション手段は、人とは大分違うんだなあ。でも、このままだと不便なので、こっちで勝手に名前を付ける事にした。

白い子猫だから、ベタだけどシロでいいか。

「よし、君の名前は今日からシロだ！」

……猫って、意外と表情豊かなんだなって知った瞬間だった。嫌そうに歪《ゆが》められた子猫シロの顔を見たコーネさんが、もの凄くいい笑みを浮かべているのが怖い。

彼女から噴き出す冷たい殺気に気付いたのか、眼鏡君が慌ててシロを宥《なだ》める。

「わかりやすくていいじゃないですか。人間の世界にいる間だけのものだと思って。ね？」

眼鏡君の言葉に、シロは渋々了承した。何かむかつく。でも、今シロを追い詰めたりはしない。

実は、こっそり考え付いた事があるんだな。

精霊はその昔、人と神の仲介をしていたって眼鏡君が言っていたよね？　だったら、瘴気《しょうき》の浄化が全て終わったら、精霊に仲立ちしてもらって神様とやらに地球世界に帰れるよう、頼んでみるってのはどうだろう？　その時に、召喚された時間まで遡《さかのぼ》ってもらえれば、タイムリミットを気にせずに過ごせる。私は！　諦めない‼

微妙な顔をしているシロの手を取って決意を新たにしていたところ、時計を見た眼鏡君ががっくりと肩を落とした。どうしたの？

「今日の授業時間、全部潰れました……」

あー……ドンマイ。


結局、眼鏡君は昼食後に肩を落として離宮を後にした。昼食時も暗い様子だったせいで、四人組からおかしな目で見られてたし。私も何だか疲れたので、夕食後早めに寝ようと思って仕度している最中、唐突に思い出した事がある。

そうだよ、噴水のところにいたお嬢軍団の件、シロのあれこれですっかり忘れていた。幸い、コーネさんはまだ部屋を出ていない。私の部屋着を畳んでいる彼女に声をかけた。

「コーネさん、ちょっと聞きたい事があるんだけど」

「はい、何でしょう？」

「今日ね、シロを見つけた時に、庭園の噴水の辺りに知らないお嬢様軍団がいたんだけど、コーネさんは何か知ってる？」

「どのような方達だったか、覚えていらっしゃいますか？」

コーネさんの声のトーンが一段落ちた気が……気のせいか？　私は覚えている限りのドレスの特徴とか、髪形とか髪飾りとかを説明した。

聞き終えたコーネさんは、眉間に皺《しわ》を寄せて呟く。

「その装《よそお》いですと、序列三位以下の家の方々ですね。現在、離宮の敷地内に立ち入れるのは一位の方々と、司祭様だけのはずですが」

何やら考え込んだコーネさんは、やがてにっこりといい笑みを浮かべた。

「不審な者の侵入を許すなど、警護がなっていませんね。然《しか》るべき処分をしなくては」

何故だろう、笑顔の彼女は怒った時よりも怖く見える。ってか、今「対処」じゃなくて「処分」って言いましたよね？　気になるけど、怖くて聞けない……。私の膝の上で、シロもびっくりしているよ。痛いから、爪を立てるのはやめようね。

何か、彼女の意識を別の方向へやらないと。

「コーネさん、そのお嬢様達が『あの方々を独占するなど』って言って怒っていたんだけど、あの方々ってのに、心当たりあります？」

私の言葉に、コーネさんは一瞬驚いた様子を見せたけど、すぐ答えてくれた。

「それは、おそらくシード様達の事ではないかと」

「あ？　……ああぁー、なるほどー」

そうか、あの四人の事なのか。そういえば、あの四人は王宮で人気が高いって話だったっけ。すっかり忘れていたわ。いやだって、揃いも揃って女の扱いを知らないし。顔だけでモテるってのも凄いよなあ。あ、実家の権力と財力も込みか。なら納得。

と言っても、女を賭け事の景品にするような連中は、まとめてお断りだ。その前に、この世界で結婚する気はないけどな！　……コーネさんが怖いので賭けの話は黙っておこう。

とりあえずこれで大丈夫と思ったのに、彼女の背後から真っ黒なオーラが噴き出した。

「そうですか、あの方達の取り巻きが聖女様に……ふふふ、愚かな発言をした事を、末代まで後悔させてあげましょう」

「待って！　コーネさん待ってええええええ!!」

意識逸らしは失敗した模様です。あやうく、王宮に血の雨が降るところでした。一応比喩《ひゆ》だけど、何だかコーネさんを見ていると、物理的に流血沙汰《ざた》になりそうな気がして怖い。

あのお嬢達も、時と場所と相手を選びなさいよね。もっとも、私の側にコーネさんという超有能侍女がいる事を、彼女達が知っているかどうかは謎だけど。


その日から、主に庭園で細かい嫌がらせが始まった。最初は庭園の端に汚物がまき散らされていたらしい。それが十日続くと、汚物が小動物の死骸《しがい》になったそうな。それらが十日程続いた後、今度は庭園の花が引きちぎられていたという。

嫌がらせの現場を見たシロが、こんな事を言っていた。

『これらをやったのは、随分と性格の悪い連中なのにゃ。現場に瘴気《しょうき》がうっすらとついているのにゃ。でもここは聖女の神気《しんき》が満ち溢れているから、この程度の瘴気《しょうき》、すぐに浄化されるのにゃ』

つまり、瘴気《しょうき》の害はないそうな。そりゃ良かった。そこだけはね。全部伝聞なのは、私は現場を見ていないから。どうも、お嬢様軍団の件をコーネさんへ伝えた後に離宮の人員が増やされたらしい。

今まで庭園は王宮の庭師がついでに手を入れてくれていたが、常駐の庭師を入れる事になったのだ。これまでの嫌がらせは、その庭師さんが全て内々に処理してくれていたのだとか。

「コーネさん、庭師さんに、一度きちんとお詫びがしたいです」

「必要ございません。彼等はそうした事も仕事のうちと理解しております」

コーネさん曰《いわ》く、王侯貴族の庭園を管理する仕事には、嫌がらせの対処も含まれるんだそうな。王侯貴族、どんだけ嫌がらせし合ってるんだ。

とりあえず、謝罪はダメだけど仕事を労《ねぎら》うのはいいという話なので、コーネさんが手配して庭師さんにお酒を届ける事になった。成人男性には一番喜ばれる贈り物だそうです。

それにしても、嫌がらせの内容がエスカレートするのはヤバいんじゃね？

「多分、犯人はあのお嬢軍団なんだろうけど」

「そうですね。やはり処分を――」

「それは待って。でも、嫌がらせに使われたものって、どう考えてもお嬢達が自分で用意出来ると思えないんだよね……」

「ああいった連中は自分の手を汚す事はありません。大方家の者にやらせたのでしょう」

なるほど。やり返したら、それこそ大問題になりそうだし、かといって処分云々《うんぬん》はどうかと思うし。

こういう時、防犯カメラと録画機材があればなあ。そうぽつりと呟いたら、しっかりコーネさんに聞かれてた。カメラや録画機材の説明なんて出来ないから、一見は百聞にしかずと、スマホを見せる。

「こんな感じにね。実際にあった事を残しておけるのよ」

「まあ！」

スマホの小さい画面の中で、子猫が遊んでいた。これ、友達が子猫を飼い始めた時に撮《と》ったもの。今はもう大きくなっちゃったけど、可愛さは変わらない。

コーネさんの目はスマホの画面に釘付けだ。やっぱり口でどうこう言うより、現物を見せるのが一番。でも、あまり長く見せていると貴重なバッテリーが……

なので、さりげなくコーネさんからスマホを遠ざけた。

「と、まあ、こんな風に映像という形で残しておけるんですよ」

「そうなんですね……」

余程未練があるのか、彼女には珍しくとても残念そうな顔をしている。まあ、あの子は可愛いもんねー。その後、ぶつぶつと独り言を言っていたコーネさんは、いつの間にやら離宮から姿を消した。まあ、これはいつもの事なので驚く話じゃない。

彼女は一日のうちに一、二度、姿を消す事があるから。多分、王宮の方へ行ってあれこれしているんだろう。離宮で使う食料品や消耗品などは、王宮から融通《ゆうずう》してもらっているようだし、そういう手配の一切をやっているのもコーネさんだそうだ。

この辺りは、あの四人組の話を聞きたくて猛烈アタックをしてきた新顔侍女さん達に聞いた。いや、彼女達が勝手に喋《しゃべ》っていったって言った方がいいのか。

そういえば、侍女さん達ですらあれだけ騒ぐんだから、お嬢軍団が騒がないはずがなかったね……認識不足だったわ。こういう時、三次元に興味ないオタクは困る。

第三章　大夜会

さてさて、日にちはあっという間に過ぎ去って、四人組との二人きり親睦《しんぼく》会も本日から五巡目に入ります。

……私、頑張った！　時間いっぱい何も話そうとしない金髪君を前に、沈黙に耐えた！　自慢話ばかりする赤毛君の話にもだ。しかも、前回彼がした自慢話は自分のモテ具合についてだよ！　普通、こういう状況ですするか⁉

銀髪君の、一見こちらを心配しているようで貶《けな》しているだけの会話も流した！　唯一、茶髪だけは向こうがバックレるので耐えずに済む。もうその時間は、私も最初から応接室へ行かずに庭園を散歩していた。

とはいえ、これがこの先もずっと続くのは困る。大変困る。なので、困った時のコーネさん頼み。

「コーネさん、そろそろあの四人との時間を過ごすの、拒否出来ませんか？」

朝食の席でそう切り出した私に、コーネさんは悩むような顔をした。

「正直、もう彼等と二人きりの時間と空間には耐えられません！」

本音なので、しっかり主張させてもらう。私の様子に思うところがあったのか、しばらく考え込んだコーネさんは、こちらをしっかりと見て言ってくれた。

「通るかどうかはわかりませんが、陛下に聖女様がお疲れのご様子だから、親睦《しんぼく》会はしばらく中断出来ないか、伺ってみます」

「中断でなく、完全になくすのはダメ？　これ以上は本当に無理なんだけど」

「聖女様のお気持ちは理解出来るのですが、皆様方の実家の事もございますし……」

コーネさんにしては歯切れが悪いのは、あの四人の後ろ盾が問題だからだな。権力者に逆らってもろくな事はないもんね。でも！　もうあの苦痛の時間を過ごしたくはない。私の貴重な時間……く！　数日後には、舞台の幕が上がるのに!!

それはともかく、今日の夜にはコーネさんが王宮に行ってくれる事になった。彼女には言わなかったけど、おっさん国王の許可が出なくても、自主的に本日から親睦《しんぼく》会はボイコットする予定。

順番で行くと、今日は金髪君か。彼ならブッチされても文句も言わずに茶だけ飲んで帰りそう。二人ボッチでも、あの無言を貫《つらぬ》くんだもんな……

大体、特定の人物と親しくしなければならない義務など、聖女にはないはずだ。あったとしても、その分の権利を返上するから義務も削除の方向で。

そうと決まれば、心も軽くなるというもの。本日の眼鏡君との授業は、これまで以上の成果を出した。

「……何かあったんですか？」

目を丸くして……実際は瓶底眼鏡で隠れているからわからないけど、そんな様子で聞いてくる眼鏡君に、私は曖昧《あいまい》な笑みで返す。この後は昼食、その後に親睦《しんぼく》会のはずだけど、昼食後はどこかに隠れよう。

親睦《しんぼく》会の後はいつもシロに渡す聖水を作ってるので、そっちに行こうかと思ったんだけど、洗濯場は使用人の人達がいるからすぐに見つかっちゃうし。あ、庭園に出ればいいんじゃね？　そう思いついた私は昼食後、辺りを見回して庭園へと逃げ出した。

庭園の奥の方には、最近来ていない。具体的には、あのお嬢軍団に遭遇した頃からか。そういや、この奥でシロを拾ったんだっけ。あの後は大変だった。

さて、庭園に出たはいいけど、ここにどれくらいいればいいんだろう？　まあ、この庭園を端から端まで回れば、余裕で時間が潰せそう。どうせ午後は暇だし、庭園一周何歩で行けるか挑戦してみるか。

そんな馬鹿な事をやって庭園を歩き回った結果、くたくたに疲れて室内に戻ったのは日が暮れる頃だった。足いてー。しかも動いたからお腹が空《す》いたし。

離宮に戻ったら、新入り侍女さんその一が血相を変えてすっ飛んできたよ。

「聖女様！　どちらにおいでだったんですか⁉　シード様がずっと待っておられましたのに‼」

いや、彼がいたから庭に逃げていたんです。まさかそんな事を真正直に口にする訳にもいかないので、「連絡が行き違ったのかなあ？」と、とぼけておいた。新入り侍女さんその一は首を傾げていたけどね。

というか、何故彼女が私を捜していたんだ？　普段はコーネさんなのに。

「そういえば、コーネさんは？」

「あの方でしたら、先程王宮へ向かわれました」

王宮というと、朝話していた例の件だな。きっと、吉報をもぎ取ってきてくれるって信じてる！

そして、相変わらず手抜かりのないコーネさんの差配《さはい》で、夕食前に軽い焼き菓子が用意されていました。もう本当、彼女に足を向けて寝られないね……

コーネさんが戻ったのは、夕食を終える頃だった。普段は給仕も全て彼女がしてくれるんだけど、今日は不在なので男性の給仕さんが立ってます。

最後のデザートを食べていたら、コーネさんが「失礼します」と言って入ってきて、挨拶《あいさつ》もそこそこに結果を教えてくれた。

「大分渋っておられましたが、何とか聖女様のご希望が叶いました」

「やったー!!」

その場で万歳《ばんざい》したら、コーネさんに注意されちゃった。はしたないってさ。

◆◆◆◆

邸《やしき》に戻る馬車の中で、シードは物思いに耽《ふけ》っていた。今日の離宮では、聖女に会えなかったのだ。

これまでの二回とも、こんな事はなかった。対応した侍女によれば、急に体調を崩したので本日の面会は取りやめになったという。

聖女は基本、離宮を出ないと聞いているので、軽い風邪か何かだろう。後で家から精の付くものでも送っておこうと思う。

邸《やしき》に帰り着くと、玄関先で家令が待っていた。

「お帰りなさいませ、若」

「ああ、今帰った」

「本日は、ヤジーク様、ヘザーネイン様、ダビレ様がお見えです」

「あの三人が？」

揃って我が家に来るなど、そうない事だ。とはいえ、この時期に揃うという事は、聖女絡みの話だろう。シードは仕度もそこそこに、彼等を通している客間に急いだ。

「待たせたか」

「いや、急に押しかけたのはこっちだ」

シードの言葉に軽く返すヤジーク。ヘザーネインも何も言わないところを見ると、彼と同意見らしい。ダビレはいつも通り、ふてくされた様子だ。

「それで？　どうしたんだ？」

「何、賭けの中間報告でもしておこうかと思ってな」

「ああ……」

この四人での賭けと言えば、「誰が聖女を落とせるか」というものだ。シードは、あの時賭けに乗った事を後悔し始めている。だが、目の前の三人には、そういった気配は見られなかった。

——後悔しているのは、自分だけか……

二人きりで過ごした時間はまだ少ないとはいえ、聖女と過ごす時間と空間はシードに深い安らぎを与えている。一回目は気のせいかと思った。だが、翌日の昼には、もうその効果から目を逸らす事は出来なかったのだ。

聖女のいる空間は、とても清々《すがすが》しい。そしてその空間にいると、これまで感じた事がない程の充足感を得られる。それは昼食の時より、午後の二人きりの時間の方がより感じられた。つまり、他に人がいない方が充足出来るのだ。

他の三人も、シードと同じように感じているのだろうか。そんな事を思いつつ、彼はヤジークに先を促《うなが》した。

「それで？　中間報告というからには、何か進展があったのか？」

自分で言っておいてなんだが、口にした途端、胸の奥がざわめいた。進展があったという事は、自分以外の誰かが聖女と親しくなったという事だ。

ただでさえ、聖女はあの司祭と仲むつまじい様子を見せつけてくる。おかげで離宮の昼食時間は常にもやもやとしたものを胸に抱える羽目になっていた。

眉間に皺《しわ》を寄せたシードに構わず、ヤジークは笑う。

「いや、進展という程ではないが、手応えは感じているよ。ヘザーネインはどうだ？」

「そうですね。聖女との語らいはなかなか面白いものです」

そう言って微笑むヘザーネインを見て、シードは内心首を傾げた。あの充足感を「面白い」と表現するヘザーネインの感性は、いかがなものか。

すると、ヤジークも驚いた顔でヘザーネインを見た。

「面白い？　そうか？　俺は見所がある女だと思ったが」

はて、聖女のどこをどう見れば、そういった考えに至るのか。またしても内心首を傾げるシード同様、ヘザーネインも何とも言えない表情になっていた。

そんな二人の反応が面白くなかったのか、ヤジークがへそを曲げたように言い放つ。

「じゃあ、シードは聖女をどう見ているんだ？」

「どう……と言われても……。彼女といると、これまでに感じた事がない程に充《み》たされる」

そう、充《み》たされるという言葉が一番しっくりくる。あの静謐《せいひつ》な空間は、何ものにも代えがたいものだ。

シードの言葉に、ヤジークだけでなくヘザーネインまで驚いた顔をしている。

「シードがそんな事を言うとは……」

「ご婦人と過ごしてそのような事を言うあなたを、初めて見ました」

「馬鹿にしているのか？」

シードのいらだたしげな言葉に、ヤジーク達は揃って首を横に振った。本当に、驚いただけなのだという。

そういえば、こういった時にすぐ嫌味を言ってくるダビレが妙におとなしい。ふと彼の方を見ると、拗《す》ねた子供のように椅子の上で膝を抱えていた。行儀がいいとは言えない行動だが、この四人の時には暗黙の了解で誰からも叱責が飛ばない。

「ダビレは、何かないのか？」

「……知らない」

シードの問いに、ダビレはそう答えるだけで口を閉ざした。こうなった時の彼は、頑《がん》として口を割らない。長い付き合いでそれを知っているシード達は、これ以上彼を問いただすのをやめた。

急に静かになった室内に、ヤジークの声が響く。

「それで、お前達から見た聖女の様子はどうなんだ？」

その言葉に、シードは聖女との時間を思い出した。心地の良い沈黙の中にいたと思う。決して重苦しい空気が流れていた訳ではない。聖女も嫌な顔一つ見せなかったではないか。

ヤジークの質問は、暗に「誰か聖女に惚れられてはいないか」という事だが、他の令嬢や夫人が寄越すような熱の籠《こ》もった視線を聖女から感じた覚えは、シードは一度もない。

さすがに、その感想をそのまま口にするのは憚《はばか》られる。

なので、当たり障《さわ》りのない言い方をしておく。

「まずまずといったところだ」

「そうですね。私も、そう思います」

ヘザーネインの発言に、シードは彼をちらりと見た。一体、聖女は彼とどう過ごしているのだろう。それを言えば、ヤジークも同様だ。彼は一人、余裕の表情をしている。

何故だか、それが酷く癇《かん》に障《さわ》った。

「ヤジークはどうなのだ？」

だからだろうか、そう聞いた声が普段よりきつめになった自覚がある。だが、ヤジークは明るい笑顔で返してきた。

「俺か？　そうだな。そろそろといった感じだ」

そろそろとは、どういう意味なのか。シードの脳内で、聖女とヤジークのいかがわしい場面が瞬時に展開された。

「貴様……まさか聖女に手を出したのでは――」

「まさか！　そんな事出来る訳ないだろう？　対面の時には、あの怖ーい侍女も同席するんだぜ？」

言われて思い出す。確かに、聖女との対面の場には、当然のようにあの侍女がいた。聖女が未婚の女性である以上、異性と二人きりにならない配慮をする必要があるのはわかる。

「確かに……あの侍女は、少し愛想が足りないな」

「まあ、でも侍女など、あんなもんだろう。下手に愛嬌《あいきょう》を振りまかれたりすり寄られたりしたら、それはそれで困る。後で聖女に何を吹き込まれるか、わからないからな」

女の嫉妬《しっと》は怖いぞ。そう続けたヤジークに、シードだけでなくヘザーネインも侮蔑《ぶべつ》の視線を送っている。どうやら、ヤジークはあちらこちらで女性の嫉妬《しっと》を買っているらしい。

それらが聖女の耳に入って、嫌われてしまえばいいのに。いっそ自分で教えてしまおうかと思っても、賭けの最初に出た「正々堂々と」という言葉が邪魔して、言えないでいる。

むっとしたまま黙り込むシードの耳に、ヤジークの咳払いが入り込んだ。

「とにかく、中間報告としては、概《おおむ》ね良好という事でいいか？」

「そうですね」

「いいだろう」

ヘザーネインとシードが同意する中、ダビレは未《いま》だに抱えた膝に顔を埋めていた。ヤジークも彼からの反応は期待していない様子だ。話を進めようとしたちょうどその時、扉の向こうから声がかかった。

「失礼します、若」

家令の声だ。シードは少しいらだたしげに答えた。

「何だ？　部屋には近づくなと言ってあっただろう？」

この四人で会う時には、使用人はこちらから呼ばない限り部屋に近づかないよう言ってある。ドウソーン家の使用人は教育が行き届いているので、今まで言いつけを破るような者はいなかったのだが。

しかも、他の使用人達の教育をする側である家令が言いつけを破るなど、あっていい事ではない。

しかし、続く扉越しの言葉に、四人は顔を見合わせる事になった。

「申し訳ございません。王宮より、至急の使いがいらっしゃってます。皆様方に伝える事があると」

「王宮から？」

普通なら、使者が来るのはもっと早い時間だ。こんな夕食近い時間帯に来るなどあり得ない。しかも至急ときている。王宮で何かあったのか。逸《はや》る気持ちを抑えつつ、シード達は使いが通された部屋へと向かった。

待っていたのは、王の筆頭侍従である。こんな時間に使者として来るような身分の者ではない。

驚きつつもそれを表には出さず、シード達四人は使者の前に座った。

「それで？　伝える事とは何か？」

代表して、ドウソーン家子息であるシードが尋ねる。筆頭侍従は揃った四人をそれぞれしっかりと見据えて口を開いた。

「陛下よりご伝言です。聖女に疲労が見られる為、当面、個別の対面を控える事になりました」

「何だと!?」

それはシード達が聖女に個別に会えなくなるという事である。

シードは、今日の対面について思い出した。もしや今日あの場に彼女が来なかったのは、疲労のせいだったのか。その割には、昼食時はいつも通りだったのだが。

驚いたのは、シードだけではない。ヤジーク達も同様だった。そんな彼等の反応は予想済みだったらしく、筆頭侍従は重ねて冷静に言う。

「陛下の、ご命令です」

この国で、国王の命令に逆らえる存在などいない。いくら王宮序列一位の家の者とて、それは同じだ。

伝えるべき事は伝えたとばかりに、使者はすぐにドウソーン家を後にした。残されたシード達四人は、顔を突き合わせる。

「……どういう事なのだ？」

独り言のように呟いたシードに、ヤジークとヘザーネインが返した。

「わからん……」

「我々が聖女との仲を深めるのは、陛下とてお望みの事でしように」

そうだ。この四人の誰かが聖女を妻に迎えれば、彼女が国外に出る恐れがなくなる。

この大陸にはびこる瘴気《しょうき》を浄化出来るのは、聖女のみ。聖女はその場にいるだけで、瘴気《しょうき》を浄化する。だが、瘴気《しょうき》の濃い場所に直接赴《おもむ》けば、より浄化の速度が速まると言われているのだ。

確かに時間をかけてもいいのであれば、聖女を手元に置く必要はないが、時間が経てば経つ程、瘴気《しょうき》の影響は大きくなる。大陸一の大国であるベリンサ王国ですら、その影響は軽視出来ないだろう。なのに、ここに来て何故、王は自国の優位を手放すがごとき命令を下すのか、理解できない。

そもそも、聖女は自分との時間を楽しんでいたのではないのか。静かに二人で過ごす、あの時間を。

混乱するシードの耳に、ヤジークの呟きが入った。

「おかしい……聖女は俺の話を喜んで聞いていたのに」

ふと顔を上げると、ヤジークも混乱している様子だ。彼だけではない、ヘザーネインも同様だった。

「私との会話も、聖女は楽しんでいらっしゃった。なのに、どうして……」

どうやら、聖女が二人きりの時間を楽しんだのは、自分とだけではないようだ。それはそれで胸の奥がもやもやとするが、今はこの先の事を考えなくては。

このまま手をこまねいて、聖女との対面をなくすなどあり得ない。

「何か、手を打たなくては」

「だが、どうやって？　陛下からのご命令だぞ。背く訳にはいかない」

「今頃、離宮で聖女が悲しんでいなければいいのですが……」

ヘザーネインの呟きに、シードもヤジークも言葉をなくす。確かに、自分達と過ごす時間がなくなって、聖女が悲しむ姿は見たくない。それは全員の共通意見のようだ。

ではどうすればいいのか。国王に直接掛け合う事は出来ない。それは自分達の身分でしてはならない行為だと、幼い頃から叩き込まれているからだ。

だとするなら、聖女自身に掛け合うしかないのだが、そもそもその聖女の疲労が取りやめの原因だと王宮の使者は言っている。八方ふさがりだ。

三人で頭を抱えていると、珍しくもダビレが提案してきた。

「とりあえず、明日の昼食の時にでも話してみたら？」

その言葉に、シード達三人は顔を見合わせる。そうだった、離宮には通っているのだから、聖女と顔を合わせる機会はあるのだ。その時に、対面の時間を戻すよう説得すればいい。

大体、疲労が原因というのなら、なくすべきは対面ではなく教育の方ではないのか。そうは思っても、司祭による教育も国王の命令なので、シード達が口を差し挟む事は出来ないのだが。

全ては明日、昼食の時間だ。シードはヤジーク達と、翌日どう話を切り出すかを検討し始めた。

◆◆◆◆

金髪君との親睦《しんぼく》会をブッチした翌日、昼時の四人組は何やらそわそわしていた。早速おっさん国王から親睦《しんぼく》会取りやめの命令が出たんだろう。もっとも、命令が出ていなくても自主的にブッチするのでいいけど。おかげで昨日から私の機嫌はすこぶるいい。

その甲斐《かい》あって授業もかなり進んだし。シロの騒動の時に潰れた分、取り返せたんじゃなかろうか。今日はこの後、散歩してシロをモフって、それから聖水作りに入ろう。

テンションが上がっているといっても、微妙な四人に構うつもりはない。彼等への塩対応は続ける所存です。そう思っていつも通り食べていたら、ここ最近恒例となった、四人組からの眼鏡君への嫌味攻撃が来た。まずは金髪君。

「司祭は異性と近づく事は禁じられていなかったか？」

おおう、今日はいつにも増して直球だな。てか、やっぱり神職って結婚しちゃダメとかあるのかな？

心配になって眼鏡君を見ると、彼は笑っている。

「そうした宗派もありますが、私は新派《しんぱ》なんです」

シンパ？　宗派って言っていたし、新派《しんぱ》の事かな？　じゃあ、結婚出来ないのは旧派？　疑問に思ってちらっと聞いたところ、「原理派」って言うらしい。……それは、ヤバいヤツでは？

そんな事を考えていたら、今度は赤毛君の番らしい。

「そうは言っても、聖女も女性だ。いくら教師役とはいえ、男と二人きりはどうだろうな？」

「部屋には侍女殿もいらっしゃいますよ？」

そう。コーネさんが「二人きりはいけません」と言って、最初から同じ部屋にいてくれる。これは二人ボッチ親睦《しんぼく》会でも同じ。眼鏡君の言葉を聞いた茶髪を除く三人は、何やら微妙な表情になっている。ようやく自分達も同様だと気付いたか。

「私は聖女におかしな噂《うわさ》が出ないか、心配です」

銀髪君の言葉に、そういう噂《うわさ》が出るという事はここにいるヤツが喋《しゃべ》ったって事だぞ、と反論しかけた。新顔侍女さん達はあまり私の側には近寄らないように言われてるらしいし、今も給仕をしているのはコーネさんだけだ。彼女が私についてあれこれ誰かに話すとも思えない。コーネさんって、「聖女」に対する思い入れが半端《はんぱ》ない人だし。

眼鏡君もそれを知っているからか、苦笑しつつ銀髪君に返した。

「おかしな噂《うわさ》を流す者は、この離宮にはいないでしょう。聖女様は現在、離宮からはお出にならないのですから、噂《うわさ》の立ちようもありません」

これって、裏には「お前等が流さない限りはな！」って意味がある。その証拠に、金髪君達の目がぎらりと光った気がした。これ、向こうから何も言わないのは、眼鏡君の言葉に突っ込んでも躱《かわ》されるって理解しているからだろう。

珍しい事に、この場で茶髪は何も言わなかった。まあいいや。とりあえず、あの連中はもう放っておこう。四人組からの嫌味が途絶えた隙に、私は聞いてみたかった疑問を眼鏡君にぶつけてみた。

「他の聖女様の話を、詳しく聞いてもいい？」

授業回数が増えて、いつの間にか眼鏡君とは砕けた話し方になっている。眼鏡君の方は、敬語をやめてくれないんだけど。一回敬語はなしにして、ってお願いしてみたら、凄く困った様子で謝罪されてしまった。あれ、コーネさんの時と同じだったなあ。

その眼鏡君は、私の質問にいつも通り丁寧に答えてくれる。

「ええ、もちろんです。初代聖女様の御名《みな》はルチカ様。輝く黄金の髪に褐色《かっしょく》の肌の聖女様だったと記録に残っています。今から千年近く前の事です」

「千年前……じゃあ、聖女様は何人もいたんだ？」

「今代の聖女様で六代目となります」

「へー……」

金髪に褐色《かっしょく》の肌だと、日本人じゃないな。ルチカって名前も、外国風だ。というか、地球人ですらないかも？　聖女が毎回同じ世界から来るとも限らないだろうし。

「初代の聖女様がどんな人だったか、その文書に残っていないの？」

「明るくいつでも前向きな方だったとか。ルチカ様の逸話で有名なのは、ベリンサで湖を作られた話と、クンザーで山を通す道を作られた話でしょうか」

「湖を作った？　聖女って、そんな力があるの？」

「いえ、実際に工事に携《たずさ》わったのは地元の者達だそうですが、計画を立てられたのは初代の聖女様だと聞いています」

やべえ。頭の中に、安全って書かれたヘルメットを被った金髪褐色肌《かっしょく》の女性が、設計図片手に指図している映像が浮かんだ。聖女のイメージ、台無し。

「えーと、他の聖女様は？」

「他ですか？　二代目の聖女様は、ユベールから出る事を厭《いと》われ、終生ユベール聖皇国でお過ごしになったそうです。三代目の聖女様は、浄化の為に各国を回られた後、やはりユベールで生涯を終えられたとか。先代様は、各国を回られた後、大陸最西端の国アウェガで生涯の伴侶を得られて、そこでお過ごしになっています」

これで全部かと思ったけど、計算が合わない。私で六代目なら、先代は五代目になる。四代目はどこにいったんだ。

「四代目の聖女様は？」

私の言葉に、眼鏡君が息を呑む。何か、聞いちゃいけない事だったんだろうか。場の空気が張り詰めた中、答えを口にしたのは意外な人物だった。

「四代目の聖女は、戦《いくさ》に巻き込まれて死んだんだ」

茶髪だ。奴が答えたというのもびっくりだけど、その内容にもびっくりだった。戦《いくさ》って……戦争に巻き込まれたって事？　聖女が？

混乱しつつも眼鏡君を見る。彼の表情は、先程の茶髪の言葉が真実だって物語っていた。でも待って。聖女が瘴気《しょうき》を浄化すれば、戦争は起こらないんじゃなかったっけ？

私は、眼鏡君に確認した。

「聖女は、大事な存在なんじゃないの？　なのに戦争に巻き込まれただなんて……」

「人間は欲深いんだよ」

「ダビレ！　いい加減にしないか!!」

またしても横から口を出した茶髪を叱責したのは、金髪君だ。赤毛君も銀髪君も、揃って眉を顰《ひそ》めている。

なのに、茶髪は止まらない。

「隠しておいて、どうなるの？　事実じゃないか。四代目の聖女を各国が欲しがり、結果、戦《いくさ》を起こしてまで取り合った。なのに、聖女はその戦《いくさ》で死んだんだから、当時の国は揃って間抜けだよね」

そう言って笑う茶髪を、金髪君達が実力行使で食堂から連れ出した。残されたのは、微妙な空気と眼鏡君と私、それに部屋の隅に控えていたコーネさんだ。

「……今の話、本当なの？」

私の声がやけに室内に響いた。眼鏡君は黙ったままで、コーネさんも何も言わない。でも、その態度でわかっちゃうよね……

「そっかー……」

「で、でも！　二度と同じ事が起こらないよう、我々も力を尽くしています！　大陸会議がいい例です！」

そういえば、戦争を止める為に大陸会議が開かれるようになったんだっけ。殴り合いで決着つけるより、話し合いで解決する方が絶対にいい。平和的解決万歳《ばんざい》だ。

微妙な昼食が終わった後、眼鏡君は帰っていき、コーネさんは仕事に戻っていく。私は鬱陶《うっとう》しい親睦《しんぼく》会がなくなったので、また庭園でも散歩しようっと。シロに渡す聖水は、夕食前にちゃちゃっと作って渡してるから、私の午後は基本的に暇なのだ。

ああ、この時間に推し作品の原作一気読みしたい、マンガ版も一気読みしたい、テレビアニメ版とフルCG劇場版もエンドレスで視聴したい！　実写版は……ちょっと出来が微妙だからパス。

何より、推しが不足している!!　このままずっと新作を仕入れられないと、禁断症状が出るかもしれない……切実だ。眼鏡君で声は補充出来ても、彼は推しそのものではない。私は、本体を補充したいのだ！

そんな事を考えながらいつも通り庭園をのんびり歩いていると、人影があった。またお嬢軍団が無断で入り込んだのかと身構えたけど、どう見ても彼女達じゃない。作業着風の服に麦わら帽子を被り、しゃがんで何やらやっている。もしかして、庭師さんかな。

つい後ろからじろじろ見ていたら、不意にその人物が立ち上がって振り返った。

「あ！　こ、これは聖女様」

「あー、何か、すいません、お仕事中に」

おじさんは、手にはさみを持っている。庭師さんで確定だな。五十がらみの彼は、しきりに申し訳なさそうに謝っている。何で？

「儂《わし》等使用人が、直接聖女様にお目通りするなど、畏《おそ》れ多い事です」

え？　私、そんな偉い人なのか？　……聖女って肩書きは、偉いか。もしかして、直接会わないように上の方から命令されているのかね？

それを聞いたら、庭師さんが目を逸らした。そうか、あのおっさん国王め。ここでこうして話しているのも、見つかったらヤバいとか？　庭師さん、罰を受けたりしないだろうか。

「あの、つかぬ事を伺いますが、ここで私とこうして話している事を上に知られると、罰を受けるとか、ありますか？」

「それは問題ありません。むしろ、お声をかけていただいたのに何も返さない方が、失礼に当たるとして罰せられます」

良かったー。これで処罰されるなんて言われたら、罪悪感が半端《はんぱ》ない。

「ただ、儂等《わし》の方からお声をかけるのは許されておりません。聖女様の前に進み出る事もです」

つまり、自《みずか》ら姿を現してアピールするのはダメって事か。偶然声をかけられるくらいなら許してやる、って感じ？　何様だ、おっさん国王。ああ、王様だっけ。

それにしても、庭師さんに実際に会えたのだから、やっぱり言っておかないとな。

「庭園に嫌がらせが続いてしまい、本当に申し訳ありません！」

しっかり謝罪の言葉と共に頭を下げる。うん、庭師さんが慌てちゃったけど、人としてこれだけはしておかないとと思ったんだ。だって、私に対する嫌がらせで、汚物やら動物の死体やらが撒《ま》かれていたっていうんだもの。庭師さんはいい迷惑だ。

そんな見たくも触りたくもないものの処理まで、彼が請け負ってくれてたんだよね。それも仕事のうちとは言われたが、その分が給与に反映されてるのかどうか微妙だし。

慌てていた庭師さんも、今は苦笑している。

「お気になさらないでください。侍女様に、聖女様からだといって酒を差し入れていただきました。あれで十分です」

「本当ですか？」

「ええ、儂等《わしら》の稼ぎじゃあ、あんないい酒は手に入れられませんて」

そう言って豪快に笑う庭師さんに釣られて、私も笑った。そうか、いいお酒を差し入れてくれたんだね。ありがとう、コーネさん。戻ったら、彼女にもちゃんとお礼を言っておこう。本当、いつもお世話になってます。誰だ、最初に世話などいらぬと言っていたのは。うん、私だな。

その後も、庭についてあれこれ聞いたりして、なかなか有意義な時間を過ごせたと思う。途中、庭師さんの故郷の話になった。彼は王都の出身ではなく、もっとずっと北の方の出身なんだって。

「ラトジーグ？」

「ええ。王都からはかなり離れた、北の領地ですよ。隣国との国境沿いに広がる土地で、山脈の裾野にはそりゃあ広い森があるんです。恵み深い森でしてね。儂等《わしら》も子供の時分には、何度も入って遊んだもんですよ」

「へえ……」

そんな子供時代の影響で、庭師という仕事を選んだそうだ。ラトジーグで手広く庭師をしていた親方の下で修行をし、紹介状を得て王都に来たんだとか。

王都で十五年、色々なお屋敷を回った後に、王宮の仕事を手に入れたらしい。そんな庭師さんが、ふと遠くを見つめた。

「どうかしたんですか？」

「いえ、故郷が今頃どうなっているかと思ったんです」

ああ、もう何年も帰っていないって言っていたっけ。庭師さんは懐かしいものを思い出すような顔で語り始めた。

「王都は聖女様のおかげで瘴気《しょうき》が浄化されていますが、王都を少し離れると、まだ瘴気《しょうき》が濃いと聞いています。遠い北のラトジーグも、きっと瘴気《しょうき》が濃いんでしょうなあ……」

そう言いながら遠い目をした庭師さんを見て、ちょっと胸が痛む。そうか、眼鏡君は私が離宮にこもりきりでも問題ないって言っていたけど、私がここから動かないでいると、国の端の方とかの浄化が遅れるんだな。

とはいえ、命の危険がある以上、簡単に他の土地に浄化に行きたい、とも言えないし。

うん？　何かが引っかかったな。何だろう。行けない場所、浄化、遅れる、手段……

「あ！」

「え？」

私が突然大声を出したから、庭師さんが驚いている。でも、説明している暇はない。

「いい事を思いつきました！　ヒントをありがとう‼」

そう叫ぶと、ぽかんとしている庭師さんを置いて、私は来た道を離宮へと戻っていった。

「コーネさん！　いる⁉」

「はい、ここに」

離宮に戻ってすぐ、コーネさんを呼んだ。そこまで大きな声を出していないのに、即座に現れる彼女にはいつも驚かされるけど、今はそんな事に構っている場合じゃない。

「ちょっと、相談があるんだけど」

「何でしょう？」

私は、庭園で閃《ひらめ》いたアイデアを口にした。

「今、シロの為に毎日樽《たる》一つずつ聖水を作ってるでしょ？　あれ、国の端の方へ運べないかな？　そこで聖水を使えば、瘴気《しょうき》の濃い場所の浄化が出来ると思うんだけど」

瘴気《しょうき》がどうやって出てくるのかは知らないけど、土地が瘴気《しょうき》で汚染されているなら、聖水を撒《ま》けば何とかなるんじゃね？　そう提案して、聖水の有用性を王宮に伝え、各地方に配送出来るように掛け合ってほしいと頼んだ。

目を丸くしていたコーネさんは、話を最後まで聞いてから顔を曇《くも》らせた。え？　なんで？　我ながらナイスアイデア！　と自画自賛だったのに。

「そうしますと、陛下に聖水の事が知られてしまいます。よろしいのですか？」

コーネさんの言葉に、はっと我に返った。確かに、あのおっさん国王に聖水の有用性が知られると、何かと面倒そうではある。

でも、現在離宮から出られない事情を考えると、私がやるべき事って、聖水による国中の浄化なんじゃなかろうか。そうすれば、終末派だか浄化反対派だかの鼻も明かせるし。今、私が離宮にこもりしている原因は奴らだ。ちょっとは恨んでいるのだよ。

なので、コーネさんには笑顔で答えた。

「構いません。それで国王が無理難題を突きつけてくるなら、ここから逃げ出しますから」

何せ、私にはシロという心強……くもないか、若干心配ながらも精霊の仲間がいるのだ。あいつは今のところ離宮で惰眠《だみん》をむさぼる事しかしていないが、別にいい。後でまた思いきりモフっておこう。

覚悟が通じたのか、コーネさんは少しの間目を閉じて考え込んでいたものの、私の提案を了承してくれた。

「わかりました。すぐに王宮に掛け合って参ります」

そう言って離宮を後にするコーネさんの背中を見送ってから、今日の分の聖水を作る為に私は洗濯場へ向かう。

きっと、彼女はいい報《しら》せをもぎ取ってきてくれる。そう信じて。

◆◆◆◆

まだ日も高い昼下がり、ユロは何とも居心地の悪い場所にいた。マイエンドス王国王宮序列第一位であるドウソーン家の一室である。

ユロの他には、ドウソーン家の嫡子シード、彼同様序列第一位のヌデア家嫡子ヤジーク、同じくホエーワ家嫡子ヘザーネイン、テガスト家嫡子ダビレの四人だ。

今日の授業が終わり、昼食を取ってから離宮を出たところで、シードに話があると言われて、ここまで連れてこられたのだ。

——まだ、大司教様のもとに戻ってこなさなきゃならない仕事があるんだけどなあ……

とはいえ、平民出身の一司祭が、彼等に逆らう事など許されるものではない。ユロは溜息を吐きたいのを堪《こら》えて、この場を見回した。シード達は揃いも揃って憂《うれ》い顔だ。こんな彼等を王宮の貴婦人が見たら、感嘆の溜息を漏《も》らす事だろう。

そんな事を考えていると、招待主であるシードが、面々を見て口を開いた。

「さて、本日司祭に来てもらったのには訳がある」

それはそうだ。そうでなければ自分がここに呼ばれるはずがない。内心でそう思うが、もちろん表には出さなかった。短くない教会生活で、そうした処世術はしっかり身に着けている。

シードは続けた。

「昨日、王宮より使者が来た。聖女に疲労が見られる為、個別の対面を当面取りやめるとの事だ」

彼の言葉に、そういえば今日は授業中、聖女が随分と機嫌が良かったと思い返す。きっと、これが理由だったのだ。聖女の気鬱《きうつ》には、ユロは一定の理解を持っている。

——個別の対面とは言っているけれど、実際には見合いだものな。

マイエンドス国王としては、聖女を彼等のうちの誰かに嫁《とつ》がせ、この国に縛り付けたい。聖女を手に入れる者は大陸を統《す》べる。これは大陸に住む者なら子供でも知っている有名な話で、この国の王が狙っているのもそこだろう。

この話は、聖女を得て豊かになったアウェガという国がある以上、大っぴらに迷信とも言い切れない。実際、瘴気《しょうき》を浄化出来る唯一の存在を握っているのは、外交上非常に有利だ。

だから、この国は聖女召喚を行った。教皇庁から秘儀を盗み出してまで。マイエンドス国王の野心に共鳴した、大司教の野心の為《な》せる業《わざ》だった。

本来、神職に就《つ》く者がそのような野心を持つべきではないのに。鬱々《うつうつ》とした思いに耽《ふけ》っていたユロの耳に、シードの声が響く。

「聖女が疲れているというのなら、まずは司祭との勉強を取りやめるべきではないのか？」

「は？」

事ここに至って、ようやく自分が呼ばれた理由がわかった。なるほど、聖女の勉強は国王のお声掛かりだ。いくら序列一位の家の子息とはいえ、それに横やりは入れられない。

だから、ユロの方から勉強をやめるよう、進言しろと言いたいのだ。しかし、この申し出を受け入れる訳にはいかなかった。

「さて、聖女様の学習に関しては、私が決めた事ではありませんので」

暗に、自分には決定権はないし、国王に進言するつもりもないと伝えたのだが、シードも引くつもりはないらしい。

「だが、聖女が疲れているのは本当の事なのだろう？　ならば、いっそ一度全てを取りやめて静かに過ごさせるべきではないのか？」

——そう来るか……

あくまで、聖女の身を案じてという形を崩さないつもりのようだ。とはいえ、こちらもここで引く気はなかった。

大体聖女のあれは、疲労と言えば疲労だが、精神的なと頭につく。要は、やりたくない事を強要された結果だ。何しろこの四人の誰かと二人きりで過ごした翌日の授業は、彼等に対する文句から始まる。とりあえず聞いておけば聖女の気が晴れるので、おとなしく聞いていた。

その内容から考えるに、彼等と聖女とでは何もかもがあまりにも合わなすぎる。身分や育ちだけの問題ではない。現に、ユロとはそこそこ話が合うのだから。

聖女から聞いた彼女の世界は、こことはまるで違うものだった。だが、考え方や価値観などは通じるものがあるらしく、聖女とユロはそこが共通点となっている。

とはいえ、それをここで口にしても損をするだけだ。彼等に伝えたところで、理解出来るとも思えない。

——理解出来るのなら、最初から話がこじれる事もなかったはず。

とはいえ、何がしかは言わないと、帰してもらえないだろう。シード達の期待に満ちた視線を受けて、ユロは咳払いを一つした。

「確かに、聖女様は少しお疲れのようです。ですが、学びは安らぎにもなっているとお見受けします。それを取り上げるのは、聖女様の為にならないかと。ですから、今は静観していただきたいのです」

「だが――」

「お気持ちはわかりますが、無理に事を進めると、聖女様に嫌われてしまいますよ？」

ユロの一言はてきめんに効いたようだ。それにしても、身分も容姿も一流の彼等を揃えた辺りに国王の本気度が伺えるけれど、その魅力が聖女にまるで通じていないのは笑える。

ともかく、話はこれで終わりだろうか。

「お話は以上でしょうか？　でしたら私はこれで――」

「待て！　まだ終わってはおらん」

まだ続くのか。とユロは内心げんなりした。自分でさえこうなのだ、聖女のこれまでの苦労はいかばかりか。

顔にこそ出さずにいたユロに、シードは真剣な様子で聞いてきた。

「……司祭の目から見て、我々の存在が聖女の疲れに繋《つな》がっていると、そう見えるか？」

「シード！」

「何という事を！」

シードの発言に驚いたユロの前で、ヤジークとヘザーネインがシードを責める声を出す。まさかと思っていたが、彼等には自覚がなかったのだろうか。驚いているユロに、シードはさらに驚くべき事を口にした。

「先程の司祭の言葉を聞いていて気付いたのだ。学びは聖女の安らぎになっている、では、何が聖女を疲れさせるのか。我々の存在以外ないではないか！」

絞り出すような声に、ユロは何も返せない。てっきり、彼等は国王の命令故《ゆえ》に聖女と接しているとばかり考えていたのだ。

だが、今目の前にいるのは、まさしく恋する貴公子ではないか。

――……いや、神職の自分がそんな事を考えてどうする？

いささか想定外の状況に、さしものユロも思考がおかしくなっていた。その場の熱に取り込まれたかのごとく、シード達の言葉から逃れられない。

「司祭は聖女とは親しくしているな？　いや、何も言うな。その事を咎めるつもりはない。ただ、その……聖女と、どうやって親しくなったのかを聞きたいのだ。遠慮はいらない。忌憚のない意見を聞かせてほしい」

真摯《しんし》なシードの様子に、ユロは内心で降参だと唸《うな》る。適当に濁して逃げるつもりだったのだけれど、これはそういう訳にはいかなくなった。

ふと、ある事を閃く《ひらめ》。聖女が彼等との対面で疲れるのは、本人の愚痴《ぐち》によると、相手の気持ちを考えない、自己中心的な態度が根本にあるからだという。

では、その態度を改めるよう助言してはどうか。それを受け入れるかは彼等次第だが、うまく取り入れて態度を改めれば、聖女も精神的疲労を重ねる事はなくなると思われる。

神職に就《つ》く者として、瘴気《しょうき》を浄化出来る唯一の存在である聖女は、労《いたわ》り大事にすべき存在だ。ならば、彼女の気鬱《きうつ》の元である彼等をどうにかするのも、神の御心《みこころ》に沿う行いなのではないか。こじつけではあるけれど、ユロにとっては必要な言い訳だ。彼は一つ深い溜息を吐くと、四人の貴公子を見た。

遠慮はいらないというのだから、率直に全てを話そうではないか。

「私が聖女様と親しく見えるのなら、それは私が彼女に対して気を遣い、また聖女様も私に対して気を遣ってくださっているからだと思います」

「気を遣う？」

四人は一様に首を傾げている。今まで誰に対しても気を遣う必要などない生活を送っていたせいか、理解出来ない様子だ。何せ並ぶ者なき身分の男性達であり、その容姿も相まって、黙っていても女性が寄ってくるし、誰もが彼等にこびを売る。王家ですら序列一位の家を粗略に扱えないとは、大司教の言葉だったか。

そんな彼等だ。聖女に気を遣うような事はしなかったのだろう。事実、ユロの言葉に全員が首を傾げているのだから。

「以前、聖女様からは、皆様が自己中心的だと伺いました」

「聖女が、そう言っていたと？」

「はい」

彼等にとっては意外だったのか、皆が絶句している。ユロは構わず続けた。

「シード様、あなたは聖女様と過ごす間、ずっと無言を貫《つらぬ》いたそうですね？」

「それがどうしたのだ？　会話とは、何も言葉にするものばかりではあるまい」

「違います。沈黙は重いのです。また、適度な話題は男性から提供するべきですよ。女性に負担を強《し》いてどうしますか。ただでさえ共通の話題などない聖女様にとって、シード様と過ごす時間は苦痛以外の何物でもなかったとか」

「苦痛……」

大分衝撃を受けている。ユロとしては、これでどうして衝撃を受けるのかわからない。聖女も苦労しているのだな、と改めて思わされた。

「次に二人きりで会われる機会がありましたら、シード様の方から話題を振るようになさってはいかがでしょう？」

「だが、何を話せば良いのだ？」

そこからか、と言いそうになったのを寸前で止めた自分を、誰か褒めてほしい。そんなものは自分で考えろ、と言いたくなるのもぐっと堪《こら》えて、適当な返事をしておく。

「前日までにあった印象深い出来事などを話されてはいかがでしょうか。その際、聖女様にも同様の質問をする事をお忘れなく」

「何故、そのような事を聞くのだ？」

「……そうしないと、会話にならないでしょう？」

まだ釈然《しゃくぜん》としていないシードを放っておき、とっとと次に行く。この調子で相手が納得するまで相手をしていたら、夜が明けてしまうかもしれない。

「ヤジーク様は、聖女様とご一緒される時、ご自身の戦歴やご実家の来歴などをお話しになったとか」

「あ、ああ。お互いを知るのには一番だろう？」

「そうですね……ヤジーク様の事を知っていただくには手っ取り早いかとは思います。ですが、やはり聖女様のお話を聞かれる態度はなかったのではないかと」

「う……」

答えに詰まるヤジークを見て、何も言えまいと思う。彼も一方的に話す上、自慢話ばかりだと聖女がぼやいていた。

「ご自身について知っていただきたいお気持ちはわかりますが、時には聖女様の話を伺うのも必要かと思いますよ。その際には、何か話はないかなどと聞かず、具体的な聞き方をする方が良いかと。あと、これまでにお付き合いのあった女性のお話までする必要はありません」

自分の女性遍歴《へんれき》まで話したらしいのだ、この男は。聞いた時には我が耳を疑ったし、さすがに聖女も憤慨《ふんがい》していた。あの時は愚痴《ぐち》や不満などでは収まらず、もはや呪詛《じゅそ》と成り果てていたのだ。あれは二度と経験したくない。

正直、どうして自分がこんな事まで教えなくてはならないのかと思う。だが、ここで言っておかないと、彼等は話の聞き方すらわかるまい。実際、目の前で感心しているヤジークがいる。まさか、教会で信者から話を聞く為の話術を、こんな形で教える事になるとは。

頭の痛くなる時間ではあるけれど、さっさと進めるに限る。次はヘザーネインだ。彼はある意味、シードやヤジークよりも厄介《やっかい》かもしれない。

「さて、次はヘザーネイン様ですが」

「私はきちんと話題を提供していますし、聖女の話も聞いていますよ？」

「そうですね、それだけ聞くと問題はなさそうなのですが……」

聖女によれば、一緒に過ごしていて一番腹が立つのは彼だという。話す内容が、全て嫌味に聞こえるらしい。

聖女曰《いわ》く「最初から最後まで上から目線で話すとか、ある意味凄い」だそうだ。一体、彼は何をどう話しているのやら。興味を引かれるけれど、今は置いておかなくては。

「ヘザーネイン様は、ご自身の考えを口にされる前に、聖女様がどう思われるかを確認なさるのがよろしいかと」

「聖女がどう思うか……ですか？」

「そうです。例えば以前、聖女様がこの世界に召喚された事を、いい事だと仰《おっしゃ》ったそうですね？」

「ええ。彼女は平民生まれだと聞きましたから、苦しい生活をするよりはこちらで聖女として何不自由ない生活をする方がいいと思ったのです。当然ではないでしょうか」

いかにもいい事を言ったと言わんばかりのヘザーネインに対し、ユロは苦い顔になる。なるほど、聖女が言っていたのはこれか。

「聖女様のいらした国では、平民も豊かに暮らしているそうです。あちらの世界の方が、不自由なく暮らせたと仰《おっしゃ》っていましたよ」

「まさか！　そのような事があるはずが――」

「ですから、相手がどのように思うか、まずは確認された方がいいかと」

ここでは言えないものの、聖女が召喚された場にはユロもいた。彼女はその場で、元の世界に帰せと大司教に食ってかかったのだ。

聖女としてこの上ない生活を保障すると言ったにも拘《かか》わらず、大司教が術で眠らせるまで帰せと騒いでいた。それ程、帰りたかったのだろう。

その後、授業の合間に聖女の暮らしていた世界について聞いたが、そこはまさしく別世界だった。労なく汲《く》める水、平民ですら毎日入浴出来る環境、国内を自由に行き来出来る手段、それどころか金銭に余裕があれば他の国に行く事すら簡単に出来るという。

遠くの物事を瞬時に知る手段もあり、遠く離れていても会話したり顔を見たりする事も出来るそうだ。そんな世界から来た聖女にとって、この国……この世界は、とても生きづらい場所なのだと思う。

そこに考えが至らないのは、彼等が一度として聖女の話を聞こうとしなかったからだ。ヘザーネインもシードやヤジーク同様、ユロの言葉に衝撃を受けている。

――これで少しは聖女様の負担が減るといいのだけれど。

もっとも彼等が改心したところで、聖女がこの先二人きりで会いたいと言い出すとは思えない。それでも、もし次があった時の為に、彼等にはしっかりと改善してほしいものだ。

さて、話は終わった。今度こそ、自分は帰してもらえるはず。そう考えて退去すると言おうとしたその時、シードが聞いてきた。

「ダビレだけ何も言われていないのだが、彼は問題がなかったという事なのか？」

「まさか！」

「そうですよ、シード。ダビレに限って、聖女と親睦《しんぼく》を深められるはずがありません」

ヤジークとヘザーネインの言い方は随分だが、確かにその通りだ。彼にだけ何も言わなかったのは、言う必要がないのではなく、言うべき事がわからないからである。

「ダビレ様に関しては……その、聖女様とのお時間を過ごしていないとだけ聞いています」

「何？」

「本当か？　ダビレ」

厳しい声のシードとヤジークに、ダビレはぷいっとそっぽを向いた。その態度が全てを物語っている。

ダビレの様子を見たヘザーネインが、どこか蔑《さげす》みを含んだ目でダビレを見た。

「では、あなたは早々に脱落という事ですね？」

「ヘザーネイン！」

「あ……」

シードに名を呼ばれたヘザーネインは、口元を手で覆《おお》う。

脱落とは、例の賭けの話か。シロを保護した日、無断で離宮に乗り込んできた令嬢達が言っていたそうだが、彼の態度から見るに、本当の話のようだ。もっとも、聖女は淡々と話していて、自分が賭けの対象にされた事に対する怒りも悲しみも見られなかった。

聖女のたくましさを思い出していたユロに、シードが厄介払《やっかいばら》いとばかりに退出を許可する。

「司祭、今日はご苦労だった。この場で見聞きした事は、他言無用だ。いいな？」

「……承知いたしました」

ここで多人数相手の懺悔《ざんげ》を聞いたと思えばいい。神職にとって、話を聞きそれを他言しないというのは仕事の一つだ。

今度こそ帰れる、と気が緩んだユロは、帰り際にシード達へ一つの助言をした。

「聖女様との親睦《しんぼく》を深めるのであれば、何も個別での対面にこだわらなくともよろしいのではないでしょうか？　まずは、離宮での昼食の時間を利用なさる事をお勧めします。人数の多い場所での軽いやり取りから始められてはいかがでしょう？」

彼の言葉が四人にどう届いたかまでは、わからない。だが、これで聖女の気鬱《きうつ》が多少でも消えればいいと思う。

ドウソーン家の邸《やしき》から出たユロは、一度邸《やしき》を振り返った。今日教えた事を実践したとして、彼等が聖女の心を射止められるかと聞かれたら、難しいと答えるだろう。あの聖女は一筋縄ではいかない相手だ。

それに、彼等の誰かが聖女の婿《むこ》となるのはぜひとも阻止したい。そんな事になれば、聖女はこの国に縛られる。本人の意思ならばともかく、今のところ聖女は元いた世界に戻る事が第一で、こちらで結婚を検討している様子は微塵《みじん》も見られない。

彼女はとてもわかりやすい人だ。精霊であるシロを手元に置いているのも、いざとなったら精霊界に行く事を考えているからだろう。精霊は神と人との間にある。それを聞いた時の聖女の顔ときたら。思い出すと、つい笑みが浮かんでしまうユロだった。

そこまで考えて、彼は軽く溜息を吐いた。ここから先は自分が考える事ではない。すっかり日が暮れた中、ユロはしっかりとした足取りで聖堂へと戻っていった。

◆◆◆◆

今日、初めて眼鏡君の授業を休んだ。

具合が悪いから、と朝コーネさんに言ったところ、その後のスケジュールをきちんと変更してくれた。うん、今日ばかりは、とてもじゃないけど活動する気になれない。

今日は、本当なら劇場で舞台の初日を見ているはずだったのにいいいいいいい!!

そう。いつの間にか、この世界に来てからかなりの日数が経っていて、結局私は初日に間に合わなかったのだ。タイムリミットに負けました。シロを介して、神様に召喚日時まで戻してもらおうとは考えてたよ？　でも、それが確実に出来るとは限らないじゃないか！　だから、この日までには帰りたいと思っていたのに！

……とはいえ、眼鏡君の声がたくさん聞けるのが嬉しくて、いそいそと授業を受けたり、おいしい食事に舌鼓《したつづみ》を打ったり、シロをモフったりと己の欲望の赴《おもむ》くままに時間を過ごしていました、ごめんなさい。

命を狙われているせいで離宮から出られないのをいい事に、引きこもり生活を満喫《まんきつ》してたし。おかげで帰還の為の情報なんて、一つも集められてない！

もういっそ、シロに頼み込んで精霊界に行って、とっとと帰還すれば良かったんだろうか……でも、そうしたら推しの声に激似の眼鏡君の声が二度と聞けない……でも推しが……

そんな事ばかり考えてしまうので、本日一日、聖女は使い物になりません。いいじゃん、いるだけで瘴気《しょうき》を浄化出来るっていうんだから。こうなったら、さっさと浄化を済ませて神様を頼ろう。

多分、二週間後には再び使い物になりません。あと、来月の下旬も。二週間後はミュージカルの初日だし、来月下旬は三年半ぶりの新刊の発売日である。

本当、私が何したっていうんだ。推しを返せバカヤロー。


半日ふて寝して、少しは気分が浮上したからおやつの時間には庭園を散歩した。いつもなら、この時間の散歩は二回目になるんだけど、今日は午前中に動かなかったので、一回目。戻ったら聖水作りの前に、シロを捜してモフろうと思う。

コーネさんが王宮に掛け合った結果、一日に樽《たる》二十個分の聖水を作って渡す事が決定した。それプラス、シロに渡す分で、一日に生産する聖水は今のところ樽《たる》で二十一個。

ちなみに、聖水を作る樽《たる》は王宮から支給してもらっている。シロの分だけは、毎回返却させてるけど。樽《たる》だって、ただじゃない。

その樽《たる》に水を入れて、水をかけられて溶ける黒いヘドロのイメージを思い浮かべながら手を浸《ひた》す。最近は上達したのか、ちょっと触れるだけで聖水になっている。

聖水を最初に届けてもらったのは庭師さんの故郷、ラトジーグ領だ。この「聖水を利用する」ヒントをくれたのは彼とその故郷だから、恩返しって訳。

ラトジーグは、王都からは馬車を使っても一週間以上かかる遠い土地で、マイエンドス国内でも瘴気《しょうき》の濃い土地らしい。なので、聖水が届いた現地はとても喜んだそうな。そういう話を聞くと、少しはやる気が出るってもんだ。

他にも、国の端の方から徐々に聖水を配ってもらっている。もちろん国には、お金は取らないようにきつく言っておいた。

こういうのって、中間で必ず儲《もう》けようとする連中が出てくるものだ。なので、聖水を配る土地には最初に、国から無料で配るって事を宣伝してもらってある。広報は大事。

この聖水、瘴気《しょうき》の濃い場所に持っていって地面に直接撒《ま》くと、あっという間に浄化が出来るという話だ。お手軽なので、誰でも出来るところがまたいい。

しかも、傷や病気にもよく効く。特に、瘴気《しょうき》が原因でついた傷には特効薬なんだそうだ。瘴気《しょうき》に触れると火傷《やけど》や裂傷のような症状が出るんだけど、どんな薬も効かず治療法がなかったんだとか。

そこに登場したのがこの聖水。瘴気《しょうき》が原因のどんな症状にもよく効き、たちどころに治してしまうのです！　何か、怪しい通販の宣伝文句みたいだな。騙《だま》してないけど。

聖水の存在が人々に知られてからは、うちにも送ってくれって陳情が凄いらしい。でも、王宮の方針で一日二十個限定は崩さないそうだ。

多分、あのおっさんが自分の権力強化の為に、聖水を利用しているんだろうなあ。出来たら満遍《まんべん》なく配布してほしいけど、配布そのものが国頼みの今、あまり強くは言えない。

くっ！　いっそ私にもっと権力があったなら!!　……そうしたら真っ先に日本に帰る手段を探しているなー。ダメじゃん、自分。

とりあえずあれだ、私は眼鏡君と勉強して、聖水を作ってシロをモフって、そうやって暮らしていくよ。日本に帰るまではな！


そんな私の生活に、ある朝、特大級の爆弾が落とされた。

「本日より、聖女様のお作法の時間が始まります」

「……はい？」

コーネさんから言い渡された内容に、私の口から間の抜けた声が出る。いや、だってお作法とは何ぞ。そんなもの、習う必要があるとは思えない。離宮を一歩も出ない生活をしているのだから。

一体、どこで披露《ひろう》するのさ、そのお作法。まあ、それを言ったら眼鏡君とやっている勉強そのものがいらないいんじゃないのって事になるんだけど。

コーネさんの説明によると、今朝早く国王からの命令が下ったのだとか。曰《いわ》く「聖女を夜会に出席させよ」だそうだ。夜会？　何それおいしいの？

首を傾げる私に、コーネさんが説明してくれた。

「どうやら、聖水の件で大陸各国にも聖女様の存在が知られたようで、各大使よりご尊顔を拝したいという申し入れが殺到しているそうです。一国ずつ顔合わせするよりも、夜会でいっぺんに会った方が面倒がなくていいだろう、と陛下が仰《おっしゃ》っていました」

面倒かどうかを決めるのは、私のはずなんだが。ともかく、その夜会に出ても恥をかかない程度には作法を覚えなくてはならないらしい。

「……その大使達って、会わないとダメなの？」

「顔合わせは重要です。聖女様の存在を確かめ、かつマイエンドス国に監禁されていない証明をする為にも、聖女様にはぜひお出ましになっていただきたく」

そうか、聖女が召喚されたって情報が流れて、召喚した国も特定された。でも表舞台に聖女が出てこないとなると、召喚した国が囲い込んで外に出さないようにしているのでは、と疑われる訳だ。

これはあれか。先日聞いた四代目聖女の時の状況と同じなのかも。

他の国も瘴気《しょうき》を浄化したいけど、私を召喚したこの国、マイエンドスは聖女を国外に出したくなくて、このまま離宮に囲っておきたい。だが、そうすると大使から本国に話が行き、「聖女が一国に独占されるなどあってはならん」、もしくは「聖女が本人の意思に反して捕らわれている」とか言って、マイエンドスに攻め込んでくるという訳だ。

四代目聖女の時は、その戦争に聖女本人が巻き込まれて命を落とした。そうさせない為にも、マイエンドスが監禁している訳ではないと各国に証明する必要がある。

その推察を口にすると、コーネさんが頷いた。

「ですから、聖女様の夜会出席は免《まぬが》れません。その為にも、お作法のお勉強を頑張っていただきたく、お願いいたします」

コーネさんに頭を下げられては、何も反論出来ませんよ。こういう時、日頃の行いがものを言う。散々世話になっている相手の頼みは、断りにくい。

という訳で、どう足掻《あが》いても作法のレッスンからは逃れられないようです。おかげで本日の授業中は、ずっとふさぎ込んでいた。

「聖女様、どうかなさったんですか？」

「……実は」

今朝聞いた話をぽつぽつ説明したところ、聞き終えた眼鏡君は「なるほど」と何やら納得している。

「宮廷作法は確かに煩雑《はんざつ》で面倒が多いですが、何事も知っておいて損はありません。これもいい機会と思って、作法の勉強も頑張ってください」

「他人事だと思って……」

恨みがましげに眼鏡君を睨むと、彼は誤魔化すように笑った。

ああ、やっぱりいい声だ。本当ならこのままずっと眼鏡君の声を聞いていたいものの、彼との勉強は午前中だけと決まってるし、その後はおいしいけど面倒くさい昼食の時間が待っている。

あの四人組、眼鏡君には嫌味の集中砲火を浴びせるんだよなあ。そのやり口が、学生時代の女子集団みたいで嫌。そこまで考えて、四人があの顔と体格のまま、制服を着て女子学生のような態度を取っているところを想像したら笑えた。あの四人が女子とか！

そういえば最近、あの四人組が昼食の時間に私にも声をかけるようになった。金髪君も赤毛君も銀髪君も、ぎこちないながらも毎回、一言二言は言葉を交わす。それも、これまでの押し付けがましい……おっと失礼。こちらの事を一切考えていないものではなく、ごく自然な雑談だ。そうなると、無視するのもどうかと思うので、当たり障《さわ》りのない事を話すようになった。

今日の昼時は、午後から始まる私の作法に関しての話題で盛り上がっている。

「確かに聖女に作法は必要だな」

ああそうですか。私としてはありがたくないですけどねえ。そんな本音を言えるはずもないので、愛想笑いを貼り付けて「そうですね」と答えておく。

「夜会に出る時には、俺がエスコートをしよう」

いりません。離宮以外であんたらに近づいたら、あの時のお嬢軍団みたいなのが束になってかかってくるんでしょ？　そんなのはごめんです。

でも、これも言えないから作り笑いで流す。笑って誤魔化すのは日本人の得意技だ。

「作法のお勉強は、淑女には必要な事ですから」

私、別に淑女じゃないんで。ただでさえ「聖女」なんていらん肩書きを持たされてるんだから、これ以上いらないものを押し付けないでいただきたい。でも、やっぱり本音を言う訳にはいかないので、「そうですか?」と濁しておく。

「作法、覚えられるの？」

やかましいわ茶髪め。覚えられなくとも別に構わないっての！　あれか⁉　聖女が作法を覚えないと浄化に失敗でもするんか⁉　聖女が作法を覚えていないと国が滅ぶのか⁉　世界が破滅するのか⁉　口に出す訳にはいかないので、内心で思いっきり叫んでおく。大人げないけど、こいつの言葉は聞こえない振りだ。今日のお昼もおいしいなあー。

本日のメニューは白身魚のクリームソースがけ温野菜添えです。デザートはクリームをたっぷりとかけたクレープもどき、フルーツソース添え。ジュースはザクロっぽい色で甘酸《あまず》っぱい味のもの。名前を聞いたんだけど、忘れた。

それにしても、さっきから愛想笑いのしすぎで表情筋が痛い。後でちゃんとほぐしておかないと、肩こりに繋《つな》がるんだよなあ。忘れずにやらなきゃ。

こういう場で、表向きは平静を装《よそお》うのも、社会生活で身に着けたスキルだ。とはいえ、目の前の眼鏡君にはあれこれバレているせいか、こちらの内心が伝わっているらしい。肩を震わせて笑うのを堪《こら》えてるよ……

そんな疲れる昼を過ごした後、四人とは別の馬車で王宮へと向かった。作法は王宮で教わるそうですよ。そして何故か、その馬車には眼鏡君も乗っていた。

「私も王宮に戻るので、ご一緒させていただきます」

あ、そうなんだ。コーネさんが特に何も言ってこないので、問題ないんだと思います。この世界で私のコーネさんに対する依存度、かなり高い。

離宮から王宮まで、馬車で三十分。到着した王宮を改めて見てみると、本当に大きい。そりゃ敷地も広大になりますわ。腐っても国のトップが住む場所だもん。

全体的に黄色い石材で飾られている王宮は、中央部分が高く、両翼部分が少し低めの構造になっている。広がる両翼は三階建てらしく、窓が等間隔に並んでいた。前庭は石敷きで、色違いの石で模様が描き出されている。モザイク画みたい。

さて、この国の作法とはどんなものか。日本のお茶やお花のような内容だったら、一発で逃げる自信がある。でも、眼鏡君やコーネさんが逃がしてくれるかどうか……無理か。


講義を受けた結果、異世界の作法とは修業だと悟りました。いや、マジで。今回の作法の講師を務めてくれたのは、これまで多くの貴族子女にマナーを教えてきた生《は》え抜《ぬ》きの講師だ。

それはいいんだけど……いや、本当に私は何の修業をしていたんだろう。礼の仕方に始まり、歩き方、相手の身分の読み方、会話術と意外と幅が広い。

私は最初の礼で既に躓《つまず》いた。そりゃもう盛大に。九十度のお辞儀どころの騒ぎじゃない。笑顔までセットで覚えろとはこれ如何《いか》に。しかも、女性は常に笑顔でいなければならないなどと、差別も甚《はなは》だしい。

そんな私の意見は全て却下されました。言い訳してないで少しでも笑え、と言われた時には殺意が湧いたけど、これも一宿一飯の恩義だと思い、涙を呑んで同じ動作を繰り返したさ……

その後も、午前中は眼鏡君からこの国の常識その他を学び、午後はお作法を習うという、ある意味勉強尽くしの日々を送っている。

驚いた事に、眼鏡君は作法も完璧にマスターしていた。聞いたら、上司の付き合いで夜会とかに出る事もあるんだって。神職者なのに、サラリーマン並の悲哀があるんだな。

彼は、私の作法の時間にも付き合ってくれている。今日はなんとダンスレッスンだ。ワルツとか言われたらどうしよう、と青くなったけど、何の事はない、フォークダンスに毛が生えた程度である。

とはいえ、そのフォークダンスでさえ最後に踊ったのは十年以上前という私には、この簡単なステップすら最後まで踊り切れない。た、体力の限界です……

そうして特訓する事、約二十日。とうとう本番の日がやってきてしまった。


大きな扉の前で、私は緊張していた。扉の向こうは、今回の大夜会の会場である王宮の大広間だそうです。ここまで人の気配が届いてくるよ。どんだけいるんだ、人。

本日の私の装《よそお》いは、白を基調にしたドレスだ。夜会なので襟ぐりをがっと開けたデザインで、スカートもふんわりと広がっている。優雅に見えても、結構重いんだぜ、これ。

胸元から裾にかけて金糸で刺繍《ししゅう》が施《ほどこ》されているんだけど、これがまた凄く細かいんだ。お針子さん達の力作だね。それを身に着けるのが私って辺り、残念な話だけど。

素敵なのはドレスだけでなく、アクセサリー類も。きらきら輝くダイヤモンド風の石はとても貴重なもので、王族でもこれだけ粒の際だったものを揃えるのは難しいんだって、コーネさんが言ってた。

そんな貴重なもの、使わせないでほしい。なくしたり傷つけたりしたらと思うと怖い。

私の緊張に気付いたのか、眼鏡君が声をかけてきた。

「大丈夫ですか？　聖女様」

「だ、大丈夫……多分」

「失敗しても問題ありませんから、気楽にしてください」

眼鏡君曰《いわ》く、聖女は国王より地位的には上なので、作法で失敗しても誰からも叱責される事はないそうだ。とはいえ、失敗しないに越した事はない。

眼鏡君も、今夜はおしゃれをしている。いつもとは違う青を基調とした服は、神職の礼服だそうです。瓶底眼鏡はどうしようもないけど、髪はいつもより念入りになでつけ、無精《ぶしょう》ひげも綺麗に剃《そ》ってある。服の影響もあって、男前度が大分上がってた。

そんな私達の前で、扉が開く。広間は少し薄暗いが、あちこちにきらびやかな衣装を纏《まと》った人・人・人。

「多い……」

「聖女様、笑顔笑顔」

そうだった。笑顔を絶やすと、後で作法の講師殿に怒られる。私は慌てて愛想笑いを浮かべた。

眼鏡君は勝手知ったる様子で、私の手を引いて広間を進んでいく。

そのまま広間の奥へ連れていかれると、見覚えのある顔が揃っていた。ああ、あの召喚の場所にいた連中だ。おっといけない、つい憎しみが零《こぼ》れ出るところだったよ。愛想笑いが剥《は》がれるわ。ヤバいヤバい。

でも、こいつらのせいで、私は何もかもを諦めさせられたんだ。チケットを取ってあった舞台も、ミュージカルも！　それに三年半振りの新刊も！　ゲームの新シナリオを楽しめないのも！　新作グッズを買えないのも！

全部こいつらが原因かと思うと、つい黒い何かを噴き出しそうになるのが止められない！

ここ最近、精霊だ聖水だ作法だと目が回るような日々を送っていたので、恨みも薄れたかと思っていたけど、違った。こいつらの顔を見ずに済んでたからだ。

とはいえ、ここで騒いで暴れる訳にもいかない……基本的に小市民な自分は、やっぱり周囲に流されるのが似合っているのかも。く！　小物な自分が辛い。

それとも、いっそ暴れる前にシロに頼んで精霊界に行くか？

「聖女様、何か悪巧みをしていませんか？」

「え？　何の事かなあ？」

眼鏡君、なんでそういうところは鋭いんだ？

結局逃げ切れず、私はおっさんやじじいの前に引き出されてしまった。おっさん国王の周囲には、見覚えのない人達がいる。着ている衣装のテイストが周囲とは少し違うところを見ると、彼等が例の「各国大使」なんじゃなかろうか。

国王の前に出たので一礼。右手は眼鏡君に預けたまま、左手を胸に、右足をやや後ろに引いてちょっとだけ腰を落とす。この国での最上位の女性が執《と》る礼だそう。

その姿を見て満足げに頷いたおっさん国王が口を開いた。

「よく参られた、聖女」

「……良い夜ですね」

このおっさん国王には嫌味の一つも言いたいところだけど、さすがにここで言う訳にもいかないな。とりあえず、取り繕《つくろ》っておく。ただし、愛想笑いはなしで。

「紹介しておこう。ニーバル大司教はもう知っているな？　こちらがベリンサの大使アザワトル殿、その隣がフォロスの大使ホエーヒン殿、その隣が――」

そう言って、早々におっさん国王が紹介し始めたのは、やっぱり各国大使達だった。国の名前と本人の名前を言われたんだけど、全部覚えるのは最初から放棄しておく。後でコーネさんにでも聞いておこうっと。

一通り紹介が終わると、おっさん国王の号令でダンス開始。私のファーストダンスの相手は、眼鏡君がこのまま務めてくれるらしい。

「綺麗な礼でしたね」

「そうかな？」

「ええ、大使達も目を見張っていましたよ」

「じゃあ、講師殿に感謝だね。そういえば、ユベール聖皇国の大使って、あの場にいたっけ？」

紹介されていたとしても、覚えていない。呆れられるかなあ？　と思って眼鏡君を見たら、彼は普通に微笑んでいた。

「聖皇国の大使はニーバル大司教猊下《げいか》ですよ」

「へ？　そうなの？」

「ユベールの大使は、各国の大司教が兼任しているんです。ああ、そろそろ曲が終わりそうですね。この後はどうしますか？」

ファーストダンスが終わってしまえば、私はお役御免だと聞いている。そのまま夜会を楽しむもよし、離宮に戻ってもよし。となれば、もちろん戻るに決まってる。シロも残してきてるし、この場にいるメリット、私にはないもんな。

ダンスの終わりに一礼。これでいつでも踊りの輪から外れられる。さて、これでお仕事終わりーと思っていたら、隣から声がかかった。

いつの間にか近づいていたおっさん国王だよ……

「聖女、少しいいかな？」

よくありません、と答えたいけど、相手が王じゃ、そう言う訳にもいかないいんだろうな。


広間を後にし、通されたのは重厚な扉の部屋だ。あ、眼鏡君も一緒です。そして部屋に入ったら、コーネさんがいた。彼女の腕の中には、シロがいる。連れてきてたんだ。

私と眼鏡君は、促《うなが》されてソファに腰を下ろした。同じように腰を下ろした国王が、待ち切れないとばかりに聞いてくる。

「聖水の件もそうだが、こちらの精霊について詳しく聞きたかったのだ」

詳しくと言われても、多分コーネさんが話しただろう以上の事を私は知らない。地球には精霊なんて存在はいないし。

なので黙っていたら、眼鏡君が代わりに答えてくれた。

「聖女様ご自身、精霊の事はあまりご存知ありません。何せ、最初はただの猫だとお思いだったご様子ですから」

「なるほど。確かに猫だな」

「我が輩は猫ではないのにゃ！」

眼鏡君とおっさんに猫と連呼されて、シロが声を張り上げた。何故かシロは猫って言われると怒るんだよね、猫なのに。

猫が喋《しゃべ》ったからか、おっさんは驚いてる。

「本当に喋《しゃべ》るとは……それで、精霊とはどういった存在なのだ？」

「神と人との間を繋《つな》ぐ存在と言われていたようですが、教会は精霊の存在そのものを認めていませんので、詳しい資料などはないんです。シロ……こちらの精霊は、人と精霊との間で戦争が起こって以降、精霊は精霊界という別世界で暮らしていると言っていました」

「ふうむ……」

何か考えてる。やだなあ。こういう連中って、自分＝国の利益優先で、他の人の迷惑とか顧《かえり》みないもの。私が今ここにいるのもそうだ。人の了承も得ず、勝手に召喚したんだから。どうして「相手の意向を確認する」という一手間を省《はぶ》くのか。

そんな事を考えていると、国王が顔を上げる
「当面、精霊の存在は秘匿《ひとく》とする。ユロ司祭、この件は大司教には内密に」

「承《うけたまわ》りました」

「コーネ、離宮の人の出入りは今以上に厳しくするように」

「心得ました」

あ、今の言葉で思い出した。離宮の庭園に無断で入り込み、その後も嫌がらせを続けていた奴らの事だ。

言うかどうしようか迷っていると、何とコーネさんが言ってしまった。

「陛下。実は先日、離宮の庭園に許可なく立ち入った令嬢方がありました」

「何？　それは真《まこと》か？」

「はい。その後、その方々の指図で、聖女様の住まう離宮に汚物が撒《ま》かれる事態に」

「その者達をここに呼び出せ!!」

ああ、やっぱり……。おっさん国王の耳に入っちゃったら、こうなるよ。やっぱり止めるべきだったとは思うけど、私がコーネさんを止められるか？　そっと眼鏡君の方を窺《うかが》うと、彼も沈痛な面持《おもも》ちで額《ひたい》に手を当てている。ダメかー。

「余の顔に泥を塗るがごとき所行、決して許さん！」

あー……おっさん国王が怒ってるのって、聖女が迷惑を被《こうむ》ったから、ではなく自分の命令が無視されたからか。何か腹立つ。とはいえ、おイタしたお嬢軍団にも非はあるし。

そんな事をのんびり考えていた私の耳に、おっさん国王の言葉が飛び込んできた。

「最も残虐な刑に処せ！」

「ちょっと待てえぇい!!」

思わず大きな声が出た。どこの時代劇だよ、自分……。周囲を見回すと、皆驚いた顔でこちらを見ている。そりゃそうだ、普通、王の言葉に待ったをかける存在なんていないはずだもんな。しかも、右手を前に出したポーズだ。でも、これは見過ごせない。

私は咳払いを一つしてから口を開いた。

「えーと、そりゃ彼女達はやってはいけない事をやりましたけど、今回は誰にも実害は出ていないので、厳重注意でいいのではないかと」

実際には庭師の人の手間を増やしたが、そちらは酒の差し入れという形で労《ねぎら》ったのでチャラ。だから、せいぜい自宅謹慎が妥当かと。いくら何でも、「ちょっと入っちゃいけない場所で聖女に嫌がらせしました」程度で、処刑とかないわー。

でも、私の提案におっさん国王は首を縦に振らない。

「いいや、国王たる余の命に背《そむ》いたのだ。これは反逆罪と取られても文句は言えん」

「そこを何とか！」

「何とかとは何じゃ！」

「んじゃ、もう一声!!」

自分でも何を言っているのかわからなくなってきてるものの、ここで引いたらあの子達の命がないのは確実だ。正直、意地悪してきた子達がどうなろうと知ったこっちゃないって言いたいけど、殺されるとわかった以上は黙っていられない。後味悪すぎ。

でも、自分の命令に背《そむ》いたって一点だけに目が行っているおっさん国王は、こっちの話を聞きゃしない。

私とおっさんが睨み合っていると、眼鏡君が声をかけてきた。

「おそれながら、陛下。少しお待ちください」

「何かね、ユロ司祭」

「離宮に許可なく立ち入った件に関しては処罰されてもやむなしとは思いますが、汚物については庭師が片付けておりますから、聖女様には何ら支障はございません。ある意味、聖女様を大事に思う陛下の御心《みこころ》は守られたと思ってよいのではないでしょうか。今回は厳重注意という形で、それぞれのお家のご当主方に伝える事を提案いたします」

おお！　さすが眼鏡君、伊達《だて》に神職に就《つ》いていないね！　でも、おっさんの反応はいまいちだ。

しかし、眼鏡君はめげずに続けた。

「どの家も、序列三位以下と伺いました。これ以上娘が騒動を起こすのであれば、序列を最下位にすると言えば、家の方でしっかりと監視してくれるでしょう。弱みを握っておいた方が、後々便利かと」

あれ？　大事《おおごと》にせずに収める方向じゃないのかい？　表向きはそうだけど、実際は脅《おど》して言う事を聞かせるっていうのは、違うと思うんだ。

でも、眼鏡君の提案に、おっさんは頷いた。

「なるほど。良い案だ。あの辺りの家は、面倒な連中が多い。司祭はよく心得ている」

そう納得すると、コーネさんに言って人を呼んだ。やってきた人は、これまた見覚えがある。もしかしなくても、召喚の時、あの場にいたな？

そこでおっさんと何事か小声でやり取りし、呼ばれた方が一礼してその場を去った。これでやっと終わりか。いや、この場を借りて、主張しておかなくてはならない事がある。

「さて、皆のもの、大儀であったな」

「ちょっと待ったああ!!」

再び大声で遮《さえぎ》る。ああ、講師殿が見たら卒倒しそうな作法無視の行動だ。すみません、講師殿、私は優秀な生徒にはなれません。

でも、この機会を逃《のが》したら次はいつになるかわからない。おっさん国王は眉を顰《ひそ》めてこちらを見た。眼鏡君のみならず、コーネさんやシロも驚いている。

「……何かね？」

「あの！　私の護衛役で離宮に来ている人達についてです。そろそろ、離宮に来るのをやめさせてほしいんですよ。小耳に挟んだんですが、彼等は私を妻に迎える為に離宮に来ているのだとか。そういうの、迷惑なので結構です」

本当は、誰が私を落とすか賭けをしているそうですけどね。

私の言葉に、おっさん国王が目を丸くしている。もしかして、この話って秘密だったのかな？

あのお嬢軍団、どこから情報を仕入れたんだか。

「その話を、どこで誰に聞いたのだ？」

「黙秘します。とにかく、それは困ります。私、結婚する気はないので」

「むう……」

主に勉強の邪魔という理由だけど、精霊に関してコーネさんと眼鏡君との間で秘密を持った事もあって、他の人がこの輪の中に入ってくるのが嫌なんだよ。せめてあの四人の中に、もう少し他人を気遣える人がいれば、また違ったのに。

おっさん国王はしばし考え込んだ後、口を開いた。

「では、あの四人以外にこれはと思う相手はおらんか？」

「いません」

離宮から殆《ほとん》ど出ない生活を送っているのに、出会いなんてある訳なかろうが。あっても無視すると思うけど。

つーか、一切その気はないんですよ。この国の男と結婚するつもりはさらさらございません。ここで、「精霊に恩を売って神との仲介をしてもらうつもりだ」と言ったら、大変な事になりそうなので黙っておく。もちろん、シロにも教えない。

奴はお調子者なところがある為、知ったが最後、騒動に発展しかねん。きちんと浄化が終わってから、その辺りは考える。

またしても黙り込んだおっさんは、再度質問してきた。

「では、年回りの合いそうな相手を国内から探すのはどうか」

「結婚する気はないって言ってますよね。というか、あの四人っていくつですか？　多分私より年下だと思うんですけど」

私の言葉を聞いたおっさん国王は、少し驚いた様子だ。

「まさか。ダビレだけ二つほど若いが、あとの者は二十四歳だぞ」

驚愕の事実。あの茶髪が二十二とは。それは置いておいて。

「やっぱり年下じゃないですか。私、今年三十です」

「はあ⁉」

今度は凄く驚いている。何故か、眼鏡君やコーネさん、それにシロまで驚いているんだけど。どういう事？

「そんな馬鹿な！　その見た目で三十だと⁉」

あ？　セクハラで訴えるぞ。私の視線がヤバいものになっていたのか、おっさん国王は咳払いをした。

「その……聖女は若く見えるから、あの四人が相手でも問題ないのではないかな？」

「いや、そもそも結婚する気はないって何度も言ってるでしょ？　言葉通じてます？」

その後もおっさん国王とあーだこーだと言い合い、結局向こうが根負けしました。ふっ、粘《ねば》り強さだけは負けないよ。日頃から、会社のじじい相手にバトルしてるからね。

ちなみに、コーネさんは二十二歳、眼鏡君は同い年の三十歳でした。おっさん国王はあの見た目で三十五歳だってよ。四十は超えてると思ってたわ。老《ふ》けてんね。

第四章　出張浄化

大夜会の翌朝から、四人は離宮に来ていません。あの場で約束した事は、きちんと守ってくれるらしい。

「これでまた、王宮に新しい噂《うわさ》が流れるでしょうねえ」

苦笑しながらそう言ったのは、眼鏡君だ。ただいま授業の真っ最中です。コーネさんも含めて部屋に三人だけなので、この時間は凄くリラックスしている。

それはともかく、噂《うわさ》って？　私の無言の要求に、眼鏡君は苦笑のまま教えてくれた。

「離宮の聖女様は『見目の良い若者をお側に侍《はべ》らせるのがお好き』という悪意あるものから、『離宮で心細い思いをしている聖女様を、四人の貴公子がお慰《なぐさ》めしているのだ』という、やや童話風のものまで色々です。今回はさしずめ貴公子が追い出された風になるか、聖女様が貴公子達に飽きられた風になるかといったところでしょう」

眼鏡君の最後の言葉で、コーネさんが冷気を発しています。お願いだから、噂《うわさ》の元を絶つとか言わないで。私は気にしていないので。

やっぱり私は二次元に生きる人間なんだよ。三次元はどうにも受け付けない。三次は惨事なんだよ。あの四人だって、鑑賞するだけならいいだろうけど、実際付き合うとなったら難あり物件ばかりだし。

　ああ、早く自宅に帰って思い切り推しを拝み倒したい。新作を読みたい！　グッズにまみれたい。ゲームを楽しみたい。スチルを確認したい！　アニメを全話一気見したいー!!

　悶絶《もんぜつ》する私を、眼鏡君が可哀想なものを見る目つきで見てるけど、気にしない。所詮《しょせん》、こちらの人に二次元の良さはわかるまい。地球はなあ、娯楽に溢れているんだよ！　特に日本は、オタには天国のような場所なんだからね!!　以上、私の魂《たましい》の叫びでした。

　本当に声に出した訳じゃないよ？　全部心の声だよ？　でも、何となく書斎に微妙な空気が広がっているのは、何故なのかな？

　あの四人はいなくなったけど、お勉強の場所は書斎のままだ。三人だけだと、この広さの方が落ち着くから。あ、そういえば作法の時間から解放されたので、最近は書斎の本を少しずつ読み進めているところ。

　歴史の本と見せかけて、実は歴史に絡んだ恋愛小説が多いって辺りが面白い。今読んでいるのは、アウェガ王国の史実に絡ませた宮廷恋愛劇だ。ここの元の持ち主である先々代王妃様って、こういうのがお好きだったのかな？　ちょっとシンパシーを感じる。

　そんな穏やかな日々を送っていた私のもとに、眼鏡君がとある情報を持ち込んできた。

「ラトジーグで聖水が効かない？」

　ラトジーグって言えば、離宮の庭園を管理してもらってる庭師さんの故郷で、聖水をいち早く届けた地域だ。

私の言葉に、眼鏡君は無言で頷く。

「正確には、北方ラトジーグ領と言い、北方の隣国ジュロスと接している領地です。治めているのはラトジーグ卿《きょう》で、宮廷序列二位の高位貴族となります」

そのラトジーグも、最初は領地内で聖水が効いて、領民を挙げて喜んでいたそうだ。聖水を撒《ま》くのは人が多い場所を優先していた為、国境沿いにある広大な森林地帯の浄化は後回しになっていたらしい。

そして森林地帯——ウーバンの森でいざ浄化を行おうとしたら、聖水が効かなかったという。

「既に王宮にも陳情が行っているでしょうが、教会を通じてこちらにも情報が来たんです。ラトジーグには、最初に聖水を送っているから、聖女様も気になさるかと思いまして……」

語尾が小さくなった眼鏡君の言葉は、正しい。思いっきり気にするよ。せっかく庭師さんに恩返しが出来たと思ってたのに……

毎日の日課である聖水作りは、今も続いている。限定二十個ではあるけれど、時折、聖水で浄化出来た地方からお礼の手紙が届けられる事があるんだ。

大体は領主かそれに近い立場の人が書いてくるんだけど、たまに子供が書いたと思《おぼ》しきものもあるんだよ。たどたどしい文字で「ありがとうございました」とか書かれていると、ぐっと来るんだよね。

なのに、ラトジーグで聖水が効かないなんて……

落ち込む私を元気づけようとしてか、眼鏡君が殊更《ことさら》明るく言い放った。

「大丈夫ですよ。ラトジーグでも、聖水が効かないのはウーバンの森のみのようですから」

「でも、効果がない場所があるのは間違いないんだよね？」

「それは、そうですが……」

どうしよう。どうすればいいんだろう。せっかくこの場を離れずに遠い場所の浄化が出来そうだったのに。このままじゃ、お世話になった庭師さんの故郷が大変な事になる。

……ん？　今、何か引っかかった気がする。

「あ！」

「な、何ですか？」

思い出した！　庭園で庭師さんと話していた時に、先に思いついたのは聖水の配布ではなく自分が浄化に行く事じゃないか。でも、状況的に無理だったから、代替案で聖水を使えないか、と思いついたんだった。

聖水が効かないのであれば、元々の案を実行すればいけるかも。

「私が直接浄化に行けばいいんだよ」

聖水が効かなくても、聖女そのものが行けば何とかなる！　歴代の聖女様も大陸中を巡ったっていうし。あー、なんかだんだんやれる気がしてきた。何だろうね？　この感覚。これも聖女としての自覚かな？

……と、思ったのに。

「反対です、聖女様！」

「私も、その案には賛成しかねます」

コーネさんと眼鏡君の反対にあってしまった。

「何で⁉　だって、聖水が効かないんだったら、私が直接出向くしか手はないじゃない」

「まず、聖女様が向かわれたところで、ウーバンの森の浄化が出来るという確証がありません。あやふやな根拠で聖女様の身を危うくする訳には参りませんし、聖水が効かないウーバンの森は、何やら危険な気がします。そんな場所に、聖女様をお連れするなど、出来るはずがないでしょう」

「私も司祭様と同様、反対です。聖女様、御身はお命を狙われているのですよ？　今は離宮を出ない生活を送ってらっしゃるから安全を確保出来ますが、ここを出て他領に向かうなど、賊共に狙ってくれと言っているも同然です」

反論出来ん……。二人の言い分はもっともなんだけど、それでも、今回は私が行くべきだと思うんだ。そう私の良心が叫んでいる！

「確かに、離宮から出るのは自殺行為だし、私が行ったところでどうにもならないかもしれない。でも、元々聖女って瘴気《しょうき》を浄化する為の存在でしょ⁉　その聖女が瘴気《しょうき》で苦しんでいる人達を見捨てたら、もう誰も聖女の事なんて信じないよ！」

信頼されない聖女なんて、価値あるか？　それに、ここで瘴気《しょうき》を浄化出来なかったら、この先も同じような事が起こった時にどうするのさ。

私の意見に、眼鏡君もコーネさんも押し黙る。二人とも、このままラトジーグを見放すのはよくないって、わかってるからだ。

「勝手に行ったりはしない。ちゃんと、護衛もつけてもらう。だから、北に向かえるよう、国王に交渉してもらえないかな？」

ここで私本人が交渉に行くという手を取らないのは、私だと感情的になってうまくおっさん国王を説得出来ないからだ。コーネさんと眼鏡君の交渉術にかける。

離宮の外は、私の想像以上に危険なんだろう。私の敵は浄化反対派とか終末派とかいう、いわゆる普通の人間だから、聖女の謎パワーでどうにか出来るとも思えない。

何もなければ、私だって離宮の外に出ようとは考えなかった。でも、ウーバンの森は、絶対に見捨ててはいけない。理由はわからないけど、強くそう思う。その為にも、私はそこに行かなければ。

そんな事を切々と訴えた結果、眼鏡君が折れた。

「わかりました、陛下と交渉してみましょう。ですが、その場には聖女様もご同席願います」

「司祭様⁉」

さっきまで共闘していた相手が寝返った形になり、コーネさんが驚いている。彼女に、眼鏡君は静かに言った。

「侍女殿、聖女様のお言葉ももっともだとは思いませんか？　何より、聖女様の身を案じてこのまま離宮に留まっていては、彼女の心が傷ついてしまいます」

「ですが、それで聖女様の身に何かあっては――」

「そこは、我々がしっかりお守りすればいい話です。違いますか？」

眼鏡君の言い分に、コーネさんは反論出来ないようだ。しばらく考え込んだ後、結局彼女も同意してくれた。

「……わかりました。これから陛下にお時間をいただいて参ります」

そう頷いたコーネさんは、本当に即座に王宮へ向かった。おっさん国王にこちらから話があると通して、時間を都合してもらう為だ。アポ取りは大事。多分、私は北に行く。これまで感じた覚えがない程、それははっきりとした確信だった。これも聖女の謎パワーかな？

コーネさんは、割とすぐに戻ってきた。簡単な説明は先にしておいたので、おっさん国王の説得は私にかかっている、との事だ。うう、頑張ります。

「大司教猊下《げいか》も同席とは……私はここで逃げていいですか？」

「ダメ」

何一人でバックレようとしているのかな？　眼鏡君は。ここまで来たら、一蓮托生《いちれんたくしょう》に決まってるじゃない。確かに私の都合に巻き込んで悪いとは思うけど、私だってこれから多大なストレスに晒《さら》されるんだから。

それはともかく、嫌な事はとっとと終わらせるに限るとばかりにすぐ王宮へ行こうとしたら、コーネさんに止められた。

「お仕度をなさいませんと」

「え？　仕度って、着替えるの？」

「当然です」

そう言い切った彼女によって、私は風呂に放り込まれた後、念入りに化粧を施《ほどこ》され、ドレスを着せられて、眼鏡君と玄関先に立っている。

「……よく、お似合いですよ」

「とってつけたような言い方なら、褒めなくていいから」

今着ているのは、大夜会で着たのとはまた違うドレスだ。コーネさん、一体何着ドレスを仕立てたんですか……

本日のドレスは首元まできっちり詰まったもので、スカート部分はあまり広がっていない。良かった、軽いドレスで。

この国でスカートを広げる時は、パニエなんかを使わずペチコートを重ねるみたい。段を付けて布を増やしていく方式だからか、裾が広がるタイプのドレスは結構重いんだ。

このドレスはそのペチコートが一枚だけなので、とても軽い。普段着にしているスカートと同じくらいかな。裾はずるずる引きずるけど。特に後ろは気を付けないと、絶対に汚す。色が淡いから、汚れが目立つし。

仕度が整ったのは、なんと夕食前。王宮に行くって決まったの、コーネさんが帰ってきてすぐだから、三時半くらいだったよね？　なのに、今は夕食前？　どんだけ仕度に時間かけてたんだか。

まあそれはいい。気を取り直して王宮へ行ってみようか。

「ならん！」

「真《まこと》に残念ながら、我らも陛下と同様の考えにございます……」

ここは王宮、目の前にはおっさん国王とじじい神職者達。謁見《えっけん》の間とかのだだっ広い部屋ではなく、やたらと豪華な調度品に囲まれた部屋だ。

この部屋、国王の私的な客を招き入れる場所なんだって。こんなキンキラした場所が、私的空間……どんだけ金をかけてんだ。おっさん国王の前に座る私の左に眼鏡君、右にコーネさん。二人は私が座るソファの後ろで立ったままだ。

入室してまずは軽い挨拶《あいさつ》を交わし、本題に入ってすぐおっさんが吠えた。じじい連中は、おっさんに同調している形だ。

「何でですか？　こちらの理由は全部話しましたよね？」

国王には、眼鏡君やコーネさんを説き伏せた内容を繰り返したのだ。主に眼鏡君が。私が言ったものより、ずっと筋道立てた説明だったので、この人選は間違っていなかった、うん。

なのに、にべもなく「ならん！」ですよ。そりゃこっちだって気分悪くなるっつーの。

「わざわざ聖女が出向く事はない！　其方はこの王都の離宮でおとなしくしておれ！」

「お言葉ですが、ここで私が出なかったら、この先聖女を信じる者は減っていくでしょうよ。いくら国があれこれ言ったところで、肝心な時に助けてくれない存在など、誰も信じやしません。それに、今回はラトジーグ領の森ですけど、他にも聖水が効かない地域が出てきたらどうするつもりですか？　何か有効な対策があるとでも？」

「ぬう……」

なるべく感情的にならないように抑えて話す私に、おっさん国王は唸《うな》るばかりだ。さすがに反論出来まいて、何せ正論ですから。

瘴気《しょうき》を浄化出来る唯一の存在である聖女、その使いどころを間違ったら、誰からもそっぽ向かれるに決まってるでしょうに。いつ使う？　今でしょ！

「それに、ここで聖女を遣わしておけば、国王の評判も上がるんじゃないですか？　民《たみ》を見捨てない偉大な王とか何とか」

「うむ……」

どうやら、おっさん国王は心を大きく動かされている様子。何でもいいよ、一言許可してくれれば。ついでに、北までの護衛の兵士を貸してください。眼鏡君達との約束だから。

おっさん国王と私が睨み合う中、眼鏡君の声が響く。

「陛下、発言する事をお許しください」

「許す」

「ありがとうございます。先程聖女様が仰《おっしゃ》った事を、今一度お考えいただけないでしょうか。ラトジーグ領はジュロスとの関係において重要な地。また、ラトジーグ卿《きょう》は先祖代々マイエンドス王家に忠誠を誓う信義に厚い家でもあります。そのような領主をこのまま お見捨てになっては、陛下の名折れとなりましょう。今回、聖女様を派遣なされば、ラトジーグ卿《きょう》のみならず、領民全ての忠誠をも手中に出来ます」

眼鏡君の言葉を静かに聞いていたおっさん国王は、聞き終えると目を閉じて何かを考え込んでいた。今、おっさん国王の中では、己の名声と国の為に聖女を使う事、そしてその聖女の命を秤《はかり》にかけている最中っぽい。

腕組んでいかにも考えてますって顔をしてないで、即決しなさいよね。下手の考え休むに似たり、みたいなことわざ、こっちにはないのかね。

しばらくして、おっさん国王はこちらに向き直った。

「わかった。聖女のラトジーグ領への派遣を許そう」

「よし!!」

「聖女様、お行儀が悪いですよ。陛下並びに猊下《げいか》には感謝申し上げます。つきましては、ラトジーグ領までの護衛兵士をお貸し願えないでしょうか」

「無論だ。馬車もこちらで手配しよう」

「重ねて、感謝申し上げます」

……間違いなく、眼鏡君の態度が正しいんだろうなあ。つい、言い合いに勝ったのが嬉しくてガッツポーズを取っちゃったよ。眼鏡君たら、しれっと護衛兵士や馬車の手配までもぎ取ってるし。やっぱり、彼も交渉上手だよな。教会の司祭って、そういうものなんだろうか。

でも、これで出張浄化、ゲットだぜ!

ウーバンの森の向こう側、国境を接するジュロス王国は、大きさでいうと大体マイエンドスと同等だけど、寒冷な北の地だけあって作物の実りが今一つな国。年間の平均気温が低いので、主食の小麦はまだしも野菜類の育ちがいまいちらしい。でも漁場は豊かで、海産物の輸出で潤《うるお》っているそうな。以上、眼鏡君によるジュロス王国の概略でした。

それを聞いているのは、ラトジーグ領へ向かう馬車の中。同乗者は、コーネさんと眼鏡君、そして膝の上にシロ。向かいに座る眼鏡君の表情が曇《くも》っている。

「森の一部はジュロス王国にまたがっていて、あちらにしても森の浄化が出来ないのは困り事なんですよね……しかも、我が国との行き来にはあの森を使いますから、さらに被害が大きいはずです」

眼鏡君によると、ジュロスとの行き来にはウーバンの森を通るのが一番なんだとか。山脈が切れたところに森が広がっているから。他にも山脈越えをするルートと、海をぐるっと回るルートがあるけど、やっぱり森を抜けるのが一番早くて安価との事。

その森が使えないとなると、周辺住民にも影響が出るらしい。ラトジーグはジュロスとの交易で栄えている領だから、それが止まると経済的影響が大きい。

それだけじゃなく、位置的にも海産物は国内から運ぶよりジュロスから仕入れた方が安く済むそうな。そして、その海産物の中には、人が生きるのに大事な塩が含まれている。ウーバンの森は、まさしく領民の生命線という訳だ。

森の周辺に関しては、既に近隣住人に避難命令が出ていて、瘴気《しょうき》による人への被害は極小だという。でも、早く事態を収束させるに越した事はないそうだ。

なかなか詰んだ状態だな。それもあって車内の空気が重くなりがちなのだが、その空気を払拭《ふっしょく》するような存在がある。

「にゃあに、心配する事はないにゃ。聖女が行けばちょちょいのちょいで浄化出来るのにゃ」

シロ……君、他人事だと思って随分軽く言ってくれるね。その言葉が、私にプレッシャーをかけているとわかっているかい。私は低く笑いながら、シロの胴体をぎゅっと握ってしまった。何だか「ぐえっ」って声が聞こえた気がするけど、気にしない。

今回の出張浄化は、随分と大がかりな事になっている。私が乗る馬車の周囲を騎馬の騎士が十人で囲むように走っているし、その前後にも護衛の馬車や騎士、兵士がぞろぞろと一緒に移動しているのだ。

この大所帯のせいで移動速度が遅い遅い。いや、文句を言っちゃいけない。彼等が同行しているのは、私を襲撃者から守る為だから。それに徒歩でない分、楽なんだと思っておこう。この世界、電車やバス、ましてや飛行機なんてないのだ。

馬車の窓は思っていた以上に大きい。窓というか、車体の上半分はほぼガラス。おかげで外がよく見えるものの、外からも中が見えるという……見世物《みせもの》状態です、はい。

「聖女様だ！　聖女様ご一行だぞ!!」

「聖女様ー！」

「ありがとうございます、ありがとうございます！」

人のいるところを通ると、こんな感じ。王都を抜ける時も、何のパレードだよって思ったくらい。街や村の側を通る際は、わざわざ街道まで人が出てくる。

最初は戸惑ったんだけど、それだけ彼等にとっては瘴気《しょうき》を浄化してくれる存在が重要なんだってわかった。それに私が通った街道沿いは、残っていた瘴気《しょうき》が浄化されたらしいし、一応は役に立っているみたい。

眼鏡君に「手を振ってあげてはどうでしょう？」とか言われたから、ちょっと車内から手を振ってみたら凄い歓声が上がったわ……何か怖い。

そうそう、この出張浄化にはおまけがついてきている。例の四人組だ。

「何で彼等も一緒なの？」

私の質問に、コーネさんも眼鏡君も答えられない。二人も、出発間際になって知ったそうだ。出張浄化だから、別段面白い事なんてないと思うんだけど、どうしてついてきたんだろう？

夜会以来、顔を合わせていなくて平和だったのにー。これでまたどこかのお嬢軍団に喧嘩を売られたら、どうしてくれよう。救いなのは、彼等は別口で大型の豪華な馬車を仕立てていたので、同乗せずに済んでいるところか。

◆◆◆◆

馬車はゆっくりと街道を北へと走る。その車中、シードはずっと窓から見える光景を眺めていた。

聖女が北のラトジーグ領へ浄化旅行に向かうと聞いて、いても立ってもいられず、こうして馬車を仕立てて同行している。無論、聖女に許可は得ていない。離宮への出入りを止められたシード達は、あれ以来聖女に会っていなかった。

先日聞いた話が本当なら、それもやむなしだろう。シード達に入れあげた下位の家の娘達が共謀して、聖女に対して酷い行いをしたというのだ。

無論、その娘達の誰一人として、シード達と直接関わった事などない。とはいえ、動機が動機である。そのせいで、余計聖女に疎《うと》まれたようだ。腹立たしい事この上ない。

まずは聖女に謝罪をしなければならないが、現状近づく手段もなく実現に至っていない。それもあって、今回の件に同行しているものの、乗る馬車も遠く、休憩時間に近寄る事すら出来ないでいる。知らず、シードは溜息を吐いた。

ふと視線を感じて顔を上げると、ヤジークがこちらを見ている。そういえば、彼はらしくなく、馬車に乗り込んでからこれまで一言も口を利いていない。普段の明るさもなりを潜《ひそ》め、ここ最近癖になっている眉間の皺《しわ》をより深くしながら俯《うつむ》いている。

その彼が、陰りのある笑みを浮かべて言った。

「聖女の事だろう?」

図星を指され、シードは咄嗟《とっさ》に返す言葉がない。ヤジークは少しやつれた顔に、いつものにやりとした笑みを浮かべたままだ。

「どうしてわかったのか、って言いたそうだな？　わかるさ。ここにいる連中、全員同じだろうよ」

確かに、ヤジークとヘザーネインの様子がいつもと違う事には気付いていたが、シード自身も傍《はた》から見れば十分普段通りではなかったようだ。普段通りなのは、ダビレくらいか。

シードが答えずにいると、代わりとばかりにヘザーネインが口を開いた。

「……私達は、聖女に謝罪しなくてはいけませんね」

ヘザーネインも、騒動を起こした令嬢達の話を聞いたのだろう。だからこその、この言葉だ。しかし、それだけではない。思い返せば、自分達は最初から聖女への対応を間違えていたのではないか。ユロ司祭の言う通り、気遣いというものが全くなかった。

何せ、一時は誰が彼女を落とせるかで賭けをしていたのだから。相手を軽《かろ》んじていなければ、あのような提案は出てこないし、乗る事もない。

「そういえば、ダビレ。お前も、ちゃんと聖女に謝罪しろよ？」

ヤジークの言葉に、彼の隣に座るダビレが無言のままそっぽを向いた。彼は、未だにこんな子供のような事をするのか。

ダビレの態度に、普段は温厚なヘザーネインも眉をひそめる。

「あなたは我々以上に、謝らなくてはならない事が多いのですよ。自覚しているのですか？」

「知らないよ」

「ダビレ！」

「何だよ！　お前らだって、ついこの間まではあんな女、お飾りの正妻にしておけばいいって、言っていたじゃないか!?」

これには、ダビレ以外の三人が何も言えなかった。シードも、つい先程その事を思い返していたばかりだ。

ダビレは続けた。

「ちょっと聖女と二人だけで過ごしたからって、ころっと態度を変えたりしてさ！　何なんだよ、もう」

そう言うと、まるで駄々っ子が泣くかのように顔をしかめる。四人の中では一番年下という事もあって、子供じみた態度を取る事が多い彼だが、ここまでだっただろうか。

「大体、あの女もあの女だ！　僕が何を言ってもしらーっとして。他の女なら泣いたり縋《すが》ったりしてくるのに！」

「はあ？」

ダビレ以外の三人の口から、同じ言葉が漏《も》れる。今、彼は何を言ったのか。いや、内容は理解出来るが、違う意味で理解出来ないというのか、したくないというのか。思い当たる行動はあるにはあるけれど、さすがに口に出来ない。

固まるシードの前で、ヤジークが無遠慮に言い放った。

「好きな子をいじめるって、お前は子供か」

「何だよ！」

「あのなあ、女なんてものは、いじめたら逃げていくだけなんだぞ。聖女だって、お前にだけは態度が違うだろうが」

「え？」

「え、って……気づいていなかったのか？」

ヤジークの言葉に、ダビレは顔色をなくしている。本当に、気づいていなかったようだ。

「以前、シードの屋敷で司祭に話を聞いただろ？　もう忘れたのかよ。あの時、司祭も言っていただろうが。相手への気遣いがなっていないって。まあ、俺ら全員がそうだった訳だが」

あの時の事を思い返すと、非常に苦い思いがこみ上げる。ちらりと横目見ると、ヘザーネインも同様らしい。

ヤジークが溜息交じりにぼやいた。

「正直、これから先、挽回《ばんかい》する余地はあるのか。そこが気になるな」

「私達は、聖女に嫌われてしまいましたから」

ヘザーネインの言葉に、シードの胸に重いものがのしかかる。シード達の乗る馬車から数台隔《へだ》てて、聖女の乗る馬車が走っていた。こちらとあちらの間にあるのは、荷馬車と騎乗した兵士達だ。この距離がそのまま、自分達と聖女との心の距離と言える。

一体、この距離を縮める事は出来るのだろうか。それと、もう一つ気にかかる事があった。聖女の馬車に同乗しているユロ司祭は、どれだけ聖女と親しいのか。二人が一緒にいる場面を目にするだけで、心の奥から何やら苦いものがこみ上げる。

「顔が怖くなっているぞ、シード」

「うるさい」

「今更、司祭に嫉妬《しっと》か？」

ヤジークに言い返そうとしたが、シードは何も言い返せない自分に気付いた。今まで理解しがたかったものが、ようやく形になった気がする。

嫉妬《しっと》なのだ。聖女の側にいるもの全てが羨《うらや》ましい。特に、常に側にいるあの司祭が。失敗した自分達とは違い、最初から聖女との関係をうまく築けた彼が妬《ねた》ましい。司祭同様、自分も聖女の側にいたいし、彼女に必要とされたいのだ。二人で過ごしたあの時のように、穏やかな時間を取り戻したい。

これから向かうラトジーグ領での浄化で、自分達は少しでも聖女の役に立てるのだろうか。そして、謝罪する機会は与えられるのだろうか。

シードの内心同様、街道の先は暗雲が垂れ込めていた。

◆◆◆◆

私達出張浄化一行は、地方領主の館や教会で宿を借り、一路北を目指した。王都を出発してから、実に半月近くかかってるんですけど。これって普通の事なのかな。

そうして到着したのは、北の辺境を護るラトジーグ領主の館だ。ここをベースにして、森林の浄化を試《こころ》みる事になっている。

「ようこそ、聖女様、皆々様」

出迎えてくれたラトジーグ卿《きょう》は四十がらみの男性で、酷く憔悴《しょうすい》していた。目の下なんか真っ黒だ……それがなければ、なかなかのイケオジなのに。もったいない。

長身で細身、だけどガリガリという訳ではなく、結構鍛えてるのが服の上からでもわかる。顔立ちも端整だし、疲労感が妙な色気まで醸《かも》し出していた。

通された部屋で、現在の状況を聞く。

「ウーバンの森は、もはや人の立ち入れる場所ではなくなりました。森から瘴気《しょうき》が噴き出し、森のみならず周辺の草花まで異形と化しています。せっかく聖女様がお作りくださった聖水で、畑の瘴気《しょうき》が消えたと領民が喜んでいたというのに……」

ラトジーグ卿《きょう》の目には、うっすらと涙が滲《にじ》んでいた。ただでさえ瘴気《しょうき》のせいで苦労の連続だったのだ。しかも余所《よそ》に先駆けて送られた聖水で色々な場所の浄化が出来た事に喜んでいた矢先の、森の異変だったという。

そりゃ「これで大丈夫だ！」って思っていたところで、前よりさらに悪化した、なんてなったら心も折れるわな……上げて落とすとか最悪だ。それに、森の状況は想像していた以上に悪い。そんな場所、直接出向いたからって、私に浄化出来るのかね。

心配になる私の耳に、ラトジーグ卿《きょう》の声が響いた。

「数日前には、森の奥から瘴気《しょうき》により異形化した動物達も出てきて、何人もの領民や領兵が怪我をしています。死人が出ていないのがまだ救いといったところですか」

このラトジーグ卿《きょう》の言葉に質問したのは、眼鏡君だ。

「失礼、異形化した動物とは、具体的にどんな形をしているんですか？」

「どの動物も、大きさが元の二倍近くになり、性質が凶暴になっています。普通、あの森にいる動物達は人を見たら逃げますよ」

ラトジーグ卿《きょう》からの返答に、眼鏡君が顎に手を当てて考え込む。これ、彼の癖だ。眼鏡君が何を考えているのかは知らないけど、私は私で考えさせられるものがある。

確かに私は勝手に召喚されたし、もう帰れないとかふざけんなと思ったけど、でも私がもうちょっと前向きに浄化に向き合っていたら、ここでの被害は抑えられたんじゃないか。少なくとも、もっと早く出張浄化に来られたんじゃないかと……

決して私一人の責任とは言わない。でも、自分に全く非がないのかと聞かれたら、胸を張って「そうだ」とは答えられない気がする。

一人罪悪感に苛《さいな》まれていると、やっと思考の海から戻った眼鏡君が口を開いた。

「明日にでも、森へ調査に出たいのですが、よろしいですか？」

「近づくのは危険です。今も瘴気《しょうき》を噴き出し続けているのですよ？」

「そこまで近づきませんから、大丈夫ではないかと。教会関係者として、今回の事には少し気になる点があるんです」

「わかりました。では、現地までの案内役を兼ねて、護衛を用意しましょう」

ラトジーグ卿《きょう》の申し出に、眼鏡君は柔らかい笑みを浮かべる。

「いえ、地図を用意していただくだけで大丈夫です。自分の身は自分で守れますから」

え？　そうなの？　確かによく見ると結構しっかりした体してるけど。

「しかし……」

いい顔をしないラトジーグ卿《きょう》に、眼鏡君はさらにいい笑顔で言った。

「私よりも、聖女様の警護をお願いします」

「え？　私も行くんじゃないの？」

てっきり、調査には私も同行するんだと思っていたのに。すると、眼鏡君だけでなくラトジーグ卿《きょう》や四人組にまで制されてしまった。

「聖女様はお留守番ですよ」

「聖女様、森は今、本当に危険なのです。どうか思いとどまっていただきたい」

「聖女が行くのは反対だ！」

「君がきちんと浄化出来るよう、下準備が必要なんだよ」

「女性がそのような危険な場所に行くのは、いかがなものかと」

「あんた、自分の立場わかってる？」

最後の茶髪はうるせー。そんなにおかしな発言だったかな……全方面から反対されてちょっと落ち込んでいると、眼鏡君から声がかかった。

「とにかく、調査は危険なので私だけで行ってきます。その結果を見てから、聖女様には浄化をお願いしますね」

「……わかった。気を付けてね」

確かに、私は自分の身を守れない。ここで我儘《わがまま》を言っても仕方ないし、浄化が始まる時まで、ラトジーグ卿《きょう》の館でおとなしくしていよう。ふてくされはするけど。

その夜、割り当てられた部屋で寝ようとしたら、シロが私の頬を肉球でぺしぺし叩いた。

「安心するのにゃ、聖女。あやつの調査には、我が輩も同行するのにゃ」

「本当に？　大丈夫なの？」

「心配ないと言っているのにゃ。我が輩、精霊界でも一、二を争う腕前なのにゃ」

……本当か？　まあ、森を遠くから調べるだけだっていうから、あまり心配しなくてもいいかな。

いつも通り推しのスチルを眺めても、この夜の私の気分は晴れなかった。

眼鏡君達の出発は、翌朝の早い時間帯だ。玄関まで見送りに出た私の前で、眼鏡君はシロを懐《ふところ》に入れて馬にまたがった。乗れたんだ、馬。

「気を付けてね。無事に帰ってこなかったら、草の根を分けてでも捜しに行くからね！」

「……聖女様を危ない目には遭わせられないので、気を付けます」

「大丈夫なのにゃー！」

シロがついている方が、かえって心配。でも、それは口に出来なかったので、彼等の姿が見えなくなるまでずっとその背中を見ていた。

◆◆◆◆

領主館からこちらの姿が見えなくなったのを確認して、ユロは馬の腹に鐙《あぶみ》を当てた。走り出した馬は、ぐんぐん速度を上げていく。ラトジーグ卿《きょう》に借りた馬だが、いい馬だ。

久々の乗馬を楽しむ余裕くらいはあるユロの耳に、懐《ふところ》から精霊シロの声が届いた。

「司祭ー、森まではどのくらいかかるのにゃー？」

「調査地点までは、このまま二、三時間といったところですよ」

「そうなのにゃー。我が輩、到着まで寝ているのにゃー」

「はは、了解です」

正直、今回の調査にシロが来てくれて助かった。聖女を領主館に残すのには別の心配があったが、侍女のコーネがついているので問題はないだろう。どちらかといえば、聖女に関してはついてこられる方が心配だった。

領主によれば、森を一望出来る小高い崖があるそうなので、そこから見てくるのがせいぜいだろう。司祭とはいえ、瘴気《しょうき》に近づけばひとたまりもない。

瘴気《しょうき》に対抗できるのは、召喚された聖女のみ。何故そうなのかは誰にもわからないが、そう言い伝えられており、実際、教皇庁には聖女召喚の秘儀がある。

その秘儀は、ニーバル大司教によって盗み出された。ユロはユベール聖皇国より派遣されており、本来の仕事はそれを取り戻す事だったのだが、力及ばず使用されてしまったのだ。結果、国王と大司教の野心により、聖女がこの世界に召喚された。

召喚の儀式が終わった後、ユロも国王の私室まで大司教の供として同行した為、二人の会話を耳にしている。

『あれは本当に使えるのか？』

『は……先程も浄化の報告がありましたから、問題はないかと』

『ああも反抗的では、先が思いやられる。従順になるよう、躾《しつ》けた方がいいのではないか？　何ぞ、こちらの言いなりにさせる術はないのか？』

『陛下、聖女には邪《よこしま》な思いでかける術は効果を発揮せぬと聞いております。先程の術も、聖女の身を案じた結果だからこそ、効果を発揮したのです』

『ぬう……ともかく、国内の浄化が終わるまでは、国外に出す事は禁ずる。それと、身柄は王宮敷地内より出してはならん。良いな？』

『仰《おお》せのままに』

今思い出しても、勝手な言いぐさだ。彼等が彼女に求めるのは、聖女としての務めと振る舞いのみ。だから、自分が聖女のもとへ遣わされたのだ。ユロは、大司教から聖女を監視するよう命令を受けている。教育係というのは、建前に過ぎない。

自分が拒否しても、他の誰かが監視目的で聖女の側に行くのだ。だったら自分が行った方がいいと思って引き受けた。そうすれば報告の内容に手を加えるのも自在になる。

ユロ自身、聖女という存在に興味があった。神が遣わすただ一人の存在。瘴気《しょうき》を浄化出来る奇跡の女性。そこには、どんな神の御業《みわざ》があるのか。

そんな浮かれた思いで出会った聖女は、色々な意味でユロの想像を超えていた。聖性など微塵《みじん》も感じない普通の女性で、どちらかといえば、慎《つつし》みのない下町娘といった風情《ふぜい》だ。だが、彼女の口から語られる異なる世界の話は興味深く、ユロにはとても新鮮だった。

聖女は元いた世界の話をする時、決まって最後に「オシ」という言葉を口にする。「オシに会えないのが辛い」とか「今頃新しいオシのぐっずが出ているのに」とか、「そろそろオシの禁断症状が」とか小声で言っているのだ。こちらに聞こえていないと思っているようだけれど、きちんと聞こえている。

一度確認した方がいいのかもしれないが、何だかとても危険な領域に足を踏み入れそうで、ユロは躊躇《ちゅうちょ》していた。今のところ確認せずとも不自由はしていないし、聖女が自分から説明してくるまで待とうと思う。

ウーバンの森を浄化したら、あの国王の事だから、反対していた事など忘れたかのように別の場所の浄化を押し付けてくるかもしれない。

おそらく、今回の件について最終的に聖女の言い分を受け入れたのも、これを試験とする為で、成功すれば国内でも瘴気《しょうき》の濃い場所へ派遣する事を考えついたからだろう。もっとも、聖女自身、瘴気《しょうき》で苦しんでいる人を救う事を望んでいる様子だ。ただ、それは国王の望みとは違う。

彼女は、マイエンドス以外の国でも同様の事があれば、出向いて浄化する事をきっと厭《いと》わない。無償でその地へ向かい、聖なる力を惜しみなく使うはずだ。

遠からず、マイエンドス国王と聖女は考え方の違いから衝突する。その時、少しでも聖女の望んだ形で動けるよう差配《さはい》するのも、神に仕える自分の役目ではなかろうか。

——先走りすぎだな。まだ、ウーバンの森の浄化も終わっていないのに。

まずは、目の前の面倒事を終わらせなくてはならない。その為に、自分は今走っているのだ。

ウーバンの森の危険度はどの程度なのか。ラトジーグ卿《きょう》の言では相当なようだが、何事も自分の目で確かめよとはユロの師に当たる人の言葉だ。

聖水が効かない瘴気《しょうき》。それがどれ程異常な事か、多分知っているのはシロとユロの二人だけだ。聖女が神気《しんき》を込めた聖水は、聖女の力そのものと言ってもいい。だからこそ、精霊界は聖水による浄化だけで保っているのだ。

なのに、聖水の浄化を受け付けないというのが気になる。全ての瘴気《しょうき》は、聖女の力でしか浄化出来ないのだ。この先の森に、一体何が待っているのか。結果次第では、聖女が拒否しようとも力尽くで王都へ連れ帰る必要があるかもしれない。

ユロはこれから自分がすべき事を頭の中で組み立てつつ、馬を走らせた。

◆◆◆◆

眼鏡君達を見送った私は、館に戻って過ごしていた。何をしているかと言えば、聖水作りです。

「あるだけ樽《たる》に水を汲《く》んでください！」

聖水をこの場で作れるとラトジーグ卿《きょう》に教えたら、ぜひ作ってほしいと頼まれたのだ。領内には聖水が効く場所もたくさんあって、今でも浄化が追いついていないから。このまま何もせず眼鏡君達の帰りを待つのは嫌なので、じゃんじゃか聖水を作る事にした。

用意してもらった、見渡す限りの樽《たる》。そこにはなみなみと水がたたえられている。

「さて、やりますか」

何か背中側から四人組の視線を感じるけど、気にしない。側にはコーネさんがいるので、私にとって危険な存在は排除してくれると信じている。

私が次々と手を浸《ひた》して聖水入りにしていった樽《たる》を、ラトジーグ卿《きょう》の配下の人達が外へと運び出していく。これまで聖水が行き渡らなかった村に無償で配るそうで、その手配に領主館は人手が足りない状態だった。

なので、王都から付いてきてくれた兵士の皆さんの手も借りています。さすが訓練を受けている兵士、上官の号令によって一糸《いっし》乱れぬ動きで樽《たる》を運んでいく様子は見事。

朝食を食べてからこっち、ずっと聖水を作り続けている。そろそろお腹空《す》いたなあと思ったら、コーネさんが来た。

「聖女様、そろそろ昼食のお時間ですので、休憩なさってください」

「はーい」

今日のお昼ご飯は、この地方の名物である牛肉のワイン煮を領主館のお庭でいただく。ちょっと固めの田舎《いなか》風パンもあり。肉に関しては、こっちにも牛がいるのかーと気になって領主館の近くで飼っている牛を見せてもらったんだけど、うん、あれ牛……なのか?

大きさは山羊《やぎ》くらいで、見た目は牛。毛色はホルスタインではなく、ジャージー牛って感じ。仔牛はさらに小さく、本当に子山羊《やぎ》サイズだった。可愛い。でも、あの子もいずれ食べるんだよね……そう思うと、人間って残酷だ。でも出されたら、おいしく食べる。

赤ワインでじっくり煮込まれた牛肉は柔らかくてとてもおいしい。これ、煮込まないと硬くて食べられない部位なんだって。すじ肉かな？　とにかくおいしいからいいや。

しっかり食べた後は食休み……と考えていたら、何だか微妙な表情をした四人組がやってきた。

何だろう？　庭で食事をするなんて野蛮だー、とでも言うつもりかね。

ちょっと身構えていたところ、金髪君が代表して口を開いた。

「その……陛下や父上から聞いたのだが……」

聞いたって、何を？　首を傾げていると、言いづらそうにしている金髪君に代わって、赤毛君がもごもごと続ける。

「離宮であった不祥事の事だよ。令嬢達が、どうしてあんな行動に出たのか」

あー……あれかー……。どうしてって、あのお嬢軍団は君達のファンだから、君達の側にいる私が邪魔だったんじゃないの？　怖いファンって、どこにでもいるもの。

答えがわかっているので黙っていたら、銀髪君がすまなそうにしょぼくれる。

「知らぬ事とはいえ、私達のせいで聖女様にはご迷惑をおかけしてしまいました」

どっちかっていうと、迷惑を被《こうむ》ったのって庭師さんじゃないかな。毎日のように汚物掃除させられていたみたいだから。本人的には仕事のうちだし、結果的に自分じゃ買えない高価な酒を差し入れしてもらったんで、文句はない様子だったけど。

あっ、あの庭師さん、一緒に連れてくれれば良かったかなあ。長く故郷には帰っていないっぽい事を言っていたから。

そんな事を考えている私の前で、茶髪が口を開いた。

「あいつらのせいで僕らが悪く思われるのは心外だからね。一応、君にも言っておくよ。あいつらと僕らは何の関係もないんだから」

ここにきて「僕悪くないもん」かよ。他の三人がそれでも責任を感じてるっていうのに。案の定、三人から叱責食らってら。

「いい加減にしないか、ダビレ」

「そうだ。直接関係ないとはいえ、我々にも責任はあると言っただろうが」

「ダビレ、あなたのその考え方には問題があると、私も思いますよ」

三人に怒られても、茶髪はそっぽを向くばかり。やっぱりこいつ、お子ちゃまだよなあ、しかもクソガキ方向の。一番関わり合いになりたくない相手です、はい。

そうだ、とりあえず、賭けに関しては釘をさしておこうか。別にそれに対して傷ついただの何だの言う気はないけど、やっぱりあまり気分のいい話じゃない。

「あの、ちょっといいですか？」

「何だ？」

四人を代表する形で、金髪君が答えた。

「四人のうち、誰が私を落とすかで賭けをしてるそうですけど、迷惑なのでやめてください。私、結婚する気はないので」

「え⁉」

四人が揃って驚いている。まあ、仲間内だけでやっていた賭けの話を、対象である私に知られていたなんていい恥だもんなあ。その証拠に、四人とも何やら顔色が悪くなっている。

「そ！　それは、その……」

「言い訳はいりません」

金髪君が何か言おうとしたが、きっぱり遮断《しゃだん》した。これで彼等との関わりがなくなるなら、いい事だわ。呆然とする四人を残して、私は聖水の作業現場へと戻った。

これで、逆恨みするお嬢軍団が増殖する可能性は限りなくゼロに近づくし、眼鏡君も嫌味を言われずに済む。私も茶髪の態度にイラつかずに済む。八方丸く収まるじゃないの。

彼等にしても、賭けで結婚相手を決めるなんて馬鹿な真似をするのはよくないよ。国王にも誰とも結婚する気はないって言っておいたし。

いやー、何だかすっきりした感じ。あとは例の森の浄化を終えるだけか。まずは眼鏡君達が戻ってくるのを待たないと。

そうして再び聖水作りに精を出していると、表玄関の方が騒がしくなった。もしかして、眼鏡君達が戻ったのかな？

一旦手を止めて玄関へ向かおうとした私の耳に、焦った様子の声が届く。

「急いで聖水を!!」

「怪我は!?」

「それは大丈夫だ!!」

不穏な言葉に、私はシロと出会った時の事を思い出して玄関へと走った。人だかりが出来ている中に、眼鏡君の姿を見つけたけど、何あれ……真っ黒いヘドロのようなものがへばりついて、眼鏡君自体から黒い靄《もや》が立ち上っている。

これ、シロを見つけた時と同じ状況だ！　って事は、あの黒いのは瘴気《しょうき》!!

「眼鏡君!!」

「聖女様……近づいては……いけ――」

「何言ってるの！」

私は奥から人が持ってきた桶をひったくって眼鏡君にかけた。途端に、彼の全身から濃い靄《もや》が立ち上り、その代わりにへばりついていた黒いヘドロが薄くなっていく。

「もっと持ってきて!!」

「はい！」

桶の中身は、聖水だ。もっとも、普通の水でも私が意思を持って触れれば聖水になる。私なら瘴気《しょうき》に直接触れても大丈夫とはいえ、さすがに公衆の面前で眼鏡君のあちこちを触るのは憚《はばか》られた。変態認定をされてしまう。

なので、奥から持ってきてもらった聖水入りの桶を受け取り、直接眼鏡君にかけていく。多分、他の人がかけるより効果が上がるはず。

何回も聖水をかけたおかげで、眼鏡君についていたヘドロ状の瘴気《しょうき》は綺麗に消えた。その代わり、眼鏡君とその周囲は水浸《みずびた》しになったけど。

彼の懐《ふところ》にいたシロもずぶ濡《ぬ》れ状態だ。でも、おかげで瘴気《しょうき》の影響はなさそう。

「ユロ司祭が戻ったと!?」

館の奥からラトジーグ卿《きょう》も出てきた。これだけ騒げば、奥まで届くか……

ラトジーグ卿《きょう》はずぶ濡《ぬ》れの眼鏡君に一瞬戸惑ったものの、側近らしき人に耳打ちされて何があったか知ったようだ。

「もちろんです……」

「瘴気《しょうき》にまみれてまで……森で何があったか、聞かせてほしい」

まだ少しだるそうな眼鏡君が立ち上がろうとしたけど、まずは着替えてから、と館のおばちゃん連中に連れていかれました。そりゃずぶ濡《ぬ》れのままじゃあ、風邪ひくもんね。いや、ずぶ濡《ぬ》れにしたのは私だけど。

連れていかれる眼鏡君をぼんやり見送っていたら、側にいたおばちゃんに怒られた。

「聖女様も濡《ぬ》れているじゃないですか！　早くお召し替えを！」

あ、はい。


着替えて人心地ついた眼鏡君は、ラトジーグ卿《きょう》の執務室にいた。もちろん、着替えた私も同席している。四人組もいるのは納得いかんが、王都から来た高位貴族の子息だから、ラトジーグ卿《きょう》も追い出せなかったのかな。

全員が入室して座ったところで、眼鏡君が見てきた事を報告し始めた。

「我々はご領主様に教えていただいた崖から森を見て戻る予定でした。ですが、現状は我々の予想を遥《はる》かに超えています。ウーバンの森の瘴気《しょうき》は、周囲を侵食していました」

「侵食？　まさか……」

「崖も瘴気《しょうき》に呑まれています。このままでは、遠からずこの館も呑み込まれるでしょう」

眼鏡君の言葉に、誰も声を出せないでいる。特にラトジーグ卿《きょう》は、目に見えて力をなくしていた。

でも、どうしてそんな事になっているんだろう。私がここにいる事で森の瘴気《しょうき》が消えていなくてはおかしいのに。一体、何がどうなってるのやら。

混乱する私の耳に、聞き慣れた声が入った。

「あの森には、瘴気《しょうき》の塊《かたまり》が存在するにゃ」

精霊のシロには、瘴気《しょうき》がどういう流れをしているかが見えるらしい。詳しく聞こうと思ったんだけど、何やら周囲がざわついている。

「猫が……」

「喋《しゃべ》った……？」

「まさか……魔物……？」

やべ、シロが精霊だって事、内緒だったっけ。思わず眼鏡君を見ると、彼は苦笑している。シロに黙っているよう言っておくの、忘れてたね。

「皆さん、落ち着いてください。シロは猫ではなく、実は精霊なんです。この事は、国王陛下から他言無用と言われていますので、そのおつもりで」

眼鏡君の言葉に、ラトジーグ卿《きょう》や四人組は何とか納得したみたい。納得というか、そういうものだと呑み込んだって感じ。今はそれよりも、瘴気《しょうき》の塊《かたまり》が気になる。それって、何なの？　シロを見ると、彼は胸を張って話し始めた。

「瘴気《しょうき》の塊《かたまり》とは、名の通り濃い瘴気《しょうき》が固まって出来たものにゃ。その塊《かたまり》が、森の奥にあるのが感じられたのにゃ。これを浄化するには、聖女が直接触れる以外に手がないにゃ」

「聖女様に触れさせるなど！　そのような危険な手段は取れません！」

シロの提案に異を唱えたのはラトジーグ卿《きょう》だ。確かに、森の奥には瘴気《しょうき》で異形化した動物もいるので、危険が多い。でも、ここまで来て浄化出来ませんでしたなんて言いたくないし、放っておいたら大変な事になる。

だったら、自己主張すべき。

「ここで引いたら、いずれは他の場所も同様に瘴気《しょうき》に呑み込まれるでしょう。だったら、成功例を作っておいた方がいいです」

私の言葉に、驚く顔を見せるラトジーグ卿《きょう》と四人組。驚いていないのは眼鏡君とシロ、それにいつの間にか部屋の隅に待機していたコーネさんだ。

「そう言うと思っていましたよ」

「さすがは我が輩の見込んだ聖女なのにゃ」

「どこまでもお供いたします」

眼鏡君は呆れたように、シロは嬉しそうに、コーネさんはいつも通り淡々と言った。

というかコーネさんは侍女なんだから、危ない場所には来ちゃダメですよ。そう言ったら「聖女様がいらっしゃるのですから、私も参ります」と譲らなかった。

どうしよう、と思って眼鏡君を見るも、彼は苦笑するばかりで説得案を考えてくれるつもりはないらしい。他力本願はダメって事か。

とりあえず、渋るラトジーグ卿《きょう》の説得は眼鏡君が引き受けてくれたので、私は先程までと同様、聖水作りに全力を注ぐ事になった。

森の浄化には聖水が効かないのでは？　と思ったんだけど、森の外縁部には効くのだとか。なので、大量の聖水で外縁部から徐々に中心へ向かう事になったのだ。

そこまではいいとして、ここで一つ問題が出てきた。ウーバンの森って、ラトジーグ領、つまりはマイエンドス王国だけのものじゃない。隣国ジュロス王国にも広がっていて、その外縁部を全部カバーしようとすると、どうしてもジュロス側の協力が必要になる。

でも、いくらウーバンの森の浄化の為とはいえ、他国が無償で力を貸してくれる訳はなく、ラトジーグ卿《きょう》もおっさん国王も頭を抱えているそうな。

それを私は聖水を作る傍《かたわ》ら、眼鏡君に聞いている。

「要は、相手の国に利益があればいいのよね？」

私の言葉に、側に立っている眼鏡君が頷く。彼は私の手伝いという名目で側にいるのだ。命がけでウーバンの森の情報を持ってきてくれた彼に、ラトジーグ卿《きょう》が少し休んでいなさいと言ったんだって。

彼はやや声のトーンを落とした。

「そうですね。ですが、国の利益というと一番は土地になります。最悪、協力するからウーバンの森を全部寄越せ、と言われる可能性もあるんですよ」

なるほどー。そうなると、王国にとってもラトジーグ卿《きょう》にとっても、大変痛い結果となる。実り豊かな森を浄化しても相手の国に取られるのなら、言い方は悪いけど浄化する手間をかける意味がない。そんなこんなで、交渉が難航しているんだと。

国にとって、国土を広げる以上に利益のある事かー……ん？

「……ねえ、これ、交渉材料にならない？」

私は、今まさに出来上がったばかりの聖水を指さした。私がここにいる事で、ジュロスの国境付近も浄化されているかもしれないけど、もっと奥の方……王都とかまではさすがに無理だろう。だったら、撒《ま》くだけで土地を浄化出来る聖水って、まさしく国土を得るより利益がある品じゃないか？

私の言葉に、眼鏡君が言葉をなくしている。あれ？　もしかして、この聖水ってそこまでの価値はなかった？　やべー、調子に乗っちゃったかな……

そう思った私の肩を、眼鏡君ががっしりと掴んだ。

「凄いですよ！　聖女様！　そうだ、何故その事に気付かなかったのか……」

何やらぶつぶつ口走っている眼鏡君は、「領主様のところに行ってきます！」と言い残して走り去った。残された私が、ぽかーんと口を開けてしまったのも無理ないと思ってほしい。

結果として、私の案は採用された。報《しら》せを受けたジュロス王国は、諸手《もろて》を挙げて受け入れたらしいよ。前払い分として、私の目の前には水が入った樽《たる》が約千個用意されている。これ全部、聖水にしろだってさ……

今回の作戦の準備の間、私は朝から晩まで聖水作りに精を出す事になりました。ジュロスに贈る分と作戦で使う分、合わせて結構な数だよ。期日までに終わるのかな、これ……

まー、それだけ各国が瘴気《しょうき》に苦しめられているって事なんだろう。そのうち余所《よそ》の国にも出張浄化に行く事になったりして。でも、それはそれでちょっと楽しみ。私、マイエンドスの王宮しか知らないし。見知らぬ世界に来たら、やっぱり冒険の旅でしょ。

って、危険な冒険じゃ無理だけど。瘴気《しょうき》を浄化出来ても、人相手じゃ役立たずどころか足手まといにしかならない。観光で回るのがせいぜいだな。

それはともかく、今は目の前の出来る事、やるべき事をきちんとこなさなきゃ。義務のないところに権利はない。浄化をしない聖女に、諸国漫遊の権利は与えられないのだ！

毎日聖水を作り続けていると、一体自分がどれだけ作ったのか見当もつかなくなる。相変わらず、私の前には見渡す限りの樽《たる》が並んでいた。

「それにしても、結構な数だよねえ」

部屋を埋め尽くす樽《たる》を眺めながら呟く私に、眼鏡君が軽い調子で返してくる。

「ここまでで、大体必要数の半分くらいは終わりましたよ」

「半分!?　まだそんなものなの？」

「ええ」

こんなにたくさんあるのに？　私は聖水が出来上がって運び出される樽《たる》を眺めながら溜息を吐いた。そういえば、これだけの数の樽《たる》、一体どこに保管しているんだろう？

「あの運び出された樽《たる》って、どこに保管しているの？」

「既にジュロス王国や外縁部に搬送しています。何せ、数が数ですからねえ」

あー、ジュロス王国へ渡す分に加えて、外縁部で使う分もあるから。

「そっか……あれだけの数だと、運ぶのも大変だよね」

「搬出現場を見に行きますか？」

「え？　いいの？」

「はい」

何だか、眼鏡君の様子が微妙だった気がするけど、好奇心に駆られて私は搬出現場を見に行く事にした。場所はラトジーグ卿《きょう》の邸《やしき》の前庭だ。樽《たる》はここに集められていたのね。でも、見たところ馬はいるのに荷馬車なんかは見当たらない。

きょろきょろと辺りを見回す私に、眼鏡君が「あそこです」と小声で言いながら指さす。そこには、あの四人組がいた。彼等がどうかしたの？

目でそう尋ねると、眼鏡君は優しい笑みを浮かべた。

「運搬《うんぱん》は、あの方達が請け負ってくれているんですよ」

「え？」

彼等が運搬《うんぱん》って、どういう事？　ああ、実家から大型の馬車でも融通《ゆうずう》してもらったとか？

でも、事実は私の予想を超えていた。

「あの方達は全員収納魔法が使えるそうです。しかも皆様魔力が高いからか、あの部屋にあった樽《たる》なぞ、お一人で軽く収納出来ると聞いています」

「しゅうのうまほう？　一人で？」

というか、この世界って魔法があったんだ。そういえば、私を拉致《らち》ったのも召喚術でしたね……今更か。

それよりも、彼等の収納魔法とやらだよ。何でも、魔力が高い人は使える確率が高い魔法で、いわゆるゲームのアイテムボックスのようなものらしい。

しかも、魔力量によって収納出来る量が決まるそうな。大体の人は一部屋分の荷物を収納出来ればいい方だとか。それをあの樽《たる》全部って……四人の魔力量、恐るべし。

そんな彼等は、現在単騎でジュロス王国側や森の外縁部へ聖水を運んでいるとの事。

「でも、それって危険なんじゃ……」

「ええ、そうです。本来なら、あの身分の方々がやる事ではありません。ですが、これはあの方達から申し出られたんですよ」

「え？」

何で？　こんな面倒な仕事、頼まれても引き受けなさそうなのに。呆然としながら彼等を見ていると、嫌な顔一つ見せずに用意された樽《たる》に淡々と手をかざして消していっている。あれは、収納魔法とやらで収納しているのか。

　彼等が何を考えてこの仕事を受けているのか知らないけれど、その姿勢は目を見張るものがある。そういえば、彼等が仕事をしている場面など、見た事がなかった。離宮での様子だけで、彼等に対して勝手に色々と思い込んでいたのではなかろうか。

　あまりにも見つめてしまったせいで、視線に気付いたらしい金髪君が、こちらを見てぎょっとした顔をしている。彼の様子に赤毛君達もこちらを向き、やっぱり何だかばつの悪そうな表情をした。いい事をしているのに、どうしてそんな顔をするかな。でも見つかったからには知らん顔はしない方がいいか。思わず眼鏡君を見上げると、彼はにこやかに言ってきた。

「あの方々を労《ねぎら》って差し上げてはいかがでしょう？」

　なるほど。あれだけの数の樽《たる》、普通に運ぶとなったら多くの荷馬車や馬や人が必要だ。それを彼等だけでやるのであれば、かなりのコストカットになる。

　そりゃ、礼の一つも言わなきゃならんて。私は眼鏡君と一緒に四人組のもとへと向かった。

「皆さんが聖水を運んでくださってるんですってね。お疲れ様です」

「い、いや……」

「我々にも、出来る事があると思ってね……」

「非才な身なれど、お役に立てるのであれば幸いです」

「……」

金髪君も赤毛君もちょっと照れている。銀髪君には、それは嫌味か？　と思わないでもないけど、役に立つどころではないので流す。茶髪は何も言わずだ。今日ばかりは、悪態を吐いても怒るまいと思っていたのに、肩すかしをくらった感じ。

既に聖水は必要分収納したそうで、彼等はすぐに出立した。領民の誰もが、歓声で彼等を送り出している。これが彼等にとっていい経験になればいいな。いずれは家を継いで、ラトジーグ卿《きょう》のように領地を治めて人の上に立つ存在なんだから。今日の体験で、領民も一人の人間なんだって事を忘れなければ、いい領主様になるんじゃないかなー。

なんて、上から目線で語ってみる。その頃には、私はこの国にはいない予定だし。国どころか、この世界にもいない予定だよ！　頑張って日本に帰るんだ。

第五章　ウーバンの森

ウーバンの森の浄化は、聖水が準備出来た翌々日と決まった。ラトジーグ卿《きょう》が、聖水を作り続けた私の体調に配慮してくれた結果だ。あれ作るの、実はそんなに大変じゃないんだけど、それは黙っておけっていうのが眼鏡君、コーネさん、シロの共通意見。

今回の浄化は大がかりなものなので、王都からついてきてくれた護衛の兵士団、四人組の家から出している私兵団、ラトジーグの領兵団、それに加えて猟師や森に詳しい人達、体力自慢の一般男性も含めてかなりの人数になっている。

そして、とうとうその日がやってきた。ジュロス側との協力態勢が整い、必要な聖水も出来上がったのだ。これで、ウーバンの森の浄化が出来る。聖水だけでなく、物資も四人組が手分けして運んでくれるので、大分助かったとラトジーグ卿《きょう》が安堵の溜息を吐いていた。

馬や馬車に乗れるのは一部の人だけなので、大半は徒歩移動だ。長い行列を組んで、森まで二日かけて行く事になる。私やコーネさんは優先して途中の村で宿を取ってもらえるそうだけど、大半の人達は村の中や外で野宿だとか。大変……

日が昇り始めた頃に出発したのに、村に到着したのはとっぷりと日が暮れた頃だった。馬車とはいえ、ゆっくり進むのと緊張しているのとで、酷く疲れてる。

案内された家で、コーネさんが仕度してくれたお風呂に入った。食事も出されたものの、疲れから胃が受け付けない。デザートに出たフルーツだけいただいて、そのまま寝た。それにしてもコーネさん、私と同じように馬車に乗っていたのに、疲れた素振りすら見せないとは。……やっぱり年の差？

その後、違う村でもう一泊してから進む事半日、とうとうウーバンの森付近に到着した。しかし、森はここからさらに馬車で二、三時間かかる場所にあるそうだけど。

最後の村を出立する際、私とコーネさんは男性用の服に着替えている。いつものスカートじゃ、動きづらいからね。足下も普段の靴ではなく、こちらの地方で森に入る際に履く靴を用意してもらった。革製のブーツっぽい靴だ。

そして、目の前に広がる景色を見て息を呑む。もうね、この辺りから空気が違う。澱《よど》んでいるのが私にもわかった。周囲の人も異様さはわかるようで、皆言葉少なに緊張の面持《おもも》ちで前方を見ている。そんな中、ラトジーグ卿《きょう》の声が響いた。

「聞け！　皆の者！　我々の母なる森の穢《けが》れを、これより払いに参る！　森が再生するもしないも、我々の働きにかかっていると心得よ！」

力強いその宣言に、周囲から「おおー!!」という声が上がる。何だか、どきどきしてきた。本当に、始まるんだ。既に手順は全員に通達済みで、皆手際よく動いていた。彼等の姿からも、この森が皆にとって大事な場所なんだって事が伝わってくる。

不安と緊張、それらと相反する高揚感を感じていると、隣に眼鏡君が来た。

「大丈夫ですよ、聖女様。あなたはかけがえのない存在。必ず、護ります」

「……うん、よろしくね」

私、今うまく笑えたかな。眼鏡君が笑いかけてくれたから、多分大丈夫だと思いたい。

ウーバンの森は広大で、マイエンドス側だけでも外縁部は相当な距離だ。そこへ等間隔に人を配置して、聖水を撒《ま》いてもらう。実際には、一人樽《たる》十個くらいを断続的に撒《ま》くらしい。これはジュロス側でも同様で、連携がものをいう作戦だ。

その中で、私がやるべき事はこの場にいる事。本当にそれだけ。聖女の浄化パワーはすさまじく、私がここにいれば、森の奥にある瘴気《しょうき》の塊《かたまり》の力を削《そ》げるんだって。

ここに来るまで「そんな馬鹿な」と思っていたけど、今更ながらに聖女の力がもの凄いんだって事実を目の当たりにしている。私の周囲だけ外縁部の瘴気《しょうき》が綺麗に消えてるよ……

しかも、その浄化パワーはどんどん周囲に広まっていて、私がいる森正面には聖水チームを配置しなくてもいいくらいだ。なのでそこを担当していた人達には急遽《きゅうきょ》、余所《よそ》のエリアに行ってもらう事になった。

今私の側にいるのは、ラトジーグ卿《きょう》と四人組、それにコーネさんと眼鏡君、シロ。後方に王都からついてきてくれた兵士団がいる。

ここは異形化した動物が来る確率が一番高いそうだけど、おそらく聖女である私には近づかない、というのがシロの見立て。何せ、近寄ったら浄化パワーに晒《さら》されるから。

瘴気《しょうき》で異形化した動物にとって浄化されるという事は死を意味するので、本能的に避けるはずなんだって。ちなみに、異形化した動物は元に戻す事が出来ず、その場で殺処分するしかないそう。

一瞬胸が痛んだが、眼鏡君は平然と言い切った。

「凶暴化していて元に戻せないとなれば、領民の為にも致し方ない事です」

彼は正しい。人間なんてエゴの塊《かたまり》だから、ここで可哀想だのなんだのと感情論を出すつもりはない。ただ、瘴気《しょうき》なんてものがなければ普通に森で生活出来ていた動物達が、酷く哀れに思えただけ。これもただのエゴだけどね。

森の正面で待つ事しばし、配置が完了した合図が来る。それを見て、ラトジーグ卿《きょう》が号令を下した。

「始め!!」

その言葉で、伝令係がよく響くラッパを吹き鳴らす。あれ、魔法の力が働いていて、遠くにある同型のラッパと共鳴してそちらでも音を鳴らすんだって。リンクした子機に音を出させるようなものか。

この世界の魔法って、生活面では使われる事が少なく、殆《ほとん》どが軍事利用みたい。先程のラッパも、やっぱり戦場で使われるんだとか。生活に役立つ方面で開発をすれば、もっと色々楽になるのに。

そんな事を考えていると、森のあちこちから悲鳴めいた鳴き声が上がってきた。それと同時に、外縁部の瘴気《しょうき》が晴れていく。あの妙な澱《よど》みがなくなって、空気が綺麗になっていた。外縁部での聖水撒《ま》きが効いている様子だ。

という事は、あの鳴き声は……

「異形化した動物達が、苦しがっているようですね」

淡々とした声で言ったのは、眼鏡君だ。いつもとは違って硬質なイメージの彼は、見ようによってはとても冷淡に見える。こっちに来てからそれなりの時間を一緒に過ごしたけど、彼のこんな面を目にするのは初めてだ。

ちょっとだけ胸の奥にもやもやしたものを感じていたら、森の奥から何やら地響きがしてきた。何事⁉ と思って見ていると、異形化した動物達がこっちに駆けてくるのが見える。

え……あれ、私達に直撃コースじゃないか⁉ こっちには来ないって言ってたじゃない！ シロの嘘つき‼ このままじゃ、ここにいる皆が危ない！

そう思った途端、目の前が真っ白になった。え、何これ。驚いてきょときょと周囲を見るけど、白い靄《もや》のようなものの中にいるので、それこそ一寸先すら見えない状態。

「な、何この靄《もや》……」

パニックになる寸前、その白い靄《もや》がいきなり晴れていった。あ、眼鏡君達はすぐ側にいたんだ。その姿にほっとしたのも束の間、とんでもない光景が目の前に広がる。

「はあ⁉」

森と私達の間には、倒れている多くの動物がいた。まさか、死んでる……？ おそるおそる眼鏡君の方を見ると、彼は慎重に、横たわる動物に近づいていった。

「危ないぞ！ 司祭殿！」

「やめないか！」

ラトジーグ卿《きょう》や四人組から制止の言葉が出るけど、眼鏡君は止まらない。そのまま一番手前で倒れている動物……ウサギかな？　の側に腰を下ろして、軽く触れた。

しばらくすると、彼が振り返る。

「……生きています。それに、異形化が消えている」

「ええ!?」

今度は、私だけでなくラトジーグ卿《きょう》や四人組まで声を上げた。だって、異形化って元に戻せないはずなのに、なんで元に戻ってんの？　しかも生きてるって……

混乱する私達に、眼鏡君が困ったような笑みを浮かべた。

「この動物達、全部寝ています」

再び私達が驚愕の絶叫を上げたのは、言うまでもない。つか、どうなってんだか。いや、本当はわかってる。あの時の白い靄《もや》ですよねー……って事はあれか、聖女の謎パワーが炸裂したんだな？

おかしいな、私、聖女のはずなのに、なんか人間やめていってる感じするよ？

何となくどんよりとしてしまった私は、眼鏡君を見た。彼は、まだ困ったような笑みを浮かべている。この状況、どうしたもんかね？

そんな風に迷う私には構わず、動いたのは例の四人組だ。

「なんと……これが聖女の力なのか……」

ええ、そうですね。聖女の謎パワーですね。

「凄い……初めて見た……」

実は私もですよ。こんなの、一度見たら一生忘れませんて。

「何という神々《こうごう》しさでしょう」

そうですか？　私はただの白い靄《もや》だと思ったんだけど。

「……」

珍しく茶髪の反応がない。ただの屍《しかばね》ではないようだけど、目を丸くして驚いているには驚いているみたいだ。

とりあえず、まずは眠ってる動物達をどかさないと。これは護衛に残っていた兵士団の皆さんがやってくれた。

ありがとうございます。何だかここに来てから、力仕事ばかりさせてる気がする。それをこそっと謝ったら、団を束ねる立場の人が笑いながら言ってくれた。

「なあに、戦わずにいられる方が、私等としてもありがたいですよ」

そっか、兵士の人達は、真っ先に矢面《やおもて》に立たないといけないもんな……

ちょっとしんみりしていたところで、シロから声がかかった。

「聖女、ちょっとこっちに来るのにゃ」

「なあに？」

シロ、君まだ眼鏡君の懐《ふところ》にいるのかい。余程その場所が気に入ったのかね？　そう思って見ていたら、シロにじろりと睨まれた。

「何を考えているのにゃ。まずは、森の方を見るのにゃ！」

言われて森を見ると、奥の方に何やら黒い塊《かたまり》が見える。……見える？　いや、違う。これ、目で見ているんじゃない。

例えるなら、脳内にスクリーンがあって、そこに映し出された映像を見ている感じ。だって、この塊《かたまり》があるのって森のうんと奥のはず。私の視力はそこまで良くない。

「『見えた』にゃ？」

「う、うん……これを見たって言うのなら」

「それが瘴気《しょうき》の塊《かたまり》にゃ。これはまたでかいのにゃ。少々手こずるかもしれないのにゃ」

おうふ。大変なのか。シロは眼鏡君の懐《ふところ》で腕を組んでふんぞり返っている。

「とりあえず、森の外側は浄化し終わったのにゃ。今のうちに、塊《かたまり》まで行って直接浄化するのにゃ。聖女が新しい能力に目覚めたのにゃから、直接行く方がいいのにゃ」

「私は反対です」

シロの提案に、眼鏡君が険しい表情でそう言う。でも、私が行かないと浄化出来ないよ？　なのに、眼鏡君はシロ相手に拒否の姿勢を崩さない。

「まだ、森の中には異形化した動物が残っているかもしれない。そんなものに襲われたら、どうするんですか？」

「そこは先程の、聖女の新たなる力で何とかなるにゃ」

「そのような無責任な真似は出来ません。聖女様は、この世界で唯一無二の方なんですから」

「そんな事はわかっているのにゃ！　だからこそ、行かなきゃいけないのにゃ！」

おお、シロよ。私の思いを理解してくれたのか。ちょっと感動しつつシロの言葉を聞いていたら、何やら雲行きが怪しくなってきた。

「ここでしっかり聖女が力の使い方を会得《えとく》しておけば、やがて精霊界に行った時に浄化を即座に行えるはずにゃ。だからこそ、この程度の瘴気《しょうき》の塊《かたまり》、ちょちょいと浄化してもらわにゃいと困るのにゃ」

シロ……お前……そんな事を考えていたのか。ちらりと見た眼鏡君は笑顔だけど、背景にブリザードが吹いていた。調子に乗りまくってるシロは、気付いていないらしい。

シロが本音をぶちまけたので、私も本音で対応しようかね。

「シロー？　君、いつか私を精霊界に連れていく気なんだー？」

「もちろんにゃ！　我が輩、最初からそう言ってるのにゃ。今は聖水を供給してもらっているから、持ちこたえてはいるのにゃが、やはり聖女が直接浄化する方が早いのにゃ」

胸張って言うな。今日のシロは何だかむかつく。

「ふーん？　でもー、私に浄化を頼むって事はー、ちゃんと見返りは用意しているのよねえ？」

「み、見返り？」

お？　シロがちょっとたじろいだぞ？　お前、私にただ働きさせるつもりだったな？　だが残念だったな！　私はただ働きと残業という言葉が大嫌いなんだ!!

私は殊更《ことさら》上からシロを見下ろす。

「当然よねえ？　労働にはそれに見合った代価を支払わなきゃ。この国だって、私の衣食住その他諸々を支払ってるのよ?」

ねえ?　と言いつつコーネさんの方を見ると、彼女も心得ていて、しっかり頷いて肯定してくれた。さすがです、コーネさん。ナイスアシスト!

「で?　君……もしくは精霊界は私に何を支払うの?　言っておくけど、金銭では動かないからね?　この国に居続ければ、お金いらないしさ」

本当は居続けるつもりはさらさらないけど。ここでシロから神様との仲介をもぎ取れれば、精霊界の浄化の次は日本に帰還だ!

シロは青ざめた様子できょときょとと辺りを見回している。いや、そんな事しても君の味方は現れないよ。大体、精霊ってその存在があんまり人に知られていないんでしょうに。

さあ、私の望みを聞いてくるがいい。そうなるよう、私はお前を追い詰めるから。

「どうしたの?　シロ。さあ、用意してくれる見返りは何?」

「あ……う……その……」

シロのやつ、大分追い詰められているのに、こっちの要求を聞いてこないな。これはあれか?　精霊界の代表でございなんて顔をしてたけど、実はそうでもない?　少なくとも、精霊界に関する事を決定する権限はないと見た。見込み違いか。ちぇー、残念。

内心がっかりしていると、眼鏡君が声をかけてきた。

「まあまあ、その話はまた今度でよろしいのでは?　その前に、森の浄化を終わらせた方がよさそうです。何だか、様子が変ですよ」

そう言われて森を見たら、確かに中心部から外縁部に向かって瘴気《しょうき》が溢れてきてる。せっかく聖水で綺麗にしたのに！　さっきと同じ要領で脳内スクリーンを通して見たところ、例の瘴気《しょうき》の塊《かたまり》からガス状の瘴気《しょうき》がどんどん噴き出している。

やっぱり、あれをどうにかしない事には、出張浄化は終わりそうにないや。

「眼鏡君、やっぱり、あの浄化は私が行かなきゃダメみたい」

「聖女様……」

「あれを浄化する為にここまで来たんだからさ、きっちり綺麗にして帰りたいじゃない？　手を貸してくれないかなあ？」

私がへらっと笑いながら言うと、一瞬驚いた様子を見せた眼鏡君。でも、次の瞬間には仕方ないと言わんばかりの大きな溜息を吐いて、私に向き直った。

「わかりました。ですが、無茶は絶対にしないでください」

「うん、わかった」

「後ろの方々は、どうなさいますか？　同行なさる場合、ご自身の身はご自身で守っていただきますが」

ん？　後ろ？　振り返ると、例の四人組がいた。彼等は何かを決心した様子で頷く。

「無論だ」

「これでも腕には覚えがある」

「荒事は好みませんが……」

「お前に言われるまでもないよ！」

お前は来なくていいぞ茶髪。そんな私の願いも虚《むな》しく、結局私と眼鏡君、シロに加えて例の四人組と、何故かコーネさんも同行する事になった。え？　なんで？

「私の仕事は聖女様をお世話申し上げる事ですから」

いや、森の中って危険なんでしょ？　そこへ世話の為に侍女が行くっておかしくない？　でも首を傾げているのは私だけ。おかしいでしょ！　この世界。ああ、今更か。


外縁部では、引き続き聖水アタックが続いている。気合を入れて作った聖水の量は半端《はんぱ》なく、人海戦術で撒《ま》き続けても大丈夫な量なのだ。頑張った甲斐《かい》があったなあ。

一方、私達出張浄化組は順調に森を探索中。森の中は、不自然なくらいに静かだ。森って、耳を澄ませば色々聞こえてくるものなのに。そうぼやくと、シロが呆れた様子で口を開いた。

「何を今更な事を言ってるのにゃ。この森にある瘴気《しょうき》の塊《かたまり》のせいで、動物も植物も全て異形化しているにゃ。異形化を免《まぬが》れた小鳥は、とっくに森から逃げ出してるにゃ」

なるほど、異形化したのは逃げられなかったもの達で、逃げられるものは瘴気《しょうき》が酷くなる前に森から逃げ出していた、と。素早い小鳥なんかはさっさと逃げて、まだ瘴気《しょうき》の残る森には戻ってきていないんだね。ちょっと寂しい……

「森が元に戻れば、小鳥達も戻ってきますよ」

「そうだね……」

眼鏡君の言葉が心に優しく響くわー。確かに、まずはこの森の瘴気《しょうき》の塊《かたまり》を浄化しないと。奥へ行く程瘴気《しょうき》が濃くなるせいか、まだ異形化の影響が残っている。でも、こうやって私が近づくと浄化されるらしく、植物の異形化も緩やかに元に戻っていた。

そんな事態じゃないのはわかってるんだけど、逆再生みたいで面白い。ねじくれた枝がゆるゆると元の姿に戻るのなんか、しばらくその場に留まって観察したいくらいだった。

私がそうやって足を止める度に、シロから「聖女は急ぐのにゃ！」って声がかかるから、おちおち見てもいられなかったがな！　戻ったら覚えておきなさいよ、シロ。私が恨みを込めて眼鏡君の懐《ふところ》を睨むと、こういう事には敏感なシロが首を引っ込めた。ちっ。

それにしても、さっきからずっと歩いているけど、まだゴールにたどり着かない。

「これ、どこまで行けば塊《かたまり》に到着するの……？」

行けども行けども暗い森。しかも足下は木の根っこや下草、倒木、転がっている石で歩きづらいったらない。弱音を吐く私に、眼鏡君がその都度「もう少しですよ」と声をかけてくれるんだけど、そろそろそれだけじゃ体がもたなくなってきた。

ひ弱な現代人をなめるなよ。自慢じゃないが、普段から運動なんてしていないし、歩くと言ったら通勤の時のみな典型的ダメ人間なんだから。森歩きなんて、した事ないよ。

薄い本を買うイベントの時は一日歩き続けるけど、あれは推しに対する愛の為《な》せる業《わざ》だし、翌日の休みがなかったら絶対に出来ない。いくらやるべき事とはいえ、先の見えない歩きづらい場所を延々と歩くって、心身共に疲弊《ひへい》するんだって、初めて知った。

「も……無理……」

とうとう音《ね》を上げた私に、眼鏡君が困っているのがわかる。でも、本当にもう無理。その場にへたり込みそうになった私の耳に、コーネさんの声が届いた。

「ずっと歩き通しでは、聖女様もお辛いでしょう。男性の体力と一緒になさらないでください。一度、ここで休憩を」

ああ！　コーネさんが天使に見える!!　彼女の言葉に、眼鏡君も苦笑して了承してくれたし、良かった良かった。んで、てっきりその場で腰を下ろして休憩かと思いきや、コーネさんは四人組に何やら指示を出しています。何するの？

「シード様はこちらの草を刈り取ってください。ヤジーク様にはその後の地面を均《なら》していただきたいです。ヘザーネイン様は均《なら》した地面を乾かしてください」

どうやら、場所作りから始めるそうです。草刈りって、貴族にか？　と思って首を傾げていたら、眼鏡君がこそっと「魔法を使うんですよ」って教えてくれた。

ほほう、そういえば、この四人の魔法を見るのは初めてだね。収納魔法はちゃんと見ていないし。うん？　四人？

「おい、侍女。僕は？」

茶髪だけ何も指示されてないや。むっとする茶髪に、コーネさんはしれっと返す。

「ダビレ様はそこでおとなしくお待ちください」

「な！」

「さあ、ではお願いします」

憤慨《ふんがい》する茶髪を放って、てきぱきと進めていくコーネさん。さすがです。顔を真っ赤にしている茶髪は、銀髪君に「まあまあ」とか宥《なだ》められてるよ。コーネさんも、内心茶髪の事を鬱陶《うっとう》しいと思っていたのかな？　金髪君も赤毛君も、不機嫌な茶髪は放っておくつもりらしい。コーネさんに言われた通り、淡々と魔法を使っている。

それにしても、魔法って面白い。本当に手も触れずに草が刈り取られて、倒木や石が取り除かれ、地面が波打つように動いて均《なら》されていく。手の込んだ動画でも見ているみたいだ。

あんな風に魔法を使えたら面白いのに。そう思って、眼鏡君にこそっと聞いてみた。

「魔法って、誰でも使えるものなの？」

「いいえ。素養のある者がきちんと訓練を受けて初めて使えるようになるんです」

そうか……じゃあ私はダメだな。この世界の人間じゃないし。聖女ではあるみたいだけど、あの謎パワーも自在に操れないしね。残念。

しゅんとしていると、眼鏡君が不思議そうな顔で尋ねてきた。

「どうかなさったんですか？　聖女様」

「私も、あんな風に魔法が使えたらいいのになーって思って」

「ああ……」

納得したような声を出した後、少しして眼鏡君が微笑んだ。

「聖女様は、魔法は使えなくとも誰にもなし得ない事が出来るのですから、それでよしとしておきましょうよ」

「でも、望んだ時に望んだ形では使えないよ？」

「そんな事ありません。現に、聖水をきちんと作れるじゃありませんか」

「あ……」

そうだった。しかも大量生産をしたおかげか大分慣れてきて、今では樽《たる》一杯分作るのに十秒かそこらしかかからない。最初は意識するとかえってなかなか出来なくて、シロに合格をもらうまでに数分かかったのに。

そうか、私も、ちゃんと力を使いこなせるようになってきてるんだ。

「先程の白い霧状のものも、きちんと使いこなせるようになります。自信をお持ちください」

「……うん」

何だかなー。眼鏡君の言う事だと、何でも素直に聞ける気がする。やっぱり声の威力ってでかいのね！　何せ、推しと似た声だから!!　正確には、推しを担当した声優さんの声なんだけど。

はー……こっちに来て結構経つよね……もう向こうでは、原作の新刊が発売されている。ミュージカル初日と新刊発売日には自主的ストを行ったけど、やっぱり辛い。ゲームだって、そろそろ新シナリオが公開されてるはず。新しいスチルをゲット出来るガチャも出ているだろう。期間限定ガチャだった日には、もう二度と手に入れられないスチルが……

「聖女様、準備が整いました」

絶望のあまり、危うく黒い何かを噴き出しそうになっていた私の耳に入ったのは、コーネさんの声だ。はっとしてそちらを向いた私の目に、あり得ないものが映った。

ここ、森の中だよね？　何で居心地良さそうな部屋が出現しているんだ？

そこにあったのは、大きなテントの中に設《しつら》えられたテーブルと椅子、それに寝椅子、クッションなど。下には色鮮やかな絨毯《じゅうたん》が敷かれていて、休憩というよりは、森の中でグランピングって感じだ。

「これ……どうしたの……？」

唖然としながら私が問うと、コーネさんは当然と言わんばかりの様子で答える。

「聖女様の休憩用に持って参りました。私も、皆様程ではありませんが、空間収納を持っています。最悪野宿になる事を想定して、こちらを用意したんです」

コーネさん、凄すぎです……。よく見たら、四人組も驚いた顔をしているよ。貴族なら当たり前なのかと思いきや、彼等にとってもあり得ない光景らしい。

なので、ついコーネさんを見てしまった。ただそれだけなのに、彼女は少し視線を外して、ぼそりと呟く。

「……以前、聖女様に見せていただいた『写真』とやらの中に、このようなものがございましたので」

ああー、そういや、同僚がどこぞでグランピングをやった時、「これがリア充だ！」とかいうタイトルをつけて写真を送ってきたっけ。

にしてもコーネさん、いつの間にそれを見たんだろう。スマホを出したのって、お嬢軍団からの嫌がらせがあった時だけなんだけど。相変わらず視線を外しているので、真相は聞けないままだ。

それよりも、今は休憩休憩。せっかくこれだけ仕度してくれたんだから、しっかり使わせてもらわなきゃ。靴を脱いで中に入ると、お茶と焼き菓子のいい香りがする。あ、これ、前に食べておいしいって言ったやつだ。

テーブルは大きめの丸テーブルで、椅子は六脚。早速席についてお茶とお菓子をいただいていると、妙な視線が飛んでくる。茶髪、お前か……。本来なら「何か？」とでも聞くところだけど、こいつが相手だから無視。あー、疲れた体に甘いものが染みるー。

おいしさを噛みしめていると、コーネさんがにこやかに教えてくれた。

「疲労に効く茶葉を持って参りました。お口に合いますでしょうか？」

「そうなんだ。すっごくおいしいですよ、コーネさん」

「よろしゅうございました」

うーん、さすがコーネさん。行き届いた気配りに、頭が下がる。

「まさか、森の中でこんなに本格的なお茶会をやるとは思っていませんでしたよ……」

ちょっと疲れた顔をして遠くを見る眼鏡君に、私は頷きながら言った。

「私もそうだけど、でも助かったからいいや」

あのまま歩き続けていたら、もうちょっとでへたり込んでいたと思う。こっちに来てからも、運動と言えば庭園の散歩くらいだったし。いや、作法の時のダンスの方が激しかったか。そんな体力の低い女が足下の悪い森の中を歩くなんて、大変に決まってて——

「あ」

「どうかしましたか？」

いきなり声を上げて固まった私に、眼鏡君が心配そうに聞いてくる。四人組もどうしたのかとこちらに注目していた。そうだよ、足下が悪いから歩きづらいのなら、歩きやすくすればいいんじゃん。ここを綺麗にした魔法の力があれば、多分出来る。

私は早速、森の中に道を作れないかコーネさんに小声で提案した。その話を聞いた後、しばらく考えていた彼女は私に向き直る。

「この森は国境沿いとはいえご領主様所有の森ですから、持ち主であるご領主様に了解を得れば問題ないかと」

彼女はそう言うと、「少しお待ちください」とワゴンの側で何やらごそごそとし始めた。振り返った彼女の手には、一通の手紙がある。これを、誰かがラトジーグ卿《きょう》に届けるのかな？　そう考えて首を傾げた私の前で、コーネさんが手紙をテントの外へ放り出した。

ええ!?　投げるの!?　驚いていたところ、手紙はひらりと舞い、あっという間に空の彼方《かなた》へ飛んでいってしまった。

「至急お返事いただけるようしたためましたので、間もなくご領主様からの返事が来るかと。それまではおくつろぎくださいませ」

なんと、あの手紙も魔法がかかったものだったらしい。本当、面白いな魔法って。やっぱり使えるようになりたい。

「先程の手紙には、何と？」

金髪君が声をかけてきた。一瞬コーネさんと視線を交わす。彼女が軽く頷いたので、説明をお任せする事にした。

「ご領主様へ、森の中に簡易の道を敷く許可を願い出ました。足下が悪い歩き慣れぬ森では、どうしても疲れますし歩く速度も落ちてしまいます。聖女様が瘴気《しょうき》を浄化する為にも必要と判断しました。また、皆様にもお願いいたします。どうか、森の中に小道を敷くのにお力をお貸しくださいませ」

立て板に水のごとくすらすらと答えるコーネさんに、金髪君と赤毛君が顔を見合わせる。彼等にしてみれば下の身分である侍女に、先程の要領で道を作れと言われたのだから面白くないのかもしれない。二人の表情には不満の色があった。

金髪君の返答には拒否の気配が漂《ただよ》っている。

「何故我々が――」

「聖女様のたってのご希望です」

「……何？」

コーネさんが絶妙のタイミングで「聖女の希望」と入れてきた！　確かに、私が望みました。だって、このままじゃいつになったら塊《かたまり》に到達するのかわからないから。

私が黙って頷くと、コーネさんがいい笑顔でダメ押しをする。

「殿方ならば、しかも貴《たっと》い身分の方ならなおの事、ご婦人の願いは聞き入れるべきではないかと愚考いたします」

言葉はそれなりだけど、「聖女にいいとこ見せたいだろう？　ああん？」と言わんばかりの様子だ。

いや、彼等は別に私にいいところを見せたいとは思わないだろうよ。でも、貴族ならば高貴なる義務……とは大分違うけど、そのくらいやってくれても罰は当たらんよ？　男だろ？　ってとこかな。

コーネさんの言葉は大分彼等に響いたようだ。金髪君と赤毛君が何やら小声でやり取りをしていたが、結果的には道を作る事に同意してくれた。ちょうどそこに、先程コーネさんが放った手紙が戻ってくる。違う、ラトジーグ卿《きょう》からの返事が来たんだ。

中身は、当然ＯＫ。何なら、小道はそのまま残してくれて構わないとの事。領民が猟に入ったり木の実や果物なんかを取りに入ったりするので、道があると喜ばれるんだって。これで彼等が道を作る意味も増えたたね。


休憩後は眼鏡君を先頭に、彼の懐《ふところ》にいるシロが瘴気《しょうき》の塊《かたまり》までの道案内役を、その後ろで金髪君が草や低木、石を除去する係。それから金髪君と並んだ赤毛君が除去された後の地を均《なら》して道にする係。銀髪君と茶髪がそのすぐ後ろ、そして私とコーネさんが最後尾にいる。

私を中心に浄化の輪が広がっているからか、今のところ異形化した動物からの襲撃は一切ない。異形化したのは、さっき森の外に出てきた連中だけなのかもね。

いやあ、道が出来ると歩きやすさが断然違う！　これなら塊《かたまり》までノンストップで行けるんじゃないかな？　その分、金髪君と赤毛君の疲労が濃いみたいだけど。

いくら魔力量が多いとはいえ、これだけ使い続けていると枯渇《こかつ》しかねないらしい。なので、魔法を使っていない銀髪君と茶髪が適宜《てきぎ》、彼等に魔力を分けているそうな。

そのまま森の中を行く事しばし、またしても空気が澱《よど》んできた。

「塊《かたまり》が近いにゃ！」

シロの声に、全員の緊張が高まる。いよいよだ。

そこからは浄化も効きが悪く、植物の異形化がなかなか元に戻らない。おかげで道を作るのも困難になっていった。何故か瘴気《しょうき》で異形化した植物は魔法が作用しづらく、なかなか草や低木が除去出来ないし、土も均《なら》しにくくなっているのだとか。

金髪君と赤毛君の額《ひたい》には、びっしりと汗が浮かんでいる。これ以上、二人に無理をさせるのはよくないね。

「シロ、塊《かたまり》まであとどのくらいか、わかる？」

「この道をまっすぐ行った先にあるにゃ。そろそろ見えてくる頃にゃよ」

シロが小さな手で指す方を見ると、一際暗い場所がある。目算で百メートルあるかないかくらいじゃないかな。

「ここまでくれば、もう道はいいんじゃないかな？　四人とも、ここまで本当にありがとうございました」

「何、おやすいご用だよ」

「いや……」

軽い調子で言っているけど、赤毛君の疲労が濃い。金髪君はもう口を開くのもおっくうという様子だ。何だか申し訳ない。私は最初、彼等が同行する事を渋ったのに。

結果的には、彼等がいてくれたおかげで十分な休憩も取れたし、楽にここまで来られた。浄化が終わったら、ちゃんと感謝と謝罪をしなきゃ。その為にも、まずは目の前の塊《かたまり》の浄化をしなきゃならないんだけど、瘴気《しょうき》を噴き出す塊《かたまり》からの抵抗感が凄い。

一歩進む度《たび》、圧を感じる。風がある訳じゃないが、台風の時の強風に晒《さら》されるのって、多分こんな感じなんだろうな。一歩一歩が酷く重く感じる。

空気も、澱《よど》みなんて可愛いもんじゃない。粘《ねば》っこい液体の中を無理に泳いでいるみたいに、空気が質量を持っているように感じられた。

そんな中を、一歩一歩確実に進む。

「凄く、大変……」

愚痴《ぐち》も出ようってもんです。そうしたら、シロが眼鏡君の懐《ふところ》から顔を出した。

「これでも、聖女がいるからこそ進めるのにゃ。普通は近寄る事も出来ないにゃ」

「そうなの？」

「聖女は自覚がないけれど、今現在も周囲の瘴気《しょうき》を浄化し続けているのにゃ」

マジで？　それでもこんなに進みづらいの？　しかも、周囲がどんどん暗くなるから、足下も見えなくて怖い。あー、もういっそこの重い空気ごと消えてなくなればいいのに！

そう思った途端、私の体から白い煙が上がった。

「え？」

何これ⁉　と叫ぶ間もなく、白い煙は周囲の暗い空気に混ざり合い、どんどん渦《うず》を巻いていく。コーヒーにクリームを落としたみたい。煙が空気に溶け、空気が黒から灰色へと変化していく。そして灰色はみるみる薄くなっていった。その間、体感で十秒ほどかな？

気が付いたら、あの重い空気は綺麗さっぱり消えて、目の前には真っ黒い大きな岩が出現していた。これが、瘴気《しょうき》の塊《かたまり》？　岩は黒光りしていて、一見しただけなら綺麗な岩だ。でも、よく見ると何やら内部が暗く明滅している。凄く不気味……

これ、どうやって浄化すればいいんだろう？

「シロ、これの浄化の仕方って、知ってる？」

「浄化は聖女の能力なのにゃ。何人《なんぴと》もその使い方は知らないのにゃ」

ええー？　ここに来てわからないとか。とはいえ、さっきはあの重い空気がなくなればいいのにーって思ったら消えたっけ。という事は、聖女の謎パワーって割と私の思いに直結しているのかな？　じゃあ、岩よ綺麗になれ！　って願えば浄化完了？　……試しにやってみたけど、ダメでした。肝心なところで使えないな！　聖女の謎パワー。

しばらくあれこれ念じてみたけど、突破口が見つからない。その時、ふと聖水を作るみたいに、触れれば何か変わるんじゃね？　と思いつき、触れてみた。

「聖女様⁉」

「だ、大丈夫なのか⁉」

「危ないだろうが‼」

「早くお戻りを！」

何やら背後から色々言われているけど、ごめん、手が離せない。いや、本当に手が離れないんだよね……これ、ヤバくない？　岩は妙に温かくて、それが不気味さを倍増させている感じ。しかも、明滅に合わせて鼓動を打っているらしく、手に伝わるのよ……

そう観察していたら、触れた部分から腕がずぶりと中に潜り込んだ。やべ、と思う間もなく、私は大岩の中に取り込まれてしまった。

◆◆◆◆

目の前で起こった出来事に、その場にいた誰もが動けずにいた。瘴気《しょうき》の塊《かたまり》である大岩に聖女が触れたと思ったら、彼女は岩の中に吸い込まれてしまったのだ。

「せ……聖女様が……」

呆然と声を出したのは、侍女のコーネである。彼女はふらふらと黒い大岩に近づこうとして、ユロ司祭に止められた。

「危険です！　近寄らないでください」

「でも！　聖女様が!!」

「瘴気《しょうき》を浄化出来るのは聖女様だけ。そして、聖女様は神が遣わす神聖なる方。きっと、神があの方を呼び戻してくださいます」

何とも神職らしい言い方だが、この場では残念ながら彼の言葉に力はない。とはいえ、瘴気《しょうき》の塊《かたまり》である黒い大岩相手に、彼等に出来る事などなかった。聖女が中に取り込まれたからか、大岩からの圧力が復活している。こうして立っているだけでも、かなりきつい。

ユロは自身の懐《ふところ》にいる精霊シロに問いかけた。

「シロ、何かわかりませんか？」

しかし、シロからの返答は期待通りではない。

「わからないのにゃ。ただ、聖女の命は感じるので生きてはいるのにゃ」

「そうですか……」

精霊シロの言葉に、その場に一旦安堵の空気が広がった。とはいえ、依然として聖女は大岩に取り込まれたままだ。

その大岩を見上げて、シードが提案した。

「いっそ、大岩に攻撃をしかけてみるか」

「やめてください。内部に取り込まれた聖女様にどんな影響があるかわかりません」

ユロはすぐさま却下する。この状況で大岩を攻撃するなどあり得ない。シードが引き下がると、次はヤジークが提案してきた。

「あの大岩に縄をかけて引きずって、森の外に出すか？」

「この人数では、引きずるのは得策とは言えないでしょう」

いくら四人の魔力量が普通の貴族以上といっても、ここに来るまでに大半を消費してしまっている。そんな中、人力だけでこの大岩を森の外まで引っ張り出せるとは思えない。

しんとしたその場に、ヘザーネインの声が響く。

「では、聖水をかけてみてはどうでしょう？　幸いにも、私の空間収納に、いくつか入っております」

「おお、それなら私も持っている！」

「俺もだ」

「僕も」

四人が一斉に聖水の入った樽《たる》を出した。その様子に、ユロは口元が引きつるのを隠せない。聖水に関しては厳格に管理しているはずなのに、どうして彼等が余剰分を持っているのか。

とはいえ、今ここでそれを問い詰める訳にはいかない。今一番有効な手段は、これらを使う事だ。

聖水の樽《たる》は全部で二十。一人五つ隠し持っていた計算になる。

それらを苦い思いで眺めながら、ユロは皆に言った。

「では、順番にかけていきましょう」

樽《たる》の蓋が開けられ、比較的魔力を温存していたヘザーネインとダビレが中心になって、魔法で聖水を大岩にかける。すると、途端に大岩から黒い靄《もや》が発生し、中心部分に赤黒い光が浮かんで明滅し始めた。

それを見たシロが、歓喜の声を上げる。

「いいのにゃ！　聖水は、確実に効いてるのにゃ！」

なるほど、精霊が言うのであれば確かだろう。ユロ達は手分けして、聖水を大岩にかけ続けた。

◆◆◆◆

何だか、ふわふわとたゆたっている感じがしている。凄く、気持ちいい。大きなお風呂に浮かんでいるような浮遊感。あれ？　私、いつの間にお風呂に入ったんだ？

そこまで考えて、はっと気付く。そうだよ！　風呂どころか、私は黒い大岩に呑み込まれたんだ!!　目を開けて周囲を見回しても、何も見えない。昔、どこかのお寺でやった胎内巡りを思い出す。

さて、これどうしようかね？　聖女の力が私の意思に直結しているのなら、ここから出たいって願えば出られるんじゃね？　そう思って念じてみても、何も起こらない。何だよー、こういう肝心な時に使えないとか、まじポンコツだな聖女の力。

……いや、ポンコツなのは私の方か。人付き合いが苦手なせいで、消極的になりがちだし、おかげで仕事でもあまり大きな事は任されない。そういった短所から目を逸らして「自分は趣味に生きているからいいんだ」って言い訳をして、日々をこなしている。

休日だって、普通なら彼氏や旦那と出かけたりするんだろうに、私は一人部屋でオタ趣味に走るばかり。そこでだって、仲間を作るでなく一人でいるだけ。かといって、自分から動くでもなく一人は寂しいと我《わ》が儘《まま》を言う。

そうだよ、所詮《しょせん》二次元なんて三次元には敵《かな》わな――

「ふっざけんなああああああああ!!」

誰だ！　私の思考を乗っ取ろうとしているヤツは!!　所詮《しょせん》二次元だと!?　二次元の素晴らしさも知らないくせに何をほざくか!!　二次元はなあ！　至高なんだよ!!　大体、趣味に生きて何が悪い!?　リア充でないのはダメだって？　誰が決めたんだそんな基準。他人が勝手に押し付けてくる価値観なんぞくそ食らえだ！　ちゃんと労働して税金を支払ってるんだから、文句言われる筋合いなんぞない！

私は！　推しの為に生きて稼ぐんだよ！　仲間はいれば楽しいけど、いなくても問題なし！　自己中？　それがどうした！　私は私の為に推しを愛し、愛《め》でて、どっぷりはまって生きていくんだ！　それが私の幸せなんだから！

「赤の他人が偉そうにつべこべ言うなああああああ!!」

そう怒鳴ったら、どっかで誰かが怯《ひる》んだ気配がした。ん？　瘴気《しょうき》って、人格みたいなものがあるの？　怒鳴ったら怯《ひる》んだとなると、叫べばどうにかなるのかもしれない。よし！

「推しが！　大好きだああああああああ!!　二次元！　最高おおおおおお!!」

心の限りに叫んでみた。どっかで何かが割れる気配がしたぞ？　え……本当にこんなのが有効なのか。瘴気《しょうき》、チョロすぎ。

んじゃ、他にも叫んでみよう……何がいいかな。あ。

「コーネさん！　いつもありがとおおおお!!　眼鏡君、その声最高おおおおおお!!」

何となくだけど、マイナスな言葉ではなくプラスの言葉を言った方がいいと思ったんだ。瘴気《しょうき》って、人のマイナスエネルギーを餌《えさ》にしている気がするから。

あとは……ん？　次に何を叫ぼうかと考え込む私の視線の端が、急に明るくなった。スクリーンのように、一部外が見える。

そこには、眼鏡君と四人組がいた。おお、じゃあここを破壊すれば外に出られるとか？

そちらに手を伸ばしたら、スクリーンの中の彼等が喋《しゃべ》り始めた。お？　音声も聞こえるのか、これ。

『さて、邪魔な聖女がいなくなりましたね』

ん？　眼鏡君が、大変嫌そうに顔を歪《ゆが》めて言っている。んー？

『大岩に取り込まれただけでは不十分だ。追い打ちをかけねば』

今度は金髪君だ。いつも通り、感情が読めない表情であーる。

『なら、瘴気《しょうき》を追加しちゃどうだ？』

『そうですね。幸い、手元にある事ですし。これで聖女が消えれば、問題は解決です』

『陛下には、森で事故があって聖女が消えたとでも言っておけばいいか』

赤毛君、銀髪君、茶髪のそれぞれの言葉に、はて、と首を傾げた。おやー？　もしかして、こ

れが彼等の本音ですよーって事？　そして、よく見ると、彼等の手元には木の樽《たる》がある。あの中に瘴気《しょうき》があるとでもいうんだろうか。

『では、手分けしてこれを撒《ま》きましょうか』

『そうしよう』

眼鏡君の申し出に、四人が声を揃えて同意して、樽《たる》の中身をこちらに向けてぶちまける。樽《たる》からは、黒いタールのようなものが溢れ出ていた。私はあまりの映像に、思わず俯《うつむ》く。肩も震えるけど、こればっかりは仕方ない。

――そうだよ、仕方ないよ。彼等は聖女という存在が大事なんであって、あなたが大事な訳じゃないんだから。

それはとーってもよくわかってる。だからこそ、私の肩の震えは止まらない。

――彼等はあなたの事を見捨てたんだ。あそこに戻っても、もう誰もいないよ。

ああ、そうなんだー。本当に、瘴気《しょうき》って人格あるんじゃね？　まあそれはともかく。

「く……くっくっくっく」

私の口から、低い笑い声が漏《も》れ出た。いや、そりゃ笑いもするだろ、こんなの。

――ああ、可哀想に。傷ついたんだね。でも大丈夫。あなたの側には……

「まさか、自分がずっといる、とか言い出すんじゃないでしょうねえ？」

あ、また何か怯《ひる》んだ気配がある。私は顔を上げた。満面の笑みをたたえてな。

「バッカじゃないの！　彼等が持ってるの、聖水が入ってる樽《たる》じゃないか！　何ちゅう手抜き動画か!! どうせやるなら、気合入れて穴がないように作れや！」

映像作品が溢れていた世界の人間を、甘く見るなよ！　この程度の加工、いくらでも見破れるわ。最近の動画投稿サイトの加工動画、無駄に質が高いんだから。

「大体、これってスクリーンに投影してるだけじゃない。せめて目の前で本物そっくりの人形でも作って動かしなさいよ。低予算すぎ！」

あーっはっはっは！　そう高らかに笑ったら、今度はむっとした気配がした。イラッとしたろ？　むっとしたろ？　ざ・ま・あ。

映像作品はなあ！　クオリティが命なのよ！　中には低予算なのにどえらいクオリティの作品もあったりするけど、大体は予算と出来の良さは比例するんだ。特にCGを使うとな！　推し作品のCG劇場版も、クオリティは高かったけど予算を使いすぎて、会社が傾いたって噂《うわさ》が飛んだんだぞ。

それに比べれば、何と稚拙《ちせつ》な作りか!!

「大体、オタク、それも声オタ入ってる人間をなめんな!!　あんな安っぽい作り物が眼鏡君の声な訳ないでしょ!?　彼の声はなあ！　私の推しに激似なんだからな!!」

あの張りと艶《つや》があって色気まで醸《かも》し出す貴重な声を、簡単に再現出来るとでも思ったか！　思い上がんな!!

「とはいえー？　色々あんたにはむかついているからー？　そろそろ反撃させてもらおっかなー」

本当はどうやればいいのかわからないけど、多分何とかなる。今の怒り心頭な私なら、いける！　頑張れ！　聖女の謎パワー!!

「って訳でー、ふっざけんなあああああ!!」

そう叫びつつ、勢いをつけて前方にパンチした。すると、何かを殴った感触とガシャンというガラスが割れたような音が響く。

お？　本当に効いてる？

——やめろ……やめろおおおおお。

何ともか細い制止の声が響いたものの、やめる訳がない。しかも、さっきので本当にどこかにヒビが入ったらしく、暗いだけの空間に一条の光が差した。よし、ここだな。

「やめてほしけりゃ、とっとここから、出せえええええ！」

そう叫んでヒビに向けてパンチ。再びガラス音が響く。これ、殴れば殴るほどヒビが広がるんじゃない？　そして、壊れると相手の力が削《そ》がれていくんだよ、多分。

よし！　私は気合を入れて腕を振り回した。

「吹っ飛べこの野郎!!」

これまで以上に勢いをつけて、パンチを繰り出す。今度は左右両方の腕で連続だ。パンチパンチパンチ！　打てば打つ程ヒビが広がるので、面白くなって何度もパンチしていたら、とうとう暗闇が破裂音を伴って割れた。

遠くで、悪態を吐くような声と、何かが去っていく気配がする。真っ暗だった場所へ一挙に光が集まったみたいで、あまりの眩しさに目を開けていられなくなった。

その場にへたり込むと、頭の上から聞き慣れた声が聞こえる。

「聖女様!!」

眼鏡君だ。瓶底眼鏡が視界いっぱいに広がってる……って、近い近い！　慌てて手で彼の顔を押しのけると、私の周囲にはここまで一緒に来た皆が揃っていた。

「ご無事で何よりです、聖女様」

「まったく、驚かせてくれる……」

「何事もなくて、良かったな！」

「一時はもうダメかと……」

「……」

コーネさんや四人組にも心配をかけたらしい。すいません……でも、まさか岩の中に引き込まれるとは思わなかったんだ。そう、現実にはコーネさんがいるんだよ。あの瘴気《しょうき》め、彼女の事をガン無視しおって。そこも私の怒りポイントだ。

眼鏡君の説明によると、大きな黒い岩に私が呑み込まれた後、手持ちの聖水をかけていたら内側から光が漏《も》れ出し、岩に亀裂が入ったんだそうだ。そこから一挙に大岩が光に包まれ、光が収まったら私が残されていたらしい。

起き上がって周囲を見ると、確かに大岩に呑み込まれる前とは大分違う。何より空気が清々《すがすが》しい。木漏《こも》れ日が綺麗で、森の緑が輝いていた。

「大岩、影も形もないね」

私が呟くと、眼鏡君の懐《ふところ》からシロが私の腕の中にするりと滑り込んでくる。

「あれは瘴気《しょうき》の塊《かたまり》にゃ。だから全て浄化されて消えてなくなったのにゃ」

そうか。それで何も残っていないんだ。まあ、邪魔なものは消えてくれていいんだけど。

深く吸い込んだ空気は、濃い緑の匂いがする。ああ、森の空気といえばこれだよー。

「よくやったのにゃ、聖女。これでもうこの森は大丈夫なのにゃ。そのうち動物達も戻ってくるのにゃ」

精霊のシロにもお墨付きをもらいました。これで、今回の出張浄化は成功って事で。いやー、大変な思いをした甲斐《かい》があったわー。主にここまで来る道中の問題だったけどな。

「さて、いつまでもここにいるのも何ですから、帰りましょうか。ご領主様も結果を心待ちにしていらっしゃるでしょうし」

そうだね、眼鏡君の言う通りだ。この結果を一番待ちわびているのは、ラトジーグ卿《きょう》だもんね。

コーネさんや四人組も同意したので、帰ろうという事になった。

これで全て終わった、もう何も起こらない。そんな風に、誰もが油断していたのだ。

「危ない!!」

眼鏡君の言葉と、突き飛ばされた痛みと、覆《おお》い被さる重さとが、ほぼ同時に来た。一体何？　と思った私の顔に、生温かいものがかかる。手で拭《ぬぐ》うと、その手が真っ赤に染まった。

「聖女様!!」

「これは！」

「考えるのは後だ！　聖女を護るぞ!!」

コーネさんや四人組が、何か言ってる。でも彼等の声が凄く遠い。これ、血だよね。誰の？　私に覆《おお》い被さってる人のもの？　目の端に映る色は、見慣れた黒。これ、眼鏡君が普段着ている服の色だ。じゃあ、これは？

「眼鏡君……？」

ぼんやりした声が出た。何だか、全てがのろのろとした映像のようだ。覆《おお》い被さっていた眼鏡君を見た私は、悲鳴を上げた。

「や、やだやだやだやだ、何これ何これ、やだよおおおおお!!」

だって、彼の顔の半分以上に傷がある。これ、ヤバい傷じゃないの？　トレードマークの瓶底眼鏡が吹き飛んで、爪痕がざっくり目の部分までいってる。

「急がなきゃ……急がなきゃ!!」

そこからは、もう無我夢中だった。出来ると確信していた訳じゃないけど、眼鏡君の頭を胸に抱えるみたいにして、必死に念じ続ける。

「治って治って治って治って治って治って治って」

神様が本当にいるのなら、今こそお願いを聞いてほしい。この先何も出来なくていいから、彼の怪我を完全に治して。このままじゃ、命をとりとめても視力の方がヤバい。この傷、多分眼球までいってる。お願い！　私の聖女としての謎パワーがなくなってもいいから！

どのくらい経ったのかわからないけど、ふっと体の力が抜けた途端、あの白い煙に包まれた。これが出たって事は、謎パワーが出たって事!?

「これは！」

「前が見えないぞ！」

「あの異形化した熊は？　どこですか？」

「知らないよ！」

四人組の声が聞こえるものの、姿は見えない。森の外で異形化した魔物を元に戻した時と同じだ。

そっと胸元を見下ろしたところ、眼鏡君の姿も見えなかった。

でも、大丈夫だよね？　きっと、怪我は綺麗に治ってるよね？　シロを助けた時は精霊相手だったし、どちらかというと浄化の方が優先って感じだったけど、怪我も治っていたから聖女の謎パワーには治癒の力もあるんだと思う。てか、そうであってほしい。

やがて白い煙が引いていくと、そこには森の外で元に戻った動物と同様に、寝転がる熊がいた。

そしてぽかんとした表情で熊を見下ろす四人組とコーネさん。

……コーネさん、手に持っているそれ、何ですか？　ごついナイフに見えるんですけど。まさかそれで熊を仕留めようとか、してないですよね？

ちょっと怯《おび》えた目でコーネさんを見ていたら、腕の中から声が聞こえた。あ、眼鏡君！

「ん……こ、これは……」

「眼鏡君！　大丈……夫……」

目を開けた眼鏡君を見下ろして、声が詰まった。え……これ、本当に眼鏡君？　今度は私がぽかんとした表情で眼鏡君を見る番だった。抱き合っている状態に気付いた眼鏡君が飛び退《の》いたんだけど、そんな事に構っていられない。ちょっと、その顔をよく見せなさい。

ぐいっと両手で彼の顔を掴んでのぞき込む。何やら「痛いです」とか聞こえてくるが、気にしない。いや、気にしていられない。

これ……この顔は……よもやまさかそんな。

「せ……聖女様……？」

困惑した眼鏡君の声が聞こえるけど、それに構ってる精神的余裕はない。だって、目の前に私の、最愛の、推しの顔があるううううう！

「神様！　ありがとう!!」

私は天に向かって叫んだ。


私が日本ではまっていた作品は、色々なメディア展開をしていて、その中に、フルCGの劇場版もあった。

ファンの間では賛否両論だったものの、私的には実写映画よりはずっと良かったんだ。演出も良かったし。声もちゃんとアニメ版の声優さんがあててたから、なおいい。

で、フルCG劇場版には当然私の推しも出ていたんだけど、そのCGに眼鏡君の素顔は激似だったんだ！　声だけでなく、顔まで似ているなんて。今まであの瓶底眼鏡で隠されていたのが本当に悔やまれる。

ちなみに、あの森での一件以来、眼鏡君は眼鏡が不要な体になった。近視まで治るとは、恐るべし聖女の謎パワー。空気清浄機能に加え、レーザー治療機能も搭載しているとは。

まあ、それはどうでもいいや。おかげでこうして毎日推しの顔を拝めるんだから。もっとも、本当に拝んだら眼鏡君には気味悪がられたけど。

あの後、森の外で待っていたラトジーグ卿《きょう》に報告し、感謝を受けた私達は三日ほど領主館に滞在し、今日離宮への帰途につく。

「本当にこんなもので良かったのかね？　全て我が領の特産品なんだが」

「ええ。凄く嬉しいです！　あ、布地もありがとうございます」

お土産《みやげ》として、この地の特産物や、特産果物の砂糖漬けやシロップ漬け、果実で作ったお酒などをもらった。申し訳なさそうなラトジーグ卿《きょう》だけど、私にとってはもの凄くありがたい。お酒は例の庭師さんに進呈しよう。彼の故郷の名産だっていうから、懐かしんでもらえるのではなかろうか。

謝礼の品として、他にもあれこれ用意されてたようだけど、ほとんど辞退した。宝石とかもらっても、どうしろと。

「いやいや、あの布地もこの領地でしか作っていないもので、王都では入手しづらいと聞くからね。特に良質のものを選んでおいたよ」

この布地ってのが、絹みたいな光沢があって手触りがいい。コーネさんがドレスを仕立てる気満々ですが、どこに着ていくんだか。私としてはこの布地、贅沢《ぜいたく》に普段着のブラウスにしてもらっちゃおうかなーって思ってる。

そんな盛りだくさんのお土産《みやげ》を積んだ馬車で、王都へと旅立った。そして馬車の中には幸せがある。何せ、目の前に推しの顔……もとい眼鏡君がいるんだから。

あ、もう眼鏡君って呼べないか。本体である眼鏡がなくなっちゃったもんね。近視が治ったって だけでなく、あの瓶底眼鏡は異形化した熊の攻撃でばっきばきになっていた。

いやあ、近視が治っていて良かったね。

「ねーねー、もう眼鏡君って呼べないから、今度からはユロ君って呼んでいい？」

私のお願いに、眼鏡君改めユロ君は盛大な溜息を吐いた。

「はあ……好きにしてください」

「うん、ありがとー」

その幸せな旅も、王都に着いたところで終わりだ。王宮へ行く四人組と別れるのは知っていたけど、ユロ君まで王宮の前で馬車を降りちゃったよ。

「私は陛下と大司教猊下《げいか》に報告しなくてはなりませんから」

そう言って去っていくユロ君の後ろ姿をしばらく見送ってから、私とコーネさんは離宮に戻った。


初の出張浄化の出来は上々だった。とはいえ、やっぱりこの離宮で聖水作って暮らす方が楽だよなあと思いつつ、戻った翌日からまた以前の生活を送っている。

眼鏡君改めユロ君は、あれ以来顔を見せていない。コーネさん曰《いわ》く「大司教様に呼び出しを受けているそうです」との事だ。

大司教って……王都に戻ってきた日に報告は済ませているんじゃないの？　せっかくあの顔を間

近で見ていられると思ったのに。少しがっかりしたけれど、とりあえず目の前の聖水作りに励みますか。

実は私も王宮に呼び出しを受けているものの、「聖女は疲れから臥《ふ》せっている」って事にしてある。何でも、今回の出張浄化を大々的に広める為に、王宮の大広間を使って表彰式をやろうと企《たくら》んでいるそうな。

そんな面倒なもん、誰が出るか。一応、コーネさん経由で報酬はいらない、静かに暮らすのが褒《ほう》美《び》だ、って伝えてもらっている。なので、基本的に私の生活は前と変わらない。変わったのは、ユロ君が来なくなった事だけだ。早く仕事を終えて来てくれないかなー。

授業がないので午前中から聖水作製に勤《いそ》しんでいると、来客を告げられた。誰かと思ったら、金髪君だよ。単体とはまた珍しい。そういや、出張浄化旅行ではお世話になったのに、そのお礼も言っていなかったな。って訳で、今回はちゃんと応対する。

コーネさんに頼んで彼を応接室に通してもらった。私は作業着から、ちょっとしたよそ行き程度の服にお着替え。さすがに作業着でお客様に対応するのは憚《はばか》られる。

聖水を作る時の作業着は、コーネさんの力作のツナギです。こっちにはないらしいので、私の拙《つたな》い絵と説明で、何とか再現してもらった。やっぱり彼女は凄い。

部屋に行くと、相変わらず自室のようにくつろぐ金髪君がいた。長い足をこれ見よがしに組みおって。その長さが羨《うらや》ましい。

「お待たせいたしました」

これまでとは違い、取引相手を前にするイメージでビジネスモード全開だ。にこやかに接したら、何故か金髪君が驚いてる。……今まで長い事、塩対応だったからか。

「改めて、ラトジーグ領ではお世話になりました。ありがとうございました」

日本風だけど、きちんとお辞儀をして礼を言った。顔を上げると金髪君が慌てていたけど。

はて？

とりあえず私も腰を下ろし、コーネさんが淹《い》れてくれたお茶を飲む。コーネさんがいる時は、来客へのお茶出しは彼女が担当する。

ここの侍女さん達、彼等のファンが多いから。でも、階級的にコーネさんが一番上みたいで、彼女には逆らえないらしいんだ。平和で何より。

さて、いつも通り金髪君は何も喋《しゃべ》らないかと思っていたら、今日は話題を振ってきた。

「その……聖女は、その後体調などはどうだろうか？」

「おかげさまで、つつがなく過ごしております」

「そうか……」

それだけ聞きに来たのかと内心首を傾げていると、金髪君が居住まいを正して口を開く。

「その……今日は謝罪をしに来たのだ」

「謝罪……ですか？　一体、何に対して？」

金髪君に謝ってもらうような事って、あったっけ？　またも首を傾げていたら、金髪君が非常に言いづらそうに説明し始めた。

「謝罪は……その、か、賭けの件だ」

「賭け？　……ああ」

四人の中で、誰が私を落とすか賭けていたってやつか。これ、私が異世界から呼び出された聖女だから許せるけど、普通のお嬢様にやってたら大問題だ。

私の場合はどこの馬の骨とも知れない存在だし、何ならこの世界の人にとっては同じ人間のくくりにも入らないかもだし。

あれ？　そうすると、ユロ君にとっても、私は得体の知れない存在？　一応瘴気《しょうき》を浄化する実績は作ったけど、ただそれだけの存在という可能性も……

あの推しとそっくりの顔を歪《ゆが》めて、推しの声で「得体の知れない人はちょっと……」とか嫌そうに言われたら、生きていけない!!

「聖女？　大丈夫か？」

「え？　あ、ああ。ええ……」

いかん、ヤバい方に考えが傾いている。今それは考えちゃダメ。とりあえず、目の前の金髪君の話だ。

「ええと、賭けの件はもういいです」

「それは、許してくれるという事だろうか？」

「許すも許さないも、私にとってはどうでもいい事ですから」

うん、少なくとも、ユロ君にどう思われているかの方が大事。何か金髪君は青い顔で「どうでもいい……」とか言っているけど、チャラにするんだから、安心しなよ。

「その件に関しては、なかった事として対処させていただきます。今後は、同様の賭けなどなさらないように。どうぞご自身の本来の生活にお戻りください」

いつまでも若気の至りに躓《つまず》いていても、いい事はないぞ？　ただし、もう二度と人の心を賭けに使ったりしないように。

金髪君はそのまましばらく固まっていたけど、少ししてから、か細く「帰る……」と呟いて部屋を出ていった。一応、離宮の玄関先までお見送りはしたよ。

さー、これで聖水作製作業に戻れるぞ。集中してやる事があれば、ユロ君について考えなくて済むからね……


そんな風に思っていた頃も、ありました。

「本当にすまなかった!!」

翌日には、何と赤毛君が謝罪に訪れましたよ。赤毛よ、お前もか。彼の場合、金髪君以上にあれこれと語っていたものの、正直私にはどうでもいい事なんだよなあ。

なので、彼にも金髪君の時と同じような事を言ってご退室願いました。赤毛君も何やら肩を落としているんだけど、何なんだろうね？

よもや、今度は銀髪君が来るとか言わないよな？　……って、考えていたら、本当に来たよ。彼はいやにもじもじとしていたけど、やっぱり賭けの事を謝罪している。

君ら、示し合わせてここに来ているのか？

「その……今にして思えば何故あの時、あのような申し出を受けてしまったのか……」

それは君が面白そうだと判断したからでしょうに。優しげな外見とは裏腹に、結構腹黒なんじゃなかろうか、彼は。まあでも、ここでそれを指摘したりはしないよ。彼が腹黒だろうと何だろうと、私には関係ないんだから。

とはいえ、言うべき事は言っておこうか。彼の次って、残ってるのはあいつじゃん。

「あの、他のお二方にも言いましたけど、本当にもういいですから。謝罪もいりませんし、なかった事にしてください。もうこちらに来ていただく必要もありません」

「ですが！」

「必要ありません」

笑顔で畳みかける。だって、銀髪君で打ち止めにしておかないと、茶髪が来ちゃう。さすがにあいつを前にしてビジネスモードでいられるかどうか、自信がない。

結局、後ろ髪を引かれる感じで銀髪君も帰っていった。それを見送った後、コーネさんに言う。

「もし、明日茶髪が来たら、私は忙しいと言って追い返してもらえませんか？」

「わかりました。他の者にも徹底させます」

そうか。応対に出るのがコーネさんとは限らないんだ。そして他の侍女は、あの四人組のファンばかりだったっけ。ちょっと心配なものの、大丈夫ってコーネさんが請け合ってくれたから、お任せしておく。これで安心。

そういえば、私あいつの事を「茶髪」って呼んだけど、大丈夫かね？　コーネさんはわかっているみたいだし、問題ないか。さー、寝よ寝よ。

でも、その夜はユロ君の事をあれこれ考えていたせいで、寝付きが悪かった。


それからも、金髪君、赤毛君、銀髪君のローテーションで訪問がある。あ、茶髪は結局来なかったそうだ。それは嬉しいけど、こうも毎日入れ替わり立ち替わり彼等が来ると、またどこかのお嬢軍団が騒ぎ出すのではなかろうか。そっちが心配。

そして、ユロ君は現れない。まだ大司教とやらの用事が終わらないのかな……そろそろ彼（推し）の顔が見たいのに。何せ、声だけでなく顔まで推しのイメージそのままだからね！　おかげで新作シナリオやスチルを拝めなくても、何とか保っていられます。

だからお願い、その顔を私に見せに来て。そう願っているのに……

「聖女様、ドウソーン家のシード様がいらっしゃいました！」

嬉しそうに報告してくるのは、彼等のファンである侍女さんその一だ。彼女達は三、四人で固まっている事が多いので、固有名詞を覚えていない。大体の用は側にいるコーネさんに頼めば問題ないし。

そのコーネさんは、朝から王宮の方に呼び出されているらしい。だから他の侍女さんが報《しら》せに来たのか。シードというと、金髪君だな。彼も存外まめだなあ。そのまめさを他の令嬢に発揮すれば、あっという間に嫁など決まるだろうに。

それとも、やっぱりいい家のお坊ちゃまは親が結婚相手を決めるんだろうか。どのみち、私や侍女さん達なんかはお呼びじゃないと思うよ。

浮かれた様子で私の先導をする侍女さんその一の背中を見ながら、私は軽い溜息を吐いた。応接室で顔を合わせる金髪君は相変わらずキンキラしたイメージだ。ここで彼に会うのも、出張浄化以降三回目である。

今日彼が来たという事は、明日は赤毛君で明後日は銀髪君だな。きっちり輪番制なのは、やっぱり裏で取引しているからだとしか思えない。相手にそう思われる行動を取る辺り、考えが及ばないのかこちらをなめてかかってるのか。どっちもありそうなんだよなあ。

とりあえず、そろそろまた塩対応に戻りそうなので、いい加減来るのはやめてほしいんだけど。はっきり言った方がいいんだろうか？

そんな風にだらだらと過ごしていたら、何やら王宮の方では動きがあったようだ。金髪君達の輪番制での訪問が始まって約一月《ひとつき》。朝食の席でコーネさんから報告があった。

「一月後に、王宮で大陸会議が開かれるそうです」

「大陸会議……というと、確かこの大陸にある国全部でやる会議……だっけ？」

「はい。開催国もその度に違うのですが、今回はここマイエンドスで行われます。普通は開催を言い出した国で開かれるのですけれど、おそらく、今回の会議の議題が議題なので、この国になったのではないかと」

どうも、聖女をどうするかというのが議題らしい。つまり、私の今後をどうするかって事。

この間やった出張浄化に伴い、協力を仰《あお》いだ隣国ジュロス王国にいち早く聖水を輸出したけど、これに対して他の国が文句を言ってるのだそうだ。まさか、あれがこんな結果をもたらすとは。あの時は、その場を切り抜けるのに精一杯で、後の事まで考えていなかった。

これまではそれぞれの大使と交渉していたが、各国の要求が段々とエスカレートしているんだとか。で、結果的にどの国も聖女をこちらに寄越せ、と言い出したんだと。

そこで大陸中央にある一番の大国、ベリンサ王国が中心になって、今回の大陸会議が開催される運びとなったという。

あれ？　それを開催させない為の大夜会じゃなかったっけ？　私、出席しただけ損していない？もうね、人の事を何だと思っているのか。ものじゃないんだから、本人の意思を尊重していただきたい。

もっとも、この国も本人の了承を得ずに私を召喚したし、他の国も似たり寄ったりって事かね……いい加減、基本的人権を主張するぞゴルァァ。

とはいえ、いきなり聖女を巡って戦争が起こらないのは、四代目聖女の教訓があるからなんだろう。争い合った結果、大事な聖女が死んだんじゃあ元も子もない。

大変腹立たしいものの、戦争回避は大事だから大声で文句も言えない。でも、やっぱり他人に自分のこれからを勝手に決められるのは嫌だけど！

そんな中でも、輪番制度は生きているらしい。本日は金髪君です。

「大陸会議で、皆様お忙しいのではないんですか？」

身分があるんだから、忙しいはずだよな？　こんなところに来て女の面を拝んでる場合か。

一応、そういった本音は押し隠して愛想笑いで対応中だ。

「いや、そんな事はない」

「そうですか」

会話終了。それにしても、本当に金髪君は口が重い。赤毛君は喋《しゃべ》りすぎなところがあるけど、君はもう少し話題を提供する事を覚えた方がいいと思う。お喋《しゃべ》りな男は評価を落とすとはいえ、マンツーマンで喋《しゃべ》らない男も評価は低いぞ。

前に比べれば少しはマシになったかと思っていたのに、どうやら元に戻ったらしい。そう考えていたら、金髪君が席を立った。帰るのか、今日は早いな。

表面上はにこやかに玄関先までお見送りすると、いつもとは違って彼がこちらを振り返った。

「聖女、聞きたい事がある」

「何でしょう？」

そういう話は、応接室にいる間に済ませろや、と言いたいのを押し殺して先を促《うなが》すと、何やら言い淀《よど》んでいる。そんなに聞きづらい事を、使用人もいるこの玄関ホールで聞くか？

一体何を聞かれるのやら。構えていると、やっと決心したらしい金髪君が口を開いた。

「聖女は、大陸会議に出たいと思うか？」

「はあ？」

間の抜けた声が出たのは、仕方ない。何でいきなり会議出席の話になるのやら。呆然としていると、金髪君は何やら言いにくそうに続ける。

「……今回の大陸会議で、聖女の今後が決まると聞いている。自身の身の振り方を、知らぬ場所で決められるのはいかがなものかと思ったものだから」

そういう意味か。肝心な部分を端折《はしょ》るから理解不能になるんだよ。でも、内容には賛成だ。正直、これを金髪君の口から聞くとは思わなかったけど。

「仰《おっしゃ》る通り、自分の与《あずか》り知らぬ場所でもののようにやり取りされるのは嫌です。ですが、そう簡単に出席出来る会議なのですか？」

そう、そこが大事。国の代表が集まって話し合う場に、勝手に入り込んだりは出来ないよなあ。会社の会議だって、関係者以外立ち入り禁止だよ。

私の言葉を聞いた金髪君は、意を決したようにこちらに向き直った。

「私が何とかする」

いや、何とかって……本来なら、ここで「まあ、素敵！　私の為にそこまで」ってなるべきなんだろうけど、具体案はあるのかい？　結果、会議に出られなかった場合、「自分の力が及ばず」とかって謝罪されるんだろうか。無責任じゃね？

私が黙り込んだ事をどう解釈したのか、金髪君は「任せておけ」と言って帰っていった。非常に不安だ。

そして、翌日には赤毛君が、さらに翌日には銀髪君が来て、金髪君と似たような事を言って帰っていく。揃いも揃って、「任せろ」だけかい！　そろそろ愛想笑いも剥《は》がれそうなんですが。

ただ一つ良かったのは、会議に出席する準備とか言って彼等の訪問がなくなった事だ。

そんなストレスフリーの状況を楽しんでいられたのは、わずか三日だけ。何と、沈黙を破って茶髪がやってきた。それを聞いた私はコーネさん相手に首を横に振る。

「忙しいって言って」

「そう申し上げたのですが、居座られました。申し訳ございません」

茶髪め、コーネさんを押しのけて離宮に入り込んだらしい。離宮には護衛の兵士もいるんだけど、自国の上位貴族のお坊ちゃま相手では腰が引けるようだ。

リーマンは上にはなかなか逆らえない。その辺りはよくわかる……仕方がないので、とりあえず帰れと言う為に、茶髪がいる応接室に向かった。

久しぶりに見る茶髪は、少しやつれている。いつもの傍若無人さもなく、意気消沈という様子だ。何かあったのかとは思うけど、こいつの事情など知った事かい。

「招かれてもいないのに、ずかずか入ってくるのは作法に反するのでは？」

部屋の入り口、腕を組んで言った私を、茶髪は怯《おび》えた目で見てくる。ちょっと、まだいじめてもいないのに、そんな罪悪感を煽《あお》る目で見るの、やめてよね。

思いきり顔をしかめてしまった私に、茶髪が小声で力なく「ごめんなさい」と言った。その時の、私の驚きったらない。

何せ、いつも人を見下した目で見て、いちいち「ぷっ」って噴き出す仕草を見せていた、あの茶髪だから。本当に、どうしたんだ？　とりあえず、さっさと追い出したくとも無理そうなので、少し対応する事にした。塩対応は変わらないけどな。

で、いざ腰を下ろして相対しても、茶髪は顔も上げずにずっと俯《うつむ》いて黙ってる。……金髪君を見習ってでもいるのか？　どうせ見習うなら、まだ銀髪君の方がよくないかな。

そのまましばらくいたものの、結局、謝罪の言葉以外は何も話さずふらふらと帰っていった。ただ単に、謝りに来ただけ？

茶髪の訪問後は、本当に誰も来ない日が続いた。気付けば出張浄化から帰ってもう一月半、もう半月程度で大陸会議が開かれる。そうか……一ヶ月半もユロ君の顔を見ていないのか。毎朝毎晩推しのスチルは拝んでいるけれど、最近それでは満足出来ない自分がいる。

現実に、推しのイメージそのままの人がいるとは思わなかったからなあ……なのに、それを知った途端会えなくなるとか、どんな罰ゲームだ。

おかしい。ちゃんと出張浄化も完了させたし、何もヘマはやっていないはずなのに。お土産《みやげ》でもらったフルーツのシロップ漬けをおやつに食べながら、理不尽さに文句を言いたくなった。

大体、大司教ってあの召喚の場にいたじじいだよね？　私に多大な迷惑をかけてる癖に、何を偉そうにユロ君を私から引き離しているのか。いい加減に返せ。あんまりユロ君欠乏症に陥《おちい》らせると、聖水作る気がなくなっちゃうぞ。

本当にそう言って脅《おど》せれば楽なのかもしれないけど、どうにもそういうのは向かない質《たち》だ。しかも、働かざる者食うべからずの精神が染みついているから、居候《いそうろう》している以上は何かで貢献せねば！　ってつい思っちゃう。

あー、ユロ君に会いたいなあ。推しにそっくりなあの顔を見て、あの声を聞きたい。思わず大きな溜息が出てしまった。

第六章　大陸会議

朝から何やら離宮の周辺が騒がしいなあと思ったら、今日から大陸会議が開催されるそうです。

うん？　今日から？

「会議は一日で終わるものではありません。今日から十日間行われるのは、予備会議と呼ばれるものです」

首をひねっていた私に、コーネさんが説明してくれた。いわゆる本会議で話し合う議題を詰めたり、各国間での根回しをしたりの時期に当たるらしい。予備会議に十日、本会議に十日、計二十日間使うそうだ。

「それはわかったけど、どうしてそれで離宮の周辺が騒がしいの？」

「それが、各国代表から聖女様への面会申込みが殺到しておりまして」

騒がしくしているのは代表達が差し向けた使者達だとか。聖女は離宮で静かに暮らしているので、それを妨げないように、という話は通しているけど、使者としても「はいそうですか」と主のもとに帰る訳にはいかないそうな。

まあ、瘴気《しょうき》の浄化が出来る唯一の人間となれば、そりゃあ、どの国も喉から手が出る程欲しいだろうよ。特にウーバンの森の件は各国に話が回っているとの事だから、使者が焦るのもわかる気がする。自分の国に瘴気《しょうき》の塊《かたまり》があったら、聖女の力が必要になるもの。

それで、本会議が始まる前に自国をアピールしておこうという魂胆《こんたん》なのだろう。離宮に押しかけてくると逆効果です。誰か、それを彼等に教えてあげなよ。

大体、大陸会議で私の処遇を勝手に決めても、私が受け入れるかどうかはまた別の話なのではなかろうか。あんまり押し付けが強いと、シロに頼っちゃうぞ？

まあ、奴に頼んだところで、本当に精霊界に行けるかどうかも謎だし、そこから日本に帰れるかどうかも全くわからないがな。

「もういっそ、大陸会議に私も乗り込むのはどうだろう？」

「議場まで、たどり着けないかと思われます」

コーネさんに一刀両断されて、さすがにへこんだ。そうかー、やっぱダメかー。でも私自身の主張はしたいんだけど。

その日の夕刻、王宮からおっさん国王の使者が来た。

「聖女様におかれましては、まことに遺憾《いかん》な事かと存じますが……」

額《ひたい》の汗をふきふき使者が言うには、各国代表からの圧力がおっさん国王の予想以上になり、このまま聖女を離宮に置いておけなくなりそうだ、との事だった。

それって、王宮に移って代表達と会えって意味かね？　私がそう尋ねると、使者はさらに汗を拭き出して「まことに遺憾《いかん》ながら……」と肯定した。遺憾遺憾《いかんいかん》って、どこぞの政治家じゃあるまいし。

居候《いそうろう》の身としては、大家が窮地《きゅうち》に立っているなら少しは譲歩してもいいかなと思う。いや、よく考えたら大家と店子《たなこ》の関係ではなく、誘拐犯と被害者だった。

そうは言っても、ここに来なければ経験出来なかった事もあったからなあ。まだおっさん国王やじじい大司教を許した訳ではないけれど、ちょっとは協力してやるか。

急な話だが、その日の夕食前には離宮を出て王宮へ移る事になった。何でも、夕食は晩餐《ばんさん》会に出てほしいんだって。もう、習った作法はすっからかんに忘れているんですが。

その辺りはあまり気にしないので、と言われて、結局出席する羽目になってしまった。晩餐《ばんさん》用のドレスに着替え、開催される広間へと向かう。

ところでコーネさん、このドレス、いつの間に仕立てたんですか？　見覚えないんですけれど。ラトジーグ領から帰ってすぐ？　ああ、そうですか……。そういえばこの布地、ラトジーグ卿《きょう》にもらったものだよ……

晩餐《ばんさん》用のドレスは夜の装《よそお》いだからか、夜会の時のように襟ぐりがガッと開いてるデザイン。夜会の時と違うのは、スカートの広がりがない事かな。おかげでこれも軽い。

色は白から薄い青へのグラデーション。そこに銀糸で細かい刺繍《ししゅう》が入っている。色に関しては、コーネさんに話した元の世界の布地がアイデアの元だそうな。

そういえば、こっちではグラデーションで染められている布って見た事なかった。それを言ったら、「職人が張り切りました」ってコーネさんが大変いい顔をしていたな。

無理をさせたのではないかと一瞬青くなったけど、どうも職人達は新しい染めの考え方に大変刺激を受けたとか。さすがだ、職人。

髪は高い位置で一つにまとめて髪飾りをつけている。この飾りも、実はラトジーグ卿《きょう》にもらったもの。土産《みやげ》の荷物の中に紛れ込んでいたらしい。表だって渡すと私が拒否するからって、そういう手を使ったようだ。ちなみに、入れ知恵したのはコーネさん……

案内された広間は、以前大夜会が開かれたのとは別の場所だ。あちらの半分くらいの広さで、細長いテーブルが置かれていて既に来客が着席している。紹介されながら案内された席は、何とおっさん国王のすぐ側。うへえ……料理の味がわからなくなりそう。

晩餐《ばんさん》会自体は和《なご》やかに終了した。心配していた作法に関しては、大夜会程かっちりしたものではなかったので助かった感じ。

食事の後は場所を移して歓談……という名の、改めての各国代表のご紹介。てっきりどの出席者も大使なのかと思っていたら、王族だった。挨拶《あいさつ》の度に大夜会の際に叩き込まれた礼を執《と》るのも疲れる。しかも、みんな判で押したみたいに同じ事を口にするし。

「我が国にも、ぜひいらしていただきたい。さすれば、どのような望みも思うがままです」

言葉は違うけど、大体こんな感じ。隣で聞いてるおっさん国王が涼しい顔をしていられるのは、私の望みを知っているからだ。

私の望みは、日本に帰る事。多分、ここにいる誰も私の望みは叶えられない。でも、それを他国の王族達は誰も気付かないんだ。おそらく、彼等は私が金銀財宝を望むと考えているんだろう。

お金はあった方がいいとは思うが、こっちだと使う場所がない。日本にいた時は宝くじの一等前後賞当たれー！　って祈ってた。使い道は山程あったし！

宝石もドレスもいらない。服に関しては、清潔なものを着られればいいや。もっとも、浄化って実は瘴気《しょうき》だけでなく単純な汚れも落とすので、清潔に関しては問題なかったりする。空気清浄機能、レーザー治療機能ときて、洗浄機能まで搭載した聖女の謎パワーです。

次から次へと紹介される王族達に辟易《へきえき》し始めた頃、変わり種な人を紹介された。

「こちらは教皇庁を統《す》べる御方、教皇マユエスト三世聖下だ」

「お初にお目にかかります、聖女様」

初めて、国の代表に「様」付けされてしまいました。これまでは「聖女」か「聖女殿」だったから。隣のおっさん国王も聖女呼びだ。

紹介された教皇マユエスト三世は、温厚なおじさんといった感じ。でも、その眼光はなかなか鋭い。私にしてみれば、大司教じじいのさらに上か、という認識しかなかったけど。

彼は笑みを浮かべながら、私に囁《ささや》いた。

「聖女様には、ぜひとも我が教皇庁に来ていただきたい。そこでなら、あなたの力を正しく使えるでしょう」

私の力……聖女の謎パワーを正しく使える、か。他の代表とは違う切り口だ。それだけでも、注目に値《あたい》する。教皇聖下の株が私の中でちょっとだけ上がった瞬間だった。

本来なら「お前の力を正しく使ってやるよ、それが出来るのは俺だけだぜ？」的な発言って株が下がるところだけど、今回は少し違う。

聖女の謎パワーを正しく使うって事は、一国だけで終わらせず大陸全土の浄化を目指すって事でいいんだよね？　予備会議はまだ続くらしいから、明日にでもこっちから教皇に面会を申し込んで、突っ込んで色々聞きたい。

そんな私の予定をぶち壊す連中は、呪われてしまえばいいと思う。翌日、王宮内の一室に集《つど》った各国代表は、我先にと私の前に進み出た。

「聖女殿！　我が国にはそれは珍しい宝石がございまして」

「いやいや、聖女殿、我が国には余所《よそ》にない素晴らしい毛皮を持つ動物がおります。この毛皮をぜひ」

「我が国には大陸に誇る塔がございましてな。ぜひ一度ご覧いただきたく。もちろん、いつまでも滞在していただいて結構ですよ」

「我が国では他に類を見ない織物を生産しております。持参いたしましたので、ぜひ一度お使いいただきたく。お気に召したならば、我が国にいらしていただいた折にいくらでも」

「聖女殿」

「聖女殿」

「聖女殿」

「ぜひ我が国にも、そのお力を」

朝っぱらからこちらの都合も考えず押しかける各国代表に、一回話を聞けばおとなしくなるかと思っていっぺんに会ったらこれ。こんな事ばかり聞かされたら誰だって疲れる。コーネさんに目配せして、聖女は本日疲労により面会は謝絶とさせていただきました。

もう、今日は教皇聖下に話を聞きに行こうと思っていたのに！　ぷりぷり怒る私に、コーネさんがそっと耳打ちしてきた。

「聖女様、面会を希望する者が来ました」

私が不機嫌な時に面会の取次ぎをするなんて、コーネさんにしては珍しい。でも、先程までの精神的疲労でもう誰にも会いたくない。

「えー？　今日は疲れたからまた今度で――」

「ユロ司祭です」

「え⁉」

ユロ君⁉　それなら話は別！　早く通して！

約二ヶ月ぶりに見るユロ君は、少しやつれていた。それでも、推しにイメージそっくりなその顔は健在だ。

「ご無沙汰《ぶさた》しております、聖女様」

「うん、久しぶり。元気だった……って訳でもなさそうだね」

「ははは」

たった二ヶ月、されど二ヶ月。何だか、この空気感が凄く懐かしく感じる。ユロ君とは、出張浄化以降の事をお互いにぽつぽつと語り合った。

どうやら、彼は大司教のもとにいたのではなく、教皇庁に呼び出しをくらっていたそうだ。そこであれこれ尋問を受け、今回マユエスト三世のお供という形で再びマイエンドスの地を踏んだんだって。

尋問と聞いて驚いたけど、教皇庁側はどうやら出張浄化の詳細を聞きたかったらしい。特に、瘴気《しょうき》の塊《かたまり》の事を。

「実は、各国の教会から教皇庁に、例の瘴気《しょうき》の塊《かたまり》と同じものの報告が複数ありました」

「それって、あの森と同様聖水が効かない場所が、他にもあるって事？」

「ええ。そうなると、どうしても聖女様にご足労いただかなくてはなりません」

その辺りの調査の段取りとか諸々の根回しとかに奔走《ほんそう》させられて、ユロ君もここしばらくは大分疲労が溜まっていたそうだ。お疲れ様。ゆっくり休んでって言いたいけど、教皇のお供じゃそうもいかないんだろうなあ。

ふと、ここで聖女の謎パワーを使ったらどうなるんだろう、と思いついた。何せ謎パワーは、私の意思によって発揮される事が多い。案外効くんじゃね？

私は、黙って手を伸ばし、ユロ君の頭に乗せた。

「聖女様？」

突然の事に目を白黒させるユロ君に構わず、私は目を閉じて心の中で祈った。ユロ君の疲れが癒《い》やされますように。疲れが吹き飛びますように。痛いの痛いの飛んでいけー。

そうしたら、ふっと私の体が軽くなった。目を開けると、ユロ君が白く輝いているのが目に入る。

これは、効いたかな？　自分が輝いているとわかったのか、驚いた顔で自身の体を見下ろしていたけど、ふと気付いたように呟いた。

「体が軽い……」

うん、疲れが溜まると、体が重く感じるもんね。これは彼の疲労を癒《い》やせたって事でいいのだろう。本当に、色々出来るな聖女の謎パワー。

今まで散々側でそれを見てきたユロ君だけど、今回の疲労回復には改めて驚いたらしい。しばらく自分の手を見つめていたかと思うと、重い溜息を吐いた。

「……聖女様、この事は誰にも話さない方がいいと思います」

「ですよねー」

色々出来るとなると、聖女の価値がまた上がっちゃう。今でもあれこれ周囲が騒がしいのに、これ以上にうるさくなるとか耐えられん。とりあえず、この件は私とユロ君と、部屋に控えていたコーネさんの三人だけの秘密となりました。

今日はご挨拶《あいさつ》まで、という事でユロ君は教皇に割り当てられた区域に戻るそうな。

「また来てくれる?」

「そうですね。予備会議の間は、私も少しは時間が取れると思います」

良かった。ユロ君の笑顔も前通りだから、何も心配する事はないね。あ、そうだ。教皇に話を聞きに行くのって、彼に頼めばいいんじゃなかろうか?

「ユロ君、ちょっとお願いがあるんだけど……」

そう言い置いてから告げた内容に、彼は驚いていた。そんなに驚く事かね?

「わかりました。早速聖下にご報告いたします。結果は、数日中にはお知らせ出来るかと」

そうして、せっかく癒《い》やしたのに、また疲れたような表情をしたユロ君を見送った。

翌日、朝から各国代表に押し切られる形で会見開始。人が多い中、ユベール聖皇国の使者が優雅に私のもとまで来たのは見物《みもの》だったな。あの国の使者は神職なので、着ているものですぐわかる。

「教皇聖下より言付《ことづ》かって参りました。聖女様のご都合に合わせますので、いつでもおいでくださいとの事です」

その途端、周囲がざわついたのは当然か。使者の言葉を聞けば、どちらから会見を申し込んだかわかるからね。にしても早い。ユロ君は数日と言っていたのに、翌日に来るとは。でも、仕事が早いのはいい事だ。

なので、私も速攻で教皇聖下のもとを訪れる事を決めました。

「わかりました。教皇聖下には、お願いを聞き届けていただき大変感謝しております。出来ましたら、本日中に伺いたいのだけれど、大丈夫かしら?」

小首を傾げた私に、使者は鷹揚《おうよう》に頷く。という訳で、その日の午後に決定ー。


「よくおいでくださいました、聖女様」

晩餐《ばんさん》会の時同様、穏やかな笑みで私を出迎えた教皇聖下と、彼の後ろに侍《はべ》るユロ君。私には、コーネさんとシロが付き従っている。ちなみにシロは私の腕の中。

シロを連れてきた事については、昨日ユロ君が来てくれた時に確認済み。教会としては精霊の存在を認めていないって聞いていたからどうかなって思ったけど、ユロ君としては教えて問題なしとの事。実際、教皇聖下は私の腕の中のシロを興味深そうに眺めているけど、嫌悪の情は感じない。

本当なら、教皇であり一国の国主なんだからもっと周囲に人がいてもおかしくないのに、人払いをしてくれたんだと思う。細かいところで気配りの出来る人だな。

それが好意から来るものでも、打算でもいい。こちらの都合を考えてくれるというだけで貴重だよ。本当に、各国代表とかこの国の連中とか、こっちの都合を考えないやつらが多すぎ。

促《うなが》されてソファに腰を下ろすと、教皇聖下が先に口を開いた。

「さて、不躾《ぶしつけ》ながら前置きというものが苦手なのです。私に聞きたい事があるのだとか。どのような事でしょうか？」

単刀直入だな。でも、こんなところも嫌いじゃない。形式が必要な場合もあるけど、周囲に人がいないのなら、変に遠回しに聞かれるよりも余程好感が持てるってもんだ。

なので、私も率直に聞く事にした。

「聞きたいのは二つ……一つは確認です。聖女の力を正しく使えるって仰《おっしゃ》ってましたけど、それは大陸の全ての国の瘴気《しょうき》を浄化するつもりだと解釈していいんですよね？」

「無論です」

良かった。ユベール聖皇国ではなく、教皇庁と言ったから多分大丈夫だと思っていたが、確認は大事だから。国を前面に出されたら一国の利益優先と解釈するけど、宗教を前面に出すのなら信者全ての利益優先になるはず。私の読みは正しかった。

さて、じゃあもう一つの方も聞いておこうか。

「二つ目です。聖女を教皇庁が手に入れた結果、あなた方が得られる利益って、何ですか？」

私の言葉に、教皇聖下は虚を突かれたようにきょとんとした。一方、彼の後ろに立つユロ君は青くなってあわあわしている。

数瞬後、教皇聖下はくつくつと笑ったかと思うと、とうとうお腹を抱えて笑い出した。ひとしきり笑った後、目尻に溜まった涙を指先で拭《ぬぐ》いながら答える。

「聖女様は、なかなか愉快な方だ」

そんなに笑う程か。教皇聖下は笑いを治めて、先程と同様に柔和な笑みを浮かべた。

「我らの利益ですか。……私はね、この大陸における教会の地位を押し上げたいのですよ」

「教会の地位？」

「そうです。今のところ、教皇が聖皇国の皇王を兼任している為に各国王族と対等に付き合えますが、教皇という立場だけではそうはいきません。私は、教皇という立場だけで彼等と対等に渡り合える力が欲しいのですよ」

宗教組織の地位は、私が思っているより低いんだ。だから教皇聖下は、聖女＝私の力を使って、その地位を押し上げたい。

大陸全土の瘴気《しょうき》の浄化を教皇庁主体で推し進めれば、各国の民衆の支持も今以上に得られる。聖女を召喚したのがどの国かなんて、民衆には関係ない。その聖女を使って、どこが自分達を助けてくれたかが重要って事か。

相手が手の内を教えてくれたのなら、こちらも本音で対応しないとな。

「では、教皇聖下はその見返りとして、私に何をくださいますか？」

義務には権利を、労働には報酬を、浄化にも何らかの見返りがないといけない。そうでないと、私からこの世界の人への施《ほどこ》しか奉仕になっちゃうから。それはちょっと違う。

聖下も、その辺りは理解していると思うものの、どうだろう？　これで他の国の代表のような事を口にするなら興ざめもいいところだけど、多分この人は言わない。

聖下は柔和な笑みはそのまま、しばらく黙った後、軽い溜息を吐く。

「ユロからも色々と聞いていますが、本当に一筋縄ではいかない方ですね」

「そうでしょうか？」

ただの一般庶民です。趣味がオタクなだけの。職業も中小企業のＯＬだし、特筆すべき特技もないし、資格もそんな特別なものは持ってませんよ。

そんな内心はおくびにも出さず、教皇聖下の次の言葉を待つ。彼は、静かに口を開いた。

「あなたの望みのままに、とは言えませんね。あなたの一番の望みは元の世界に帰る事でしょう？それはさすがに無理です。我々に出来るのは、聖女を召喚するのみ。送還の術式は伝わっていないのです」

やっぱりそうなんだ……。これで日本に帰れる可能性が一つ潰《つい》えた。召喚された時、じじい共が言っていたのは、送還方法がないって意味だったんだね。

「方法はあっても、元の世界に帰った聖女はいない」って可能性に賭けていたんだけど……まあ、いいか。望みは捨てずに、最後まで足掻《あが》くまでよ。

なんと言っても、シロ経由のルートがあるかもしれない！　……まあ、ユロ君という、推しのイメージそのままの三次元がいるから、ちょっと揺らいでますが。

でも、やっぱり二次元が至高！　そんな私に、教皇聖下が穏やかに提案してきた。

「こちらが提供出来るのは、日々の平穏な生活と、ほんの少しだけ裕福な着るものと食べるもの、住む部屋程度ですよ」

「のった！」

「は？」

「それでいきましょう！　いやあ、平穏ってところが一番いいですね！」

教皇聖下も彼の背後にいるユロ君も目を丸くしているけど、私が望むのなんてその程度なんだ。

誰も彼も勘違いしているみたいだが、何も贅沢《ぜいたく》したい訳ではないんだって。人間、生まれ育った環境と似たような場所で過ごすのが一番だから。

庶民生まれ庶民育ちの私には、庶民の生活が似合ってる。世話だって、人に焼いてもらう必要はあんまりない。……誰だ？　その割にコーネさんへ世話かけっぱなしとか言ったのは。私の良心です、ごめんなさい。でも、普通の生活なら世話してもらう必要はない……はず。

だから、周囲に煩《わずら》わされない平穏な生活っていうのが一番大事。

「いやあ、さすが教皇聖下、わかってらっしゃる」

「ははは、私にはさっぱりですよ」

「またまたあ」

ユロ君が青くなりながら「教皇聖下に対して、そのような！」とか言っているけど、気にしない。こちとら世界に唯一人の聖女様だ。

その後もしばらく教皇聖下とお話しする。ちなみに、「聖女様」呼びは嫌だったので、本名の「彩香」で呼んでもらう事にした。

「じゃあ、基本は教皇庁にいて、必要に応じて各地に出張浄化しに行くって形ですか？」

「出張……まあ、そうなりますね。彩香殿の一番の仕事は、瘴気《しょうき》の浄化ですから」

「それと、教皇庁にはシロも連れていきたいんですけど、大丈夫ですか？」

「問題ありませんよ。教会としては精霊はいるともいないとも明言していませんので」

「そうなんですか？」

「ええ。偽典《ぎてん》の存在は否定していますが、精霊の存在そのものまでは否定も肯定もしていないんです。はっきり言わなければ、いくらでも誤魔化しようがあるでしょう？」

「ぶふっ！　さすが教皇聖下」

「ふふふ、この地位にいると、こういった小細工は得意になっていくんですよ。その分、神の道からは遠ざかっているように感じるのですけどねえ。それが一番の悩みです」

「ああ……」

腹黒い事って、組織を守ったり大きくしたりする時には必要だけど、清廉《せいれん》とは程遠いから神職としては思うところがあるんだろうね。

教皇聖下の背後に立つユロ君は、もう思考停止した様子で、乾いた笑いを貼り付けたまま黙って立っている。彼も神職だから色々あるんだろうよ。とりあえず、私としては気持ちのいいギブアンドテイクが成り立つ相手は大歓迎だ。


結局、聖下のところに長々と居座ってしまった。そろそろおやつの時間を通り越して夕食の時間だと思ったので、お暇《いとま》しようと腰を浮かせた途端、大きな爆発音が辺りに響く。

「な、何⁉」

「今のは……」

呆然とする私と教皇聖下を置いて、ユロ君が真っ先に部屋を飛び出した。

「見てきます‼」

いや、君が行ってどうするの！　そう思ったけど、彼の姿はもう見えない。は、速い。

「聖女様と教皇聖下は、このまま室内でお待ちください」

そう言ったのはコーネさんだ。こんな時にも落ち着いている姿は、侍女の鑑《かがみ》だと思う。

王宮内で爆発があったらしく、廊下が騒がしい。じわじわと不安を感じていると、聖下の呟きが耳に入った。

「これは……少しまずいかもしれない」

「教皇聖下？」

「彩香殿、ユロから聖女の存在を否定する連中がいる事はお聞き及びかと思います」

「ええ……確か、浄化否定派とか終末派とか呼ばれているって……」

「ええ、おそらく、今回の爆発騒ぎも彼等の仕業《しわざ》かと……しまった！」

いきなり叫んだ教皇聖下は、立ち上がるとコーネさんに指示を出した。

「連中の目的は聖女、彩香殿の命である！　この部屋の防備を固めよ‼」

「はい‼」

ええ⁉　どういう事⁉　おろおろする私は、教皇聖下にひっつかまってそのまま部屋の中央付近に。コーネさんは何と長椅子を持ち上げて扉に立てかけ、他にもチェストやら重そうなテーブルやらでバリケードを築く。シロはいつの間にか私の肩に移動していた。

その後は窓に近寄り外を確認してから、分厚いカーテンを引く。途端に部屋の中が暗くなったので、コーネさんがすかさず明かりをつけてくれた。そんな中、椅子を集めて、三人で入り口から一番遠い壁際に集まって座る。廊下からは、まだ騒ぎが聞こえてきた。

「このまま、ここで騒動が過ぎるのを待った方がいい」

そう言う教皇聖下の表情はとても厳しい。聖下によれば、あの爆発騒ぎは陽動で、私を目標に襲撃してくる連中が本隊だという。だから慌てて動くより、ここの守りを固める方がいいって事らしい。

命を狙われている事で、怒りより恐怖が勝っていた相手だが、今は怒りの方が強い。あの爆発で怪我人が出ているだろうし、もしかしたら死者も出ているかもしれない。人を傷つけてまで押し通す理想など、誰が認めるか！

それに、瘴気《しょうき》の浄化が出来なくなったら、きっと大勢の人達が苦しむ。あのラトジーグ領のように。そんなの、絶対に許せない。これは、この世界におけるテロ行為だ。

「テロ、許すまじ」

思わず呟いたけど、多分聖下もコーネさんも意味はわかっていない。私の握り拳が震えているのを見て、怖がっていると思ったのか、コーネさんが優しく声をかけてきた。

「聖女様、ご安心を。この命に代えましても、必ず聖女様をお守りいたします」

「コーネさん……いやいや、コーネさんは侍女さんなんだから、危ない事はしちゃダメ」

これまでにもたくさん頼っておいて今更だけど、私より年下のお嬢さんなのに。でも、コーネさんは引かない。私とコーネさんのやり取りを見ていた教皇聖下は、ふっと笑った。

「彩香殿、問題はないよ。彼女は、元々教皇庁の人間だ。それも、荒事専門のね」

「はえ？　え？　だって、コーネさん、王宮の侍女さんですよ？」

荒事専門の教皇庁の人間って、何？　大体、なんで宗教組織に「荒事専門」の部署があるの！　おかしいでしょうが!!

混乱する私に、聖下は少しだけ悲しそうな顔をした。

「『黒の修道会』と呼ばれる者達でね。大陸各国に入り込んで、教会の為に活動している。この国ではコーネがそれだ。彩香殿が召喚されてから、彼女にはあなたの護衛を命じておいたのだよ」

そう言ってコーネさんを見る教皇聖下にあわせて彼女を見ると、無言のまま頷いている。今の話が、本当って事？　あんぐりと口を開けていると、段々廊下の騒ぎが大きくなってきた。何か、金属同士がぶつかり合うような音まで聞こえる。

教皇聖下が扉の方を見た。

「いかんな、ここまでたどり着いてしまったか」

たどり着いたって、例の終末派だか浄化否定派だかいう連中ですか？

「外に出て刈り取ってまいりましょうか？」

何を⁉　ねえコーネさん、何を⁉

「いや、この部屋を手薄にしたくない」

教皇聖下もさらっと流さないでえええ！

そんな私を余所《よそ》に、二人はとりあえずこのまま様子見をし、敵が入ってきたら応戦するという方針を話し合っていた。

ああ、凄い冷静な二人なのに、さっきまでの私の怒りのボルテージを超えるエネルギーを感じる。

これ、私はついていけるのか？

気が遠くなりかけた時、シロが私の耳にこそっと囁《ささや》いた。

「にゃあに、いざとなったら我が輩が精霊界への門を開くのにゃ。そうすれば、聖女の命は助かるのにゃ」

おお、その手があったか！　……って、聖女の命「は」？

「あの二人は？」

「精霊界に連れて行けるのは、聖女だけなのにゃ」

それは、私にこの二人を見殺しにしろという事？　即答出来ない私に、シロは続けた。

「あの二人も聖女を利用するだけにゃ。だったら、聖女の為に命を落としたところで本望なのにゃ」

その言葉に、かっとなった。

「ふっざけんな！」

肩にいたシロだけでなく、教皇聖下やコーネさんもぎょっとした顔でこちらを見ている。

私はガッとシロを両手で拘束《こうそく》した。

「見殺しになんて出来るか！　そんな勝手な事を言ってると、聖水分けてやんないよ⁉」

「にゃにゃ！　それは困るのにゃ！」

慌てふためくシロに、またしても怒りが湧き上がる。そりゃ、瘴気《しょうき》を浄化出来る唯一の存在なんだから、大事なのはわかるよ？　でも、私の心も同じように大事に扱っちゃくれませんかねえ⁉

それを言うのは我《わ》が儘《まま》なのかなあ⁉

どうにも出来ない怒りを感じていたら、とうとうこの部屋の扉が突破された。あのバリケードを突破したらしい。マジで⁉

扉の吹っ飛び具合から、爆弾か何かを使ったのかと思ったけど、聖下がぼそりと「魔法か」と呟く。攻撃系の魔法は初めて見た。壊れた扉からなだれ込んで来たのは、剣を持つ男が十人近く。その中から、二人程こちらに歩み出た。

あの連中、黒い靄《もや》を纏《まと》ってる。って事は、瘴気《しょうき》まみれって事じゃないか。なんつーもんを持ち込むんだ！　バイオテロか！　……ん？　瘴気《しょうき》は生物じゃないから「バイオ」にならないのかな。

そんなどうでもいい事を考えていたら、男達が叫んだ。

「ここに隠れていたのか！」

「見つけたぞ！　我らの悲願の為、貴様の命はいただく！」

あ？　何を勝手な事言ってんだ？　状況も忘れて、思わずイラッとした。その時、部屋に飛び込んできた影がある。ユロ君だ！　……っと、四人組も一緒か。

「遅くなりました！」

「貴様等、おとなしく縛につけ！」

「聖女に傷一つつける事は許さん」

「女性の前で、なんと野蛮な……」

「お前等、面倒だからとっとと消えな」

何か一名、性格変わってるのいないか？　心なしか、顔つきまで違うんだけど。何があった？　茶髪。

私と教皇聖下の前には、コーネさんが私達を守るように立っている。その姿をちらりと見たユロ君が、一歩前に出て侵入者達に言った。

「今ならまだ間に合います。武器を捨てて投降してください」

だが、それに従う侵入者達ではない！

「そんな言葉に乗るか！」

「我々は決して貴様等に下ったりはせん！」

侵入者がそう言い放つ間にも、扉からは続々と武装した兵士達が入ってくる。これ、侵入者達に勝ち目はないんじゃないか？　といって、自棄《やけ》になってこっちに攻撃を仕掛けられても困る。コーネさんに危ない真似はさせたくない。

というかコーネさん、しっかりナイフを構えているんですが、いつ、どこから出したんですかそれ。

つい彼女の手元のナイフをガン見していた私の耳に、侵入者達の声が届く。

「この世界は穢《けが》れている！　だからこそ、神は瘴気《しょうき》で世界を浄化しようとなさったのだ！」

「その神のご意志に反する聖女など、存在すら許されん！」

「あぁ？」

あまりの言いぐさに、内心だけでなく口から声が出ていた。瘴気《しょうき》で世界を浄化するのが神の意志？　あのウーバンの森で見た異常な動植物が、神の意思だと言うのか。その瘴気《しょうき》で苦しんでいる人達が大勢いるのも、神の意志とやらなのか。

「現場見てからもの言えや……」

連中には、瘴気所以《しょうきゆえん》の傷や体調不良など見られない。瘴気《しょうき》の悪影響を知らないからこそ、あんな頭の沸いた事が言えるんだよねえ？

「聖女など、この世界にはいらぬのだ!!」

侵入者の最後の一言が引き金になった。

「やっかましいいいいい!!」

私の叫びと共に、部屋の中に轟音が轟《とどろ》いた。雷が落ちた時みたい。その余波か、私の肌もぴりぴりしてる。

轟音の直後、侵入者達は全員倒れた。うめき声を上げているけど、どんだけ苦しかろうが自業自得だ。自分達の主義主張を通す為に人を簡単に殺そうとするようなクズ、命があるだけでもありがたいと思え！

「さっきから聞いてりゃ勝手な事をべらべらと！　あんたらが崇《あが》め奉る瘴気《しょうき》が、人々にどれだけの苦しみを与えてきたと思ってんの!!」

「そ、それこそ神のご意志――」

「誰がそれを神から聞いたのよ？　あんたか!?」

「わ、我々には神の言葉を聞く者が――」

「それが神の言葉だって、誰が証明してくれるの？　証拠はどこよ!?」

「神の言葉を疑うか!!」

「疑ってんのはあんたとあんたの仲間についてだ、ボケ！　大体、誰も聞いた事がない神の声なんて、あんたらごときちんけな存在が聞ける訳ないでしょ！　そういうのが聞けるのは、日々修行をしている神職の人だよ。あんたらが聞いたとしたら、幻聴か脳内スピーカーの妄想だわ！」

そこらの一般人が、いきなり「神の声が聞こえる～」なんて言い出しても、誰が信じるか。普通はヤバい人扱いして、遠巻きにするだけだっての。

私の言葉を聞いた男達のリーダーっぽい奴は、肩をふるふると震わせた。

「我が神を愚弄《ぐろう》するかあ!!」

「みっともなく床に這《は》いつくばってる情けないヤツが我が神とか言っても、笑えるだけだっつーの！　あんたらにいいように祭り上げられる神もいい迷惑だわ」

「お、おのれ……一度ならず二度三度と我が神を愚弄《ぐろう》するとは。我々が倒れようとも、我が同志が必ずや――」

「うっさいわ！　だったら、この国にいるあんたの仲間も全員、同じ目に遭えばいいのよ!!」

今こそ唸《うな》れ！　聖女の謎パワー!!

そんな私の思いが届いたのか、体から一気に力が抜ける感覚がする。それと同時に、王宮のあちこちで先程と同じ轟音が響き渡った。という事は、多分王宮内のこいつらの仲間は全員が同じ目に遭ってるな。国中にも、この力が届いていますように。

私の意識は、そこで途切れた。


目を覚ましたら、いつもの離宮の部屋だった。起きようとしたら体に力が入らないし、どうなってんの？　これ。ベッドの中でじたばたしていたら、コーネさんが入ってきた。ベッドでもがく私を見て、目に涙を溜めている。

「聖女様！　お目覚めになられたのですね!!」

おおう、そんなに驚かれる事……したんですね、はい。コーネさんによると、私は丸二日意識がない状態だったそうな。妙な力の使い方をしたせいで、体に負担がかかったらしい。この辺りを教えてくれたのはシロ。ご心配おかけしました。

まだ動けないのでベッドでおとなしくしていると、午後にはユロ君が見舞いと称して顔を見せてくれた。彼も心配してくれたようで、何だかやつれている。

「ご無事な姿を見て、安心しました……」

「ごめんね、心配かけて」

「本当に。あんな無茶は、もう二度となさらないでくださいね」

「う……」

これには答えられなかった。多分、似た事が起こったらまたやるから。だって、あいつらの言い分には腹が立つんだからしょうがない。

私は話題を変えるつもりで聞いた。

「そ、そういえばあの時に捕まった連中、どうなったの？」

「現在は王都にある地下牢にて尋問中ですよ。ですが、なかなか口が堅いそうです」

「そうなんだ……」

彼等の背後関係とかを洗い出したい王国側としては、何としても口を割らせたいのだとか。国の威信もかかってるしな。何せ大陸会議の開催期間中に王宮を襲撃されたんだから。

その時、ふと閃《ひらめ》いた。あいつら、瘴気《しょうき》をまとわりつかせていたはず。という事は、あれが効くんじゃね？

「ねえ、連中に聖水をかけてみてくれない？」

「聖水ですか？　またどうして……」

怪訝《けげん》そうなユロ君の表情も当然か。私は、思いついた理由を話した。

「見間違いでなければ、連中瘴気《しょうき》をまとわりつかせていたのよ」

「瘴気《しょうき》を!?　ですが、私には何も見えませんでしたよ？」

うーん、そこがわからないんだよ。人にまとわりつく瘴気《しょうき》って物質化しているから、ヘドロみたいに黒いどろどろに見えるものなんだけど、あいつらは黒い靄《もや》を纏《まと》っていた。瘴気《しょうき》が薄くて、物質化に至らなかったって事なのかな。

あー、でもこの辺りをうまく説明出来ないー。なので、最後は力押しにした。

「とにかく、試してみてよ。他に有効な手段、ないんでしょ？」

「聖女様が、そう仰《おっしゃ》るなら……」

いまいち釈然《しゃくぜん》としない様子で、ユロ君は帰っていった。でも、私が言った事はその日にすぐ実行し、結果、凄い結果が出たらしい。

聖水をかけた途端、酷く苦しんで体中から黒い靄《もや》が噴き出たそうだ。何度もかけ続けて靄《もや》が出なくなると、犯人達はそれまでの態度が嘘のようにおとなしくなったんだとか。

しかも、犯人達はここ二ケ月近くの記憶がまるっきりない状態だった。どうして自分が捕まっているのかもわからなくて、おかげで調べが進まないと、担当者が頭を抱えている。

うーん、これは聖水の効力が上がったって事なのか、それとも狂信者に取《と》り憑《つ》いている瘴気《しょうき》は大陸を覆《おお》っているものとは質が違うのか。誰かに検証してもらいたいけど、やる人いないよね……

私の方は、翌日にお医者様に診断してもらい、念の為もう一日安静にしてるように言われた。すっかり大丈夫だと思うんだけどなあ。

でもコーネさんのみならず、ユロ君にまで「絶対にダメ！」って言われたから、諦めた。その代わり、今日は一日ユロ君が側にいてくれるそうだから、ちょっと嬉しい。

「あなたは目を離すと何をしでかすか、わかりませんからね……」

ベッドの脇に置いた椅子に腰かけて、何でそんな疲れた風に言うのかな？　ベッドからじとっとした目で見上げたら、じと目で返された。

「犯人達を前にしてのあれこれ、私達がしっかり見ていたのを忘れたんですか？」

……そういや、あの時は怒りに任せて色々言ったっけ。ユロ君曰《いわ》く、四人組や教皇聖下まで目が点になっていたそうだ。

四人組に関してはいいや。この国を出る以上、彼等との関わりも終わる。問題は、教皇聖下の方だよね。これで「教皇庁に引き取るのはやめました」とか言われたら、困る。

ちなみに、コーネさんとユロ君は啖呵《たんか》切った私を見ても、何とも思わなかったらしい。……見慣れてるって、どういう意味？　そんなにあれこれ見せていたっけ？

首を傾げる私に対して、ユロ君は盛大な溜息を吐いた後「自覚ないんですね……」って呟いていた。失礼じゃないかね？

むっとした目で彼を見ていると、何かを思い出したような様子で聞いてきた。

「そういえば、あの時仰《おっしゃ》っていた内容で一つわからない事があるんですが」

「何?」

「のうないすぴぃかあって、何ですか?」

何でそんな事を覚えてるのよ……


やっとベッドから出てしばらく経過したその日、教皇聖下が報告がてらお見舞いに来てくれた。

「予備会議が終わり、明日から本会議に入ります。実は、本会議に彩香殿を出席させるよう動いた結果がようやく実を結びましたので、お知らせに来ました」

「本当ですか!? 嬉しいです!!」

やったー! これで本会議に参加出来る! 自分の事だから、しっかり公《おおやけ》の場で主張しておきたい。もっとも、本当に自己主張出来るかどうかは謎だけど。

喜ぶ私を見て教皇聖下も口元を綻《ほころ》ばせていたけど、一転して真顔になって告げた。

「会議に出席するのは、各国の王族達です。海千山千の強者が多いですから、言い負かされないように気を付けてください」

「はい」

多分大丈夫。自分を信じて動くだけでいい。あとは明日を待つだけだ。

会議初日は気合を入れる為にも、朝から一番のとっときの推しを見て英気を養った。原作小説の十巻目発売記念で配布された店舗限定ポストカードだ。

私の推しを配布する店舗が遠方だった為、発売日当日は有休を取って現地まで行き、店舗開店を待って売り場にダッシュしたという代物《しろもの》。おかげで一番にゲット出来たのだ！

本体はきちんと保管してあるんだけど、あまりの美麗さに画像を取り込んでスマホでも見られるようにしておいたもの。

実は原作、十巻以降は絵師さんが変更になったので、この絵柄での推しはこれが最後だったんだ……凄くいい絵師さんだったのに、とても残念。でも、新しい絵師さんも私は好きだ。その新絵師さんが描く推しがまたいいのだよ！　ぐふふ。

という訳で、しっかり英気は養った。会議は昼過ぎから始まるそうで、私の方は聖女らしい装《よそお》いをする事となり、朝からコーネさんに磨かれている。こんなの、必要なのかね？

そうぼやいたら、「見た目は大事ですよ」とユロ君に言われてしまった。君、少し前まで見た目にこだわらない人だったよね？　そう突っ込んだら苦笑いしていたけど。

本日は例の聖女風の白いドレスだ。髪飾りと耳飾りは、銀細工に濃い青の石を使ってる。これ、教皇庁の色なんだって。装《よそお》いの中に交ぜ込む事で、聖女の意思が誰に、どの国にあるかを示すらしい。他にも銀細工や金細工、使う石の色や形などで国を表すそうな。

軽めの昼食をいただいて、最終確認をした後、何と教皇聖下のエスコートで議場に向かう事になった。教皇聖下曰《いわ》く、これも「演出」の一つだとか。議場には呼び出しを受けて初めて入れるので、それまでは各々用意された控え室で待つんだってさ。

私は教皇聖下と一緒の控え室です。本当は聖女用に用意された部屋があるんだけど、そっちにいたら呼び出されないまま会議が終了しかねないとの事。

呆れていた私の耳に、教皇聖下の苦笑気味な声が聞こえる。

「それだけ、自国に聖女がいるという状況が大事なのですよ。現に、今のマイエンドス王国の立場は、大陸でもかなり強くなっています」

国内、とりわけ政治経済の中心である王都の瘴気《しょうき》が浄化されているのは大きく、それに加えてウーバンの森の浄化、それに伴うジュロス王国への聖水の供給などで注目を集めてもいるそうだ。

うん、全部私のおかげだね……だから、あのおっさん国王は私を手放したくないと。その為ならせこかろうが何だろうが、手段は選ばんぞ、という事らしい。

ほろびてしまえ。

まあ、そんな訳で下手な妨害を受けないように、と教皇聖下のお部屋にお邪魔させていただいています。会議前に余所《よそ》の控え室にいていいの？　と突っ込まれそうだけど、これが普通にある事らしい。会議の直前まで根回ししようとするとか、親しい関係の人と歓談して過ごすとか。

なので、私がここにいても何も文句は言われない訳だ。……表向きは。

「彩香殿の部屋に呼び出し係が行くのは入場時間の最後だから、誰も気付くまいよ」

「来れば、の話ですよねー」

「そうだね」

ここ数日で、教皇聖下とは随分と親しくなりました。この人も結構な腹黒だけど、この腹黒は嫌いじゃない。私を利用するのも、ちゃんと「こっちの都合で利用するよ、その代わりこっちの事もそっちの都合で利用しなね？」って言ってくれるので、いいのだ。

これで「聖女の責務」やら「苦しむ民《たみ》の為」に無償で働けなんて言われた日にゃ、問答無用で拒絶する自信があるけどな。

控え室にて教皇聖下とまったりしていると、会議の開始を報《しら》せる使者が来た。

「ユベール聖皇国皇王陛下、議場においで——」

言葉の途中で使者が詰まったのは、多分私がいるのに気付いたからだ。ダメじゃん、部屋に入ってすぐに気付かなきゃ。何故ここに？　って聞かれたら、きちんと言い訳しようと思って、聖下と二人であれこれ内容を考えていたんだよ。ユロ君には呆れられたけど。

驚きの表情で固まる使者に、教皇聖下が柔らかく声をかける。

「どうかしたのかね？」

「あ！　いえ、陛下におかれましては、議場の方へお出ましいただきたく……」

何とか立ち直った使者は、仕事だけはきっちりして一礼をする。これから議場までの先導を務めるので、まだ彼の仕事は終わっていないのだけど。

「さて、では参ろうか」

「はい！」

差し出された聖下の手を取り、私は笑顔で頷いた。その姿にも驚いている使者君は、そろそろストレス性の胃痛でも起こしそうな様子だ。彼を見るユロ君の顔に「あなたも苦労しますね」という同情がありありと浮かんでいるのだけど、何でかな？

使者を先頭に、教皇聖下と私、すぐ後ろにユロ君、その後ろから私付きの侍女という事でコーネさん、さらに後ろから帯剣した騎士二人がつく。

騎士といっても、彼等の着ているのは神職の服だ。教皇庁に仕える修道騎士団で、最初の聖女様の名前からとって聖ルチカ騎士団というそうな。初代聖女にちなんだ金と黒をトレードカラーにしているので、後ろの二人が佩《は》いている剣の拵《こしら》えも金と黒。結構派手だ。

四代目以外の聖女様は、文献に残っている限りは穏やかな一生を過ごしたらしい。彼女達も、故郷に帰りたいと思ったのか、少し気になる。そして六代目の私は、無事に日本に帰れるんだろうか。


到着した議場は、今まで来た事がない区域だった。もっとも、王宮にはそんなに足を踏み入れていないし、知らないのも当然か。入り口の両脇に立っている兵士が、使者の顔を見て扉を開ける。

中は細長い部屋で、昔テレビで見た外国の議場に似ていた。

教皇聖下は割と遅い順番で喚《よ》び出されたようで、既に着席している人もいる。室内の人達がこちらを見て、皆動揺しているのが笑えるわ。そりゃハブにしようとした聖女が、教皇聖下と一緒に来ればびっくりするよねー？　嫌味も込めて、にっこりと笑いかけてやった。

会議は程なく開始され、私を無視して各国で「聖女は我が国に来るべきだ」を主張し続けている。こんなんじゃ、決着つく訳ないのに。うんざりしていたら、隣の聖下が呟いた。

「そろそろかな。休憩に入ったら、そこからが本番だよ」

首を傾げる私に、聖下は穏やかに笑みを返すばかり。そうしたら、本当にすぐに休憩に入った。

控え室に下がった私達の前で、聖下はまたもや謎な言葉を口にする。

「さて、一番最初はどこかな？」

途端に、来客が告げられた。おっさん国王だ。何しに来たんだろう？　聖下は来るのがわかっていたみたいだけど。

「教皇聖下におかれては、ご機嫌麗《うるわ》しく――」

「前置きはいりませんよ。で？　何を望まれますか？」

「聖女は我が国に留め置きます」

言い切った！　こっちの意向を何も聞かずに、言い切ったよこのおっさん国王。

なので、私も自己主張開始。

「お断りです！」

私の言葉を聞いたおっさん国王は、深い溜息を吐いた。

「聖女よ、我《わ》が儘《まま》を申すものではない。一体何が気に入らないというのだ」

「何もかもですよ。特にあなたのその態度が気に入りません」

「何？」

おっさん国王が気色ばんだけど、構うもんか。こっちには教皇聖下がいるんだから！　完全に虎の威を借る狐だな。

「最初から、こちらの事なんてかけらも考えていない、その傲慢《ごうまん》な態度が嫌いなんですよ」

「要望通り聖水を国内に行き渡らせ、ラトジーグ領に向かう事も許したではないか！」

ふっざけんな。なーにが「許した」だ。本来なら、私にひざまずいて出張浄化をお願いしなきゃいけない立場だろうが、あんたは。

「それ、全てこの国の為だからじゃないですか？　私の意思を確認してから召喚しましたか？　故国からいきなり引き離された私の気持ち、考えた事がありますか⁉」

おっさん国王は何も答えられない。そりゃそうだ。一度も私の都合なんて、考えてないもんな！

「私の要望を受け入れるというのなら、教皇庁へ行くという要望も受け入れてください」

多分、おっさん国王は私がここまで刃向かうとは思っていなかったんだろう。これまで、結局なんだかんだで流されてきたから。でも、ここは譲れない。

私の意思が変わらないとみるや、おっさんは卑怯な手を打ってきた。

「……そなた、側につけた侍女と懇意《こんい》にしているそうだな。あまり我《わ》が儘《まま》を申すと、侍女がどうなるかわからんぞ？」

人って、こんなに邪悪な顔が出来るんだってくらい、悪い顔だ。王が悪人で大丈夫か？　この国。

でも、「どうなるかわからない」と言われた当人であるコーネさんは、いつも通り表情のない顔で言い放った。

「ご心配には及びません。既に王宮には職を辞する届けを出しております。私は聖女様に付き従って、教皇庁へ参ります」

「な！　そんな勝手は許さん‼」

また「許さん」か。馬鹿の一つ覚えじゃないんだから。大体、退職は労働者の権利だよ。雇用側が止めるのは違法だ。もっとも、この国じゃどうだか知らないけど。

激高するおっさん国王を前にしても、コーネさんはやっぱりコーネさんだ。

「お許しいただく必要はございません。この国を出て教皇庁へ参るのは、私の巡礼です」

「何？」

巡礼？　そういえば、教皇庁がある場所は聖地で、巡礼者が後を絶たないってユロ君に教えてもらったっけ。

内心首を傾げていると、隣の教皇聖下がにこやかに仰《おっしゃ》った。

「ふむ。巡礼を妨げるものは等しく神敵だ。それを覚悟の上かな？」

「ぐぬぬ……な、ならばその司祭だ！　貴様は教皇庁より来たのだから、今更かの地へ巡礼に行く必要などあるまい？　ニーバルの配下なのだからな！」

懲《こ》りないなあ。いい加減、負けを認めればいいのに。ユロ君に関しては、教皇聖下が口を挟んだ。

「ここにいる者は、現在は私の配下。その人事権を持つのも私ですよ」

「な、何い⁉」

哀れおっさん国王、ここまで綺麗に道を潰されております。それでもまだ諦めないのか、何やら考え込んでいる様子だ。

私に関係する人と言えば、あとはあの四人なんだけど。

「まさか、宮廷序列一位の家の方々にまで、先ほどのような暴言は仰《おっしゃ》いませんよねえ？」

嫌味たっぷりに言ってみると、おっさん国王はこちらをぎろりと睨んだ。これ以上打つ手がないから、最後の悪あがきだな。

そのまま静観していたら、ややあっておっさん国王は深ーい溜息を吐いた。

「最後に、もう一度だけ尋ねる。聖女よ、我が国に留まる気は本当にないのか?」

「ありません」

本当は恨みつらみをぶちまけたかったけど、ここで言ったところでおっさん国王が理解出来るとも思えないから言わない。私がどうしてここまで頑《かたく》なな態度を取るのかも、理解出来ないんだろう。それも、教えてやらないけどね。自分で考えましょう。

来た時とは違い、がっくりと肩を落として部屋を去るおっさん国王の背中には、哀愁《あいしゅう》が漂《ただよ》っていた。これに懲《こ》りたら、召喚する前に相手の意向をちゃんと確認しなさいよー。

それにしても、わざわざ休憩時間を使ってあんな事を言いに来るなんて。どうせなら、議場で言えばいいのに。憤慨《ふんがい》する私に、聖下が教えてくれた。この休憩時間は、最初からこうした使い方をする為に設《もう》けられているそうだ。

予備会議の期間だけでは根回しが不十分な場合もあるので、救済措置としての休憩時間らしい。めんどくせーとも思うけど、こういう形も時として必要だっていうのは、社会に出て知ったから何も言えない。表だってやっちゃうと、国のメンツだなんだで即戦争に発展しかねないし。それを避ける為の大陸会議だもんな。

その後も、各国王族がやってきて「聖女を我が国に」と言っていたものの、全て私の「嫌です」の一言で退《しりぞ》けている。というか、退いてくれる。特にアウェガの王族なんて、苦笑いをして「やはりですか」とか寂しそうに言ってた。

「ご存知かと思いますが、我が国は二百年程前にご降臨あそばした聖女を王妃にいただいた国です」

「存じてます」

「その際、国の外には出していませんが、聖女が残した言葉があるのです。『何者も、聖女を縛ってはならない』」

なるほど。私の一代前の聖女様も、自由な国から来たんだね。きっと彼女も、自分で決めて自分で行動する事の大切さを知っていたんだ。

貴重な話を聞かせてくれたアウェガの王族を見送ると、とうとう最後の大物が来た。大陸最大の版図を誇るベリンサ王国、その王族だ。これまで同様、メリットを並べられた後にお断りの言葉を口にしたら、さすがは大国の王族、ただでは引かなかった。

「聖女よ、我が国としても、精一杯の譲歩をしているのだよ？」

「まあ、そうですか。でも、私は教皇庁に参ると決めましたから」

私の言葉に、相手は眉をぴくりと動かした。多分、普段から自分の言葉を否定される事がないんだろう。

そんな彼は、やっぱりおっさん国王と同じように脅《おど》しをかけてきた。

「我が国の軍事力なら、ユベールなど簡単に落とせる。教皇庁が灰燼《かいじん》に帰《き》してもいいのかね？」

「まあ、四代目聖女様の二の舞を演じられたいと？」

言葉に詰まったな。一回聖女を戦争で亡くしているくせに、武力で脅《おど》しをかけてくるなんて悪手に決まってる。

「それに、私の意思を無視して貴国へ連れていっても、聖女の力は使えませんよ？」

「何？」

私の言葉に怪訝《けげん》そうな顔を見せたけど、構わず続けた。

「聖女の力は、私の感情や意思と結びついているんです。嫌いな場所に無理矢理連れて行かれたら、きっと聖女の力は消えてしまうでしょうね」

多分、これは本当。聖女の謎パワーが強まる時って、私が困った時や、どうしてもこれはやらなきゃって時が多い。誰かを助けたいとか、このままじゃまずいとか、ユロ君の疲労よ消え去れとか。コーネさんにも効くかな。今度、彼女の疲労回復も試してみようっと。

私の言葉を聞いたベリンサの王族は、嘘かどうか判断に悩んでいるようだ。結局、彼が下した決断はブラフ。

「……はったりだ」

だが残念だったな！　そう返してくるのは想定済みなのだよ。

「そう思うなら、試してみますか？　消えた聖女の力が復活するかどうかは、賭けになりますけれど。ああ、その場合、力がなくなった理由は貴国が私を無理矢理国に連れて行ったからだと、教皇庁を通じて大陸中に報《しら》せたいと思います」

さすがに、これには向こうも怯《ひる》んだみたい。そんな事になったら、大陸でベリンサが孤立する。大国とはいえ、他国との繋《つな》がりを断たれちゃ困るだろ。

結局、この言葉で彼も引き下がった。おっさん国王同様がっくり肩を落として帰るのは、私を口説《く ど》き落とせるという自信があったからなんだろうか。自己評価高いなあ。

そんなベリンサ王族を見送った後、聖下がぽつりと呟いた。

「これで、休憩明けには結果が出るだろう」

「そうあってほしいです」

あの無駄な時間を過ごすのは、地味に疲れる……

議場に戻ると、何やら室内がざわついていた。なるほど、休憩時間中のやり取りを共有している訳か。あわよくば、ユベール以外で組んで聖女をぶんどろうって腹かな？　こっちの意思はもう固まってるんだけど。

「静粛《せいしゅく》に。これより、大陸会議を再開する」

そうおっさん国王が宣言した後、会議は再開し、最初にユベール聖皇国の発言となった。

「ではユベール聖皇国の意見を述べられよ」

そう促《うなが》されて、教皇聖下が立ち上がって演説……と思いきや、聖下は立ったままこちらに手を差し伸べてきた。え？　私も立つの？

「ご自身の言葉で、言いたいのだろう？」

そう小声で囁《ささや》かれ、やっと聖下の意図に気付いた。なるほど、ここで聖下の代わりに自分の意見を言ってもいいって事だな。

ありがとう、聖下。そんなところも大好きです！

「まず、教皇聖下に感謝を。ここで私に自分の意見を言う機会を与えてくださった事、本当に嬉しいです」

今まで、誰も私の意思を確認しようともしなかったから、軽い嫌味だな。聖下に満面の笑みを向けてから、議場を見回した。

「既に皆様もご存知の通り、私は教皇庁に参ります。教皇庁であれば、国や地域を選ばずに浄化に行かせてくれると、自分で判断した為です。お待ちいただければ、ここにいらっしゃる方々の国へも行く事になるでしょう。聖女の力は持ち主である私の意思と感情に左右されます。つまり、私が望まぬ環境に追いやられれば、浄化の力も弱くなるのです。ですから、この先も浄化の力が消えぬよう、私の行動を見守っていただきたいと思います」

裏の意味はもちろん、「私の邪魔すると、瘴気《しょうき》が浄化されなくなるからね？」という脅《おど》しだ。おっさん国王やベリンサの王族は先にこちらを脅《おど》してきたんだから、少しくらいやり返してもいいはず。盗み見た二人は、眉間に盛大に皺《しわ》を寄せていた。ざまみろ。

これで私は満足だ。後を聖下に譲り、各国の被害状況を見て聖女の派遣を検討する事、どの国でも等しく浄化を行う事を公言し、その為にも、国同士で決して争わない事、派遣した聖女に危害を加えない事などを約束してもらった。

その後、殆《ほとん》ど話し合いらしい話し合いはなく、「聖女はユベール聖皇国に」の意見で満場一致である。良かった良かった。

今回の大陸会議は、本会議がわずか一日で終わった最短の会議として、歴史に名を残す……かもしれない。

私のユベール聖皇国への引っ越しは一月《ひとつき》後と決まった。それまでに、聖下は各国と浄化のスケジュールや聖水の供給頻度などを詰めておくらしい。聖下も大変だね。

私はといえば、荷造りに追われ……てはいなかった。だって、コーネさんがあっという間に終わらせたから。引っ越しまでに必要な着替え以外は、数々の衣装箱に詰められていつでも運び出せる状態になっています。てか、こんなに服、持っていたっけ？

「ラトジーグ卿《きょう》からいただいた布地で仕立てておいたんです」

「これも？　……コーネさん、あの時いただいた布地って、せいぜいドレス三着分くらいだって言ってなかった？」

「聖女様には内緒にしておりましたが、あの後も、実は卿《きょう》から箱七つ分の布地を頂戴しております」

「箱七つ!?　そんなに!?　い、いいのかな……」

「ラトジーグ卿《きょう》の感謝の表れです。受け取らなければ、かえって失礼に当たります。それだけ、ウーバンの森の瘴気《しょうき》は深刻な問題だったのですよ」

そう言ってしんみりするコーネさんに、それもそうかと納得する。あの異様な森と、異形化した動物の事を思えば、確かにどんなに報酬を出しても足りないってなるのかも。

それで、コーネさんはいつの間にかその箱七つ分の布地も使って、私の服を仕立てていたという訳らしいですよ。しかも私の好みに合いそうなものばかり。本当、いつの間に……

ちなみに、私が召喚時からずっと持っている通勤バッグは、今も私の手元にある。これは自分の手で持っていくんだ。

この中身は誰にも渡せないし、見せられない。一見何の変哲《へんてつ》もないバッグだけど、あちこちからオタクグッズが出てくる仕様だから。特にお手製スチルブックは心の糧《かて》だ！

新作……いや、もう何も言うまい。いつか日本に戻った時に、思う存分楽しむんだ。そうとでも思わないと、やってられないし。神様、時間の調整、心の底からよろしく。

そうだ、今度ユロ君に髪を伸ばしてみない？　って勧めてみよう。推しの髪は長いのだ。そこをクリアすれば、完璧。まさしく三次元に降臨した推しだ！

そのユロ君はと言えば、いつの間にか教皇聖下付きの司教になっていた。これって、出世だよね？　本人に聞いたら、ちょっと顔を赤くして「本来いるべき場所に戻っただけで、地位はそれに必要だからと聖下が……」とか何とか言っていたっけ。

そういえば、コーネさんは本当に王宮勤めをやめて、私についてくるそうだ。

「ご安心ください。既に教皇聖下のご許可は得ております。この先も、聖女様のお世話と護衛を仰《おお》せつかりました」

「いつの間に！　でも、嬉しい。コーネさんが一緒にいてくれるなら、どこでも大丈夫って思えるよ」

「聖女様のご信頼にお応《こた》えするべく、誠心誠意、心を込めてお仕えいたします」

そう真顔で言われた時は少し恥ずかしかったけど、あれだ、大仰に考えないで「いつまでも仲良くやっていこう」くらいに思っておけばいいんだよ。

コーネさんにそう言ったら、ちょっぴり顔を赤くして「もったいないお言葉です」とか言われちゃった。でも、これで教皇庁に行ってもいつもの面子《メンツ》で過ごせる事が決まった訳だ。


そしてやっと迎えた引っ越し当日。私の荷物は荷馬車三台分になりました。……そんなにあったっけ？

首を傾げる私に、コーネさんがにっこりと笑って教えてくれた。

「国王陛下より、先々代王妃様の蔵書を賜《たまわ》りました。馬車の半分近くはそれです」

「本当に⁉　やったー！　あのおっさんもたまにはいい事するね」

「聖女様、仮にも国王陛下をおっさんだなどと……」

ユロ君が窘《たしな》めてくるけど、私にとっては敬《うやま》うべき相手じゃないからいいや。立場的にも、聖女って一国の王より上だっていうし。

出発前の最終確認で忘れ物はないか見ていたら、数台の馬車が近づいてきた。どこの馬車だろう？　やたらときらきらしているよ。馬車は離宮の前で止まり、先頭を走っていた馬車の扉が開いた。出てきたのは……例の四人組？

私が驚いた顔で彼等を見ていると、ユロ君が静かに彼等へ聞いた。

「どうかなさったんですか？　随分とお供の数が多いようですが……」

彼の問いに答えたのは、金髪君だ。

「我々も、ユベールに行く事にした」

「はあ!?」

私とユロ君の声が重なっちゃったよ……いや、そりゃ驚くでしょう。何がどうして彼等がユベール聖皇国に行く事になるのやら。もしや、彼等も巡礼の旅に？　その割には馬車だけど。巡礼って普通は自分の足で行かない？

唖然とする私の前で、四人は膝をつく。

「聖女……いや、聖女様。これまでの数々の非礼をお詫びいたします」

「我ら一同、心を入れ替え、これより聖女様の騎士として生きていく所存です」

「どうか、お側に侍《はべ》る事をお許しください」

「……」

金髪君、赤毛君、銀髪君と続いて、茶髪は無言かい。非礼云々《うんぬん》がよくわからないけど、まあいいか。それより、そこで跪《ひざまず》かれると目立つから、早く立って。

立ち上がっても、反省していますといった風情《ふぜい》の彼等を見て、心当たりのない私が本気で首を傾げたら、金髪君が言いにくそうに口を開いた。

「その……聖女様と初めて見《まみ》えた頃の事など……」

「それと、賭けの件は本当に悪かった！」

「決して、あなたの事を軽《かろ》んじていた訳ではないのです」

「嘘吐け。聖女をお飾りの正妻にして、愛人は余所《よそ》に作ればいいとか言っていたくせに」

「ダビレ!!」

ほほう、そんな事を言っていたのか。茶髪の暴言癖も、たまには役に立つ。私からの視線が痛くなったのか、三人は縮こまった。茶髪はドヤ顔すんな。お前もその発言に同意したからこそ、賭けに参加したんだろうが。

ともかく、何があって彼等が心変わりしたのか知らないけど、別に彼等がユベール聖皇国に行こうがどうしようが、私には関係ない。聖女の騎士がどうこうは、聞かなかった事にする。

そこへ、タイミングよくコーネさんが声をかけてきた。

「聖女様。そろそろ出発いたしましょう」

「そうだね。行きましょうか」

「待ってくれ！」

何だよ、まだ何かあるの？　と思ったら、そういえば彼等がついてくる云々《うんぬん》について、いいとも悪いとも言っていなかったっけ。どうしよう？

つい癖でコーネさんを見ると、彼女は軽く頷く。

「皆様が聖女様についてこられる件に関しては問題ありません。ですが、ユベール側が受け入れるかどうかまでは、聖女様は責を負いかねます」

「わかっている。ここに陛下からマユエスト三世陛下に宛《あ》てた親書を預かっている」

何でも、その親書に「この四人をよろしく」と書いてあるらしい。……そんな簡単な事でいいの？　この四人、確かこの国でもかなりいい家のお坊ちゃん達だよね？

再びちらりとコーネさんを見ると、何やら納得した様子で頷いている。そっか、彼女がいいって言うのならいいか。

結局そのまま、彼等を引き連れる形で私はユベール聖皇国へと出立した。道中は特に何もなく……もないか。

ユベール聖皇国はマイエンドスから向かうと、船で大陸をぐるっと回るか、陸路でいくつかの国を通り抜けていくしかない。今回は大陸会議での落としどころとして、出来る限り各国を通っていくという事になっていた。

ええ、通っていきましたよ……。おかげであちこちの沿道がまた凄い事になっていましたとも……

聖女の一行を一目見ようと人が集まり、その民衆を整理する為に各国の軍隊が派遣されたり、私が通った後は綺麗に瘴気《しょうき》が浄化されていたり、見た事もない花が咲いていたり。

あ、私の浄化能力、少しレベルアップしたらしい。いるだけで浄化出来る範囲がかなり広がったそうな。例の爆発騒ぎの犯人達に激怒した影響か？

それに加えて、何と精霊界にしか咲いていなかった花が、私が通った後に咲くようになりました。

さっき触れた、見た事もない花がそれ。この花、万病に効くという話で、シロから情報を得たユロ君が教皇庁を通じて各国に通達、既に腕のいい薬師達が薬にするべく奮闘しているそうな。

この件を知った聖下は「力が強くなったのはいい事だ」と仰《おっしゃ》ったとか。ウーバンの森でコーネさんが使った手紙と同じものを使い、ユロ君が主体となって教皇庁とまめに連絡を取っているので、聖下も知る事が出来た訳。

そんなこんなで、やっと到着しましたユベール聖皇国。実にマイエンドスを出立してから半年近くかかりました。まっすぐ行けば馬車で一ヶ月くらいの距離なのに。

まあ、ここからもあちこち出張浄化に行くだろうし、移動には慣れないとな。そんな事を思いつつユベール聖皇国にある教皇庁に向かうと、教皇聖下がお出迎えしてくれた。

「聖女様、皆さん、長旅ご苦労でした」

一応、公式な場では聖下も私を「聖女」と呼ぶんだよね。こればかりは仕方ないので諦めた。でも聖下、何か苦笑いしてませんか？　主に四人組を見て。

「いやあ、実は各国からも聖女様の護衛役として側に置いてほしいと、何人かが王の親書共々押しかけてきてね」

はあああああ!?　驚きのあまりその場で固まっていると、教皇聖下の後ろからぞろぞろと男性達が出てきた。その数ざっと三十人！

「ジュロス、クンザー、ベリンサ、フォロス、アウェガ……まあ、大陸各国からそれぞれ送られた、聖女様の婿《むこ》候補というところかな？　マイエンドスからは、彼等が送られたのだろう？」

そう言う聖下の視線は、私の背後に立つ四人に向かっている。振り返ると、彼等は苦虫を噛み潰したような顔をしていた。

そりゃそうか。ここで聖下の後ろにいる連中を追い払うと、同時に自分達もここにはいられなくなる。四人組が教皇庁に残るには、大量のライバルを認めなくてはならない訳だ。

その前に、何でどこも私の都合を聞いてくれないんだろうね？　そろそろゴルァしちゃうぞ。私はちらりとユロ君を見上げた。彼は呑気《のんき》に「凄いですねえ」とか言って感心しているよ。

ここで推しならどう反応するかなあ。その場合の私の立ち位置がモブなのか、それとも主人公の女の子ポジなのか。それによっても変わる。

モブなら、推しは我関せず、を通すな。主人公ポジだと……いかん、想像しただけでにやけそうだ。推しが静かに怒りつつ、主人公に群がる男性陣を撃退しそう。

あー、いいなあ。そういう物語、誰か書いてくれないかしら。マイエンドスの先々代王妃様の蔵書に恋愛小説があるんだから、この世界にも小説家っているんだろうし。

そんな事を考えていたら、何やら各国から送られた男性陣が騒ぎ出す。それを見て、ユロ君が私に聞いてきた。

「どうしますか？　あれ」

「いや、私に聞かれてもさ」

どうする事も出来ませんて。はあ……本当に、何でこんな事態になったのやら。フィクションの世界なら楽しめるけど、現実に押し寄せてきたら困惑する以外にないわ。

かくして、アラサー聖女様は溜息を吐く。

RC Regina COMICS
大好評発売中!!
原作＝斎木リコ
Riko Saiki
漫画＝藤丸豆ノ介
Mamenosuke Fujimaru
シリーズ累計15万部突破!!
今度こそ幸せになります! 1~4
異色の転生ファンタジー
待望のコミカライズ!!
「待っていてくれ、ルイザ」。勇者に選ばれた恋人・グレアムはそう言って魔王討伐に旅立ちました。でも、待つ気はさらさらありません。実は、私ことルイザには前世が三回あり、三回とも恋人の勇者に裏切られたんです! だから四度目の今世はもう勇者なんて待たず、自力で絶対に幸せになってみせます――!
人生七度目
ついに勇者と幸せになる!?
B6判 / 各定価:本体680円+税
アルファポリス 漫画
検索

新 ＊ 感 ＊ 覚　ファンタジー！

Regina レジーナブックス

レジーナブックス Regina

嵐を呼ぶ
規格外令嬢!?

入れ替わり令嬢は国を救う

斎木《さいき》リコ
イラスト：山下ナナオ

武術などを嗜《たしな》む一風変わった令嬢ベシアトーゼ。彼女は貴族に絡まれていた領民を助けてトラブルとなり、隣国の叔父宅へ避難することに。ところがそこはそこで、王宮侍女になるはずだった叔父の娘が行方不明という事件が起きていた！　このままでは叔父の家は破滅してしまう……そこで、いなくなった娘に生き写しだというベシアトーゼが、代わりに王宮へ上がることになって⁉

詳しくは公式サイトにてご確認ください。

http://www.regina-books.com/

携帯サイトはこちらから！

RC Regina COMICS
大好評発売中!!
異世界でカフェを開店しました。
1~8
原作
甘沢林檎
Ringo Amasawa
漫画
野口芽衣
Mei Noguchi
アルファポリスWebサイトにて
好評連載中!
異世界でカフェを開店しました。8
甘沢林檎
野口芽衣
楽しく外でLet'sクッキング!
花祭りの屋台で日本のグルメをどうぞ!
大人気異世界クッキングファンタジー!
異世界クッキングファンタジー
待望のコミカライズ!
突然、ごはんのマズ～い異世界にトリップしてしまった理沙。もう耐えられない! と食文化を発展させるべく、カフェを開店。噂はたちまち広まり、カフェは大評判に。精霊のバジルちゃんや素敵な人達に囲まれて異世界ライフを満喫します!
B6判・各定価:本体680円+税
(電子含む)
シリーズ累計103万部突破!
アルファポリス 漫画
検索

RC
Regina COMICS
アルファポリスwebサイトにて好評連載中!
原作 瀬尾優梨 Yuri Seo
漫画 鳴希りお Rio Naruki
異世界で幼女化したので養女になったり書記官になったりします
1~2
大好評発売中!

瀬尾優梨
鳴希りお
もふもふ精霊と
エリー
次の仕事は凄腕騎士様のお抱え書記官!?
13万部突破!

この作品に対する皆様のご意見・ご感想をお待ちしております。

おハガキ・お手紙は以下の宛先にお送りください。

【宛先】

〒150-6008 東京都渋谷区恵比寿4-20-3 恵比寿ガーデンプレイスタワー 8F
（株）アルファポリス　書籍感想係

メールフォームでのご意見・ご感想は右のＱＲコードから、
あるいは以下のワードで検索をかけてください。

アルファポリス　書籍の感想　検索

ご感想はこちらから

アラサー聖女様《せいじょさま》は溜息《ためいき》を吐《つ》く

斎木リコ（さいきりこ）

2020年　3月　5日初版発行

編集－反田理美
編集長－太田鉄平
発行者－梶本雄介
発行所－株式会社アルファポリス
〒150-6008 東京都渋谷区恵比寿4-20-3 恵比寿ガーデンプレイスタワー8F
TEL 03-6277-1601（営業）　03-6277-1602（編集）
URL https://www.alphapolis.co.jp/
発売元－株式会社星雲社（共同出版社・流通責任出版社）
〒112-0005東京都文京区水道1-3-30
TEL 03-3868-3275
装丁・本文イラスト－牛野こも
装丁デザイン－AFTERGLOW
（レーベルフォーマットデザイン―ansyyqdesign）
印刷－中央精版印刷株式会社

価格はカバーに表示されてあります。

落丁乱丁の場合はアルファポリスまでご連絡ください。

送料は小社負担でお取り替えします。


ISBN978-4-434-27188-5 C0093